Beverly Lewis
EIN LIED IM OKTOBER

Beverly Lewis

Ein Lied im Oktober

FRANCKE

Verlag der Francke-Buchhandlung GmbH

Bibliografische Information Der Deutschen Bibliothek
Die Deutsche Bibliothek verzeichnet diese Publikation in der Deutschen
Nationalbibliografie; detaillierte bibliografische Daten sind im Internet
über http://dnb.ddb.de abrufbar.

ISBN 3-86122-593-X
Alle Rechte vorbehalten
Originaltitel: October Song
© 2001 by Beverly Lewis
Published by Bethany House Publishers, Bloomington, Minnesota, USA
© der deutschsprachigen Ausgabe
2003 by Verlag der Francke-Buchhandlung GmbH
35037 Marburg an der Lahn
Deutsch von Silvia Lutz
Umschlaggestaltung: Enns Schrift und Bild, Bielefeld
Satz: Verlag der Francke-Buchhandlung GmbH
Druck: Wiener Verlag, Himberg, Österreich

Francke-Lesereise

Inhaltsverzeichnis

Anmerkung der Autorin

Der Reiz der Amisch zieht mich immer wieder zu den Wurzeln meiner Familie zurück. So sind auch die Geschichten in diesem Buch der fruchtbaren Erde in Lancaster County entwachsen. Genauso wie ein amischer Quilt sich durch sein Motiv, seine Farbe und sein Muster auszeichnet, sind auch die folgenden Erzählungen durch den Schauplatz, die Personen und das Thema wie durch gemeinsame Fäden eng miteinander verknüpft. Eine Geschichte in drei Teilen.

Seit der Veröffentlichung von *Was auch geschehen mag* und der nachfolgenden Romane überhäufen meine treuen Leser und Leserinnen mich mit Fragen, wie es mit Katie und Daniel, mit der Weisen Frau, mit Bischof Johannes und Maria, mit Rachel und Philip, mit Sarah Cain und mit Lydia Cottrell weiterging.

Auch ich habe mir über jeden von ihnen Gedanken gemacht und mich gefragt, was wohl aus ihnen wurde. Deshalb ist es mir eine besondere Freude, diesen Sammelband vorzustellen.

Mein großer Dank gilt meiner wunderbaren Lektorin, Barb Lilland, deren Perspektive und Einsicht mir unendlich kostbar sind. Besonderer Dank geht an meinen „wichtigsten Lektor" und Ehemann, Dave, dessen aufmerksames Auge und Ohr mir immer eine Ermutigung und Hilfe sind. Schließlich danke ich meinen lieben Eltern, Herb und Jane Jones, deren Ruf, Gott „im Herzen von Lancaster County" zu dienen, der Grund ist, warum ich überhaupt in dieser hübschen, grünen Landschaft aufwachsen durfte.

Teil 1

Hickory Hollow

Es roch nach Holz; Krähen zogen laut krächzend ihre Kreise. Ein Vogel sang ein kleines Lied und flog davon ... Das Gebiet war so von der Außenwelt abgeschnitten, dass nicht einmal die kleinste Markierung auf der Landkarte von Lancaster County die Existenz von Hickory Hollow – dem Zuhause von 253 Seelen – verriet.

Aus: *Was auch geschehen mag*

1. Die Begegnung

Wir vergessen, was dahinten liegt und strecken uns aus nach den
Dingen, die vor uns liegen....
Philipper 3,13

Ein wenig über ein Jahr ist vergangen, seit ich mit meinem geliebten
Daniel vor dem Traualtar im Gemeindehaus in unserer Straße stand
und wir uns ewige Liebe und Treue versprachen. Wir sind glücklich
verheiratet und lieben uns sehr. Von unserem gemütlich eingerichteten
Haus aus kann man Hickory Hollow zu Fuß erreichen.

Das winzige amische Dorf – ach, es ist ja nicht einmal ein winziger
Punkt auf der Landkarte – mit seinen vielen Gesichtern, die man im
Laufe des Jahres sieht. Ich bin von ganzem Herzen dankbar, dass ich so
nahe bei Hickory Hollow wohnen darf, wo ich immer noch einen Blick
auf amische Kinder erhaschen kann, die im Winter über die
schneebedeckten Straßen und Wege hüpfen, unterwegs zu zugefrorenen
Seen, wo sie Eis laufen, bis ihre Zehen, Finger und Nasen vor Kälte
taub werden.

Natürlich kommt früher oder später der Frühling und der Sommer,
mit blühenden Kirschbäumen und Hartriegelsträuchern. Spaß und
Ausgelassenheit ist den Kindern ins Gesicht geschrieben, wenn sie nach
der Schule mit dem Roller oder mit ihren Rollschuhen nach Hause
fahren. Junge Männer werfen beim Singen am Sonntagabend hübschen
Mädchen stille, aber eifrige Blicke zu und stellen ihre blitzeblanken,
schwarzen Einspänner zur Schau, vor die feurige Hengste gespannt sind.

Aber den Herbst liebe ich von allen Jahreszeiten am meisten. Die
Monate September und Oktober mit den arbeitsreichen Tagen, an denen
Kartoffeln gelesen und zum Markt gebracht werden. Das letzte Getreide
wird geerntet. Die Männer arbeiten lange und schwer und füllen die
Silos. Wir Frauen haben im Haus mit dem Einmachen des Gemüses
alle Hände voll zu tun.

Mit dem Herbst kommen auch der herbstliche Hausputz und die
hohen Stöße Flickwäsche. Und das Ausfahren am Abend, wenn der

Herbstmond rund und gelborange am Himmel leuchtet. Daniel sagte neulich, wir könnten doch mehrere unserer verheirateten Freunde nach der Kutschfahrt am nächsten Freitag zu uns einladen. Seine blauen Augen leuchteten bei dieser Idee. Als Überraschung könnten wir ein leckeres Ananaseis machen.

Natürlich war ich mit seinem Vorschlag einverstanden. „Es gibt Eis und Mamas Zuckerkekse", beschloss ich.

Wir haben ziemlich viele mennonitische Freunde in unserer neuen Gemeinde gefunden. Fast so viele, dass ich meine amischen Verwandten vergessen kann, bin ich manchmal versucht zu denken.

Aber so nett und freundlich unsere neu gefundenen Bekannten auch sein mögen, niemand wird je den Platz meiner geliebten Adoptiveltern und meiner drei älteren Brüder einnehmen können. Und auch nicht den Platz der vielen Tanten, Onkels und Kusinen. Außerdem ist da noch die liebe Maria Stoltzfus – die junge amische Frau, mit der ich aufwuchs und die jetzt mit dem Bischof von Hickory Hollow, Johannes Beiler, glücklich verheiratet ist. Jedoch weiß ich nicht aus Marias eigenem Mund, wie es ihr zurzeit geht. Ihre und meine Wege kreuzen sich nicht mehr, seit ich mit dem Gemeindebann belegt wurde.

Ich kann gar nicht sagen, wie lange es her ist, seit ich das letzte Mal den Fuß in das alte Bauernhaus gesetzt habe, in dem ich aufwuchs. Das heißt natürlich nicht, dass sich mein Herz nicht nach meiner geliebten Familie sehnen würde. Aber ich bin bei den Amisch nicht gern gesehen und will nicht noch mehr Staub aufwirbeln, als bereits geschehen ist.

Mit Mama spreche ich manchmal am Telefon, wenn sie auf dem Hauptmarkt in der Innenstadt von Lancaster am Quilttisch steht. Wenn es möglich ist und eine Flaute im Kundenstrom einkehrt, huscht sie zu einem Münztelefon und ruft mich an. Aber diese Anrufe sind selten und unregelmäßig. Häufiger schickt sie mir Karten und Briefe, obwohl ich so dicht an Hickory Hollow wohne.

Bei zwei verschiedenen Gelegenheiten bin ich im Schutz der Nacht die Hickory Lane hinabspaziert und habe die Weise Frau besucht – Mamas Tante, Ella Mae Zook. Die betagte Witwe ist meine geistliche Mutter. Erst letztes Jahr hat sie mir geholfen, im Gebet Jesus mein Leben *zu übergeben. In der Stille ihres Wohnzimmers fand ich Vergebung meiner Sünden durch den Glauben an den Herrn Jesus. Mein Herz hatte sich mein ganzes Leben lang nach diesem Augenblick gesehnt.*

„Ach, Katie, mein liebes Mädchen, die Zeit fliegt nur so dahin, wenn wir zusammen sind, nicht wahr?", sagt Ella Mae, wenn ich zu ihr komme, mit einem leisen Seufzen.

Die Weise Frau weiß, wie kostbar echte Freundschaft ist. Ja, Ella Mae weiß sehr wohl, dass Zeit und Entfernung wenig bedeuten, wenn man miteinander verwandt ist.

„Wir sind wie Teile einer Quiltdecke", sage ich zu ihr und nippe in Ella Maes schwach erhellter Küche an meinem Kräutertee. „Wir gehören immer zusammen, was auch geschehen mag."

Was auch geschehen mag.

Wenn ich darüber nachdenke, wünsche ich mir von ganzem Herzen, ich könnte etwas tun, etwas, das in meiner Macht steht, um meine jetzige geistliche Situation und meine frühere Kirche, die Amisch der Alten Ordnung, miteinander zu versöhnen. Mama wünscht sich so sehr, dass wir uns treffen könnten. Ich bin ziemlich sicher, dass mein Vater etwas dagegen hätte. Tatsache ist, dass er sich an die Buchstaben des Gesetzes hält. So ist Papa nun einmal. Er ist strikt dagegen, mit meinem Mann oder mit mir das Brot zu brechen – mit uns zu essen und zu reden, als wäre alles in Ordnung. Immerhin waren wir beide früher Mitglieder der amischen Kirche und stehen jetzt unter dem Gemeindebann.

Ich schätze, ich kann ihm daraus keinen Vorwurf machen, auch wenn ich von einer ganzen Reihe amischer Familien gehört habe – nicht aus der Gemeinde in Hickory Hollow, aber aus anderen Orten –, die um der Familienbande willen die Regeln ein wenig großzügiger auslegen.

Nicht so Samuel Lapp. Seit jenem kalten Herbstsonntag – dem Tag, an dem der Gemeindebann über mich offiziell in Kraft trat – hat er sein Schweigen mir gegenüber nicht gebrochen und zeigt nicht das geringste Interesse daran, Kontakt zu mir aufzunehmen, wie Mama es tut.

Sogar mein verheirateter Bruder Elam und seine Frau Annie – Daniels Schwester – haben uns eine Weihnachtskarte geschickt. Unten auf die

Karte schrieb Elam folgende Worte: Wir beten beide dafür, dass du und Daniel ein aufrichtiges Herz habt und den Gemeindebann ernst nehmt und Buße tut und zu eurem Bund mit Gott und der Gemeinde zurückkehrt.

Wieder eine Gelegenheit für meinen großen Bruder, uns wegen unserer Sünde zu tadeln, weil wir unser Taufversprechen gebrochen und die Amische Kirche verlassen haben. Wir haben uns einer weniger strengen christlichen Gemeinde angeschlossen, einer Gemeinde, in der auf der Kanzel gepredigt wird, dass man durch Gottes Gnade Erlösung finden kann. Aber gleichzeitig eine Gemeinde, die Strom und Autos erlaubt – eine Sünde und eine Schande in den Augen der Amisch der Alten Ordnung.

Mit neunzehn Jahren legte ich auf Knien den Eid ab, Gott und der amischen Kirche treu zu sein. Dieses Versprechen gab ich damals von ganzem Herzen. Ich war nach der Alten Ordnung aufgewachsen und war mir des Ernstes eines solchen Eides sehr wohl bewusst – ein lebenslanger Bund mit dem allmächtigen Gott – damals und heute. Mein Versprechen Gott gegenüber habe ich nie gebrochen. Ich halte es jetzt sogar noch mehr, würde ich sagen, seit ich mein Herz voll und ganz dem Herrn Jesus übergeben habe.

Wird Papa mir je vergeben?

Um mich von solchen trüben Gedanken abzulenken, konzentriere ich mich lieber auf praktischere Dinge und putze das Haus für unsere Gäste, die am Freitag kommen. Trotzdem wirft Papas ablehnende Haltung, seine Unversöhnlichkeit, einen langen, dunklen Schatten auf mein Leben ...

* * *

Nach dem Mittagessen ging Katie kurz ins Lebensmittelgeschäft, um ein paar Sachen einzukaufen. An die Einkäufe hatte sie sich erst gewöhnen müssen. Auf dem Bauernhof waren die nötigen Zutaten für die meisten Rezepte im kalten Keller von Papas altem Bauernhaus in Einmachgläsern und Fässern gelagert. Seit sie Daniel Fischer geheiratet hatte, baute sie nicht mehr alles selbst an, da der Platz in ihrem Garten begrenzt war. Aber sie hatte einen kleinen Gemüsegarten angelegt. Außerdem gab es keine Stallarbeit mehr, die verrichtet werden musste. Aber wer vermisste es schon, zweimal am Tag die Kühe zu melken? Was sie jedoch sehr vermisste, das war das ganze Drumherum auf einem Bauernhof, die Gerüche nach süßen, reifen Trauben, frisch gemähtem Heu, Geißblatt, das Zirpen der Grillen im Sommer und das sanfte Ächzen der Windmühlen. Am meisten vermisste sie jedoch die Gemeinschaft mit den Amisch.

Mehr als je zuvor fand Katie jetzt Zeit, hin und wieder Näharbeiten zu übernehmen, ihre Wäsche zu flicken und zu umsticken, zu singen und Gitarre zu spielen, für ihren Mann zu kochen und ihn zu verwöhnen. Manchmal, wenn sie in der Bibel las, verlor sie jedes Zeitgefühl und sog Gottes Wort wie ein trockener Schwamm auf.

Daniel ging tagsüber seiner Arbeit als technischer Zeichner nach. Abends und an den Wochenenden widmete er sich seiner Musik; in diesen Stunden komponierte er Lieder, die sie auf ihren Gitarren als Duett spielen konnten. Das junge Ehepaar wurde oft eingeladen, bei Hauskreisen oder anderen Gemeindeveranstaltungen zu spielen. Alles zu Gottes Ehre.

Katie fuhr auf Nebenstraßen zum Lebensmittelgeschäft und war von einer starken Zuversicht erfüllt. Mehr Zuversicht als sonst. Der Herr war so gut zu ihr: Er hatte ihr einen gottesfürchtigen und liebevollen Ehemann geschenkt, den Mann, von dem sie schon als kleines Mädchen geträumt hatte. Sie sang beim Autofahren. Die Sonne schien, und die Vögel flatterten von Baum zu Baum und zwitscherten ein Oktoberlied.

Als sie auf den Schotterparkplatz einbiegen wollte, sah Katie in der Ferne ein Pferd und einen grauen Einspänner die Straße entlangkommen. Bei diesem vertrauten Anblick bildete sich ein dicker Kloß in ihrer Kehle. Aber trotz des schmerzlichen Ziehens in ihrem Herzen verwarf sie ihre wehmütigen Gedanken schnell wieder.

Als sie den Laden betreten hatte, suchte sie die nötigen Zutaten für das uralte Kochrezept zusammen: brauner Zucker, Sauerrahm, Weincreme, Vanille und Milch. Sie kontrollierte noch einmal auf ihrem Einkaufszettel, ob sie alles hatte, was sie benötigte, und stellte sich dann in die Schlange an der Kasse.

Während Katie darauf wartete, ihre paar Sachen zu bezahlen, betrat plötzlich ihr Vater das Geschäft. Groß und kräftig stand er nur wenige Meter neben ihr. Ihr Frohsinn war wie weggeblasen. Ihr stockte der Atem. Zum ersten Mal seit ihrer Rückkehr nach Lancaster County vor einem Jahr erblickte sie ihn. Sie fühlte sich richtig verloren. Trotzdem winkte sie ihm zu und trat sogar erwartungsvoll einen Schritt vor. In diesem Bruchteil einer Sekunde, in dem sich ihre Blicke begegneten und sie sich kurz in die Augen schauten, wandte er sich ab und schritt an ihr vorbei.

Ihre Kehle war wie zugeschnürt. Tränen traten ihr in die Augen. Sie musste in ihrer Handtasche nach einem Taschentuch suchen.

Es ist besser zu vergeben, als nachtragend zu sein ...

Wie oft hatte Papa das im Laufe der Jahre gesagt? Ihr Vater hatte ihnen vorgelebt, dass Barmherzigkeit, die man seinem Nächsten erweist, wie Gnade aus der Hand des allmächtigen Gottes ist. Andererseits war Katie natürlich nicht einfach irgendein Nächster. Sie war in einer strengen amischen Familie aufgewachsen und war im bewussten Ungehorsam aus der Amischgemeinschaft ausgebrochen – auf der Suche nach eitlen Dingen. Schließlich war sie zurückgekehrt und hatte behauptet, Christ geworden zu sein. Um dem Ganzen die Krone aufzusetzen, hatte sie auch noch einen Mann geheiratet, der aus der Amischgemeinschaft exkommuniziert worden und jetzt Mennonit war.

Papa vertrat schon immer die Ansicht, dass niemand einen Menschen mehr verderben und mit Sauerteig durchsäuern könne als der eigene Ehepartner oder die Kinder. Besonders wenn sie abtrünnige Sünder waren, wie Katie es in den Augen der Gemeinschaft der Alten Ordnung war. Ihr Vater war fest davon überzeugt, dass der Gemeindebann dazu diene, die Menschen zu beschämen und eine Besserung des Lebens zu bewirken. Das hatte Menno Simons, der Leiter der verfolgten Anabaptisten im sechzehnten Jahrhundert erklärt.

Papa will mich immer noch beschämen und hofft, ich würde dadurch wieder zu Vernunft kommen. Dieser Gedanke nagte an Katie, während sie an der Kasse bezahlte und aus dem Geschäft eilte. Sie verstand das Motiv ihres Vaters sehr gut. Daran ließ sich nicht rütteln. Trotzdem bohrte der Schmerz, abgelehnt zu werden, tief in ihrem Herzen. Wie sehr wünschte sie sich, sie hätte in ihrer Kindheit und Jugend mehr Zeit mit ihrem Vater im Stall verbracht und ihn besser kennen gelernt. Natürlich gab es viele gute Erinnerungen. Daran bestand kein Zweifel.

Zum Beispiel die Erinnerung an den Tag, an dem er ihr geholfen hatte, ein ganzes Fass Mais zu schälen. „So viel Arbeit für ein kleines Mädchen", hatte er ganz ernst gesagt. Aber dann war ein seltenes Lächeln über sein Gesicht gezogen.

„Ach, Papa, das schaffe ich schon. Ich bin doch ein großes Mädchen."

Er schaute in das Fass, zog mehrere Maiskolben heraus und ließ sie durch seine schwieligen Hände gleiten. „Ich würde sagen, wenn du das alles schaffen willst, bist du bis zum Abendessen beschäftigt." Er schwieg kurz. Dann fragte er: „Warum ist Mama oder Maria Stoltzfus nicht da, um dir zu helfen?"

„Mama kocht Eintopf für das Abendessen, und Maria näht heute ihre ersten Stiche an einem Quilt."

Papa schüttelte den Kopf. „Es ist eine richtige Schande, dass du ganz allein hier draußen bist und arbeitest." Er zog einen weiteren Maiskolben aus dem Fass. Dieses Mal schaute er ihn nicht lange an, sondern schälte ihn blitzschnell ab. Damals hatte sie sich gefragt, warum Papa nicht draußen auf den Feldern oder im Stall gebraucht wurde. Ihre Brüder fragten sich bestimmt, wo er war und warum ihr Vater mit ihrer kleinen Schwester Mais schälte. Aber sie sagte nichts und zog nur den nächsten Kolben aus dem Fass.

Genauso tat es Papa. Er benahm sich, als wäre es selbstverständlich, was er tat, als hätte er nicht ein Dutzend anderer Arbeiten zu erledigen.

Mama war überrascht, als sie sah, wie schnell sie gearbeitet hatte. Aber Katie verpetzte Papa nicht. Sie verriet niemandem, dass er für eine Weile in den Hof gekommen war und mit seiner kleinen Tochter Frauenarbeit verrichtet hatte.

Ein anderes Mal hatte sie in der Nähe des Hauses gestanden und zugesehen, wie ihr Vater und Elam auf der anderen Seite des Hofes neben dem Stall einen kranken Baum mit einer großen Säge fällten. Noch kein einziges Mal in ihrem jungen Leben hatte sie ihn fluchen hören, nicht einmal, als seine Hand von der Säge fast durchgesägt worden war. Papa wäre an jenem Tag beinahe verblutet. Wer weiß, was passiert wäre, wenn Mama nicht Elam die Straße hinabgeschickt hätte, um im Haus ihrer mennonitischen Kusine über das Telefon – dem Instrument des Teufels – Hilfe zu holen. Während der ganzen Zeit blieb ihr Vater standhaft, ehrbar und begann weder zu schimpfen noch zu toben, wie Katie es getan hätte, wenn der Unfall ihr passiert wäre, und *ihr* Blut so schnell aus ihrem Körper getropft wäre.

Tatsache war, dass ihr Vater eine innere Stärke besaß, die Katie nie ganz verstand. Etwas, das größer war als er selbst. Etwas, das ihm half, nicht die Ruhe zu verlieren, wenn das Leben rau wurde.

Papa! Wie in aller Welt sollte ein Mädchen mit einem Mann umgehen, der ein so wunderbarer, guter Teil ihres Lebens gewesen war? Ein Mann in einer alten Arbeitshose, die an den Knien geflickt war, der den ganzen Tag schmutzverschmierte Arbeitsstiefel trug, seinen nicht wegzudenkenden Strohhut auf den Kopf gedrückt hatte und beim Melken in seinem amischen Dialekt mit den Kühen sprach und seinen Kindern jeden Abend aus der deutschen Bibel vorlas und sie lehrte, wie sie nach dem Willen Gottes und der amischen Kirche leben sollten. Ein Mann, der zwar leicht zornig wurde, wenn unter seinem Dach nicht alles nach seinem (und Gottes) Willen lief, der aber gleichzeitig Mama oft in die Arme nahm, wenn es ihr nicht gut ging. Wie sollte man mit einem solchen Mann umgehen, der einem jungen Mädchen Gottesfurcht eintrichterte, als Ärger und Rebellion tief in seiner Seele loderten? Ein Mann, der genauso willensstark war wie sie selbst, ein treuer Mann, der sich streng an die Bestimmungen der Kirche hielt, als sie ihre verbotene Gitarre auf dem Heuboden versteckte und verbotene Lieder sang und dann von zu Hause fortlief, um ihre leibliche Mutter zu suchen, und damit ihm und ihrer Mutter das Herz brach? Was sollte sie tun, wenn sie diesen Mann doch mehr liebte, als sie mit Worten beschreiben konnte, und jeden Tag dafür betete, dass Gott ihr helfen möge, einen Weg zurück in sein Herz zu finden?

„Eines Tages wird es geschehen", hoffte Katie. Eines Tages würde sie offen mit ihrem Vater sprechen.

In jener Nacht lag sie wach in ihrem Bett. Während sie ihrem eigenen Herzschlag lauschte, ließ sie ihre kurze, schmerzliche Begegnung mit ihrem Vater noch einmal Revue passieren. Seine Weigerung, mit ihr zu sprechen. Er hatte einfach an ihr vorbeigesehen und war, ohne auch nur „Hallo" zu sagen, weitergegangen. Wie seit vielen Monaten hatte sie auch heute wieder das Gefühl, dass etwas Großes in ihrem ansonsten glücklichen Leben fehlte. Etwas sehr Großes.

„Was ist mit dir, Katie?", flüsterte Daniel neben ihr.

„Mein Vater ... ich habe ihn heute im Lebensmittelgeschäft gesehen."

Daniel nahm sie in die Arme und zog sie zärtlich an sich.

„Er hat mir einfach den Rücken zugekehrt." Sie kämpfte mit den Tränen. „Es war das erste Mal, seit ..."

„Ich weiß", nickte Daniel tröstend. „Ich verstehe dich ..."

* * *

Katie tat etwas Weises und besuchte am nächsten Abend nach Einbruch der Dunkelheit Ella Mae. Sie schüttete ihrer Großtante ihr Herz aus: Sie könne unmöglich tun, was die Amisch von ihr verlangten: Ihre angebliche Sünde bekennen, so wie es die amische Kirche von Menschen, die mit dem Bann belegt waren, forderte. Die Erlösung durch Gottes Gnade war das ersehnte, fehlende Glied in ihrem Leben gewesen. Wie sollte sie da auch nur daran denken, die von Gott geschenkte Freude und Vergebung ihrer Sünden zu leugnen und Buße dafür zu tun, dass sie die amische Kirche verlassen hatte? Das wäre ein riesiger Rückschritt für sie. Und was war mit der Musik, die sie zu Gottes Ehre einsetzte? Daniel war ebenfalls berufen, in Gottes Reich zu arbeiten. Nein, sie konnte nicht – und sie *würde* auch nicht – den Herrn und das Evangelium verlassen, um die Zuneigung ihres Vaters zurückzugewinnen.

Ella Mae stimmte ihr von ganzem Herzen zu. „Du hast vollkommen Recht, Katie. Wenn man Jesus nachfolgt, bedeutet das manchmal, dass man die Vergangenheit loslassen muss." Die alte Frau seufzte schwer und zog ihr Taschentuch heraus. „Ach, dein Vater vermisst dich so sehr. Das weiß ich ganz genau."

„Das ist schwer zu glauben", flüsterte Katie.

Ella Mae wischte sich die Augen und sprach weiter. „An jenem Sonntag, an dem die Kirchengemeinde zusammenkam, um über deinen Ausschluss aus der Gemeinschaft abzustimmen, habe ich mit eigenen Augen gesehen, wie schwer das für Samuel Lapp war. Seine Lippe zitterte. Das alles schmerzte ihn zutiefst. Dieser Gemeindebann tut uns allen weh. Das lässt sich nicht leugnen."

Ihr Vater war also hin und her gerissen, genauso wie Mama und auch andere Mitglieder aus ihrer Familie. Ja, der ganze Gemeindebezirk, berichtete Ella Mae.

„Mein Schmerz lässt sich durch nichts lindern", gestand Katie.

Die Weise Frau nickte. In ihren Augen glänzten die Tränen. „Du musst den Schmerz vor den Herrn bringen, Katie. Er will unsere schweren Lasten tragen."

Ella Mae hatte Recht. Sie konnte nichts Besseres tun, als dem himmlischen Herrn zu vertrauen. Sein Wille und seine Wege waren das Beste für sie. Mehr denn je war Katie für das offene Ohr und das mitfühlende Herz ihrer Tante dankbar. Das sagte sie Ella Mae auch, bevor sie leise das Haus ihres Großvaters verließ und in die Nacht hinaushuschte.

* * *

Katie brachte ihre Lasten vor Gott. Aber es war trotzdem sehr schwer, besonders nach dem Treffen mit ihren Freunden. Während des Abends kam das Gespräch plötzlich auf Eli, Katies mittleren Bruder, und seine bevorstehende Hochzeit mit einer Kusine von Maria, der Frau des Bischofs.

„Eli heiratet ...? Wann?", entfuhr es ihr.

„Samstag in drei Wochen", kam die Antwort.

Warum hat Mama mir das nicht erzählt?, fragte sie sich, aber sie wusste den Grund. Wer mit dem Gemeindebann belegt war, wurde nicht zu Hochzeiten eingeladen. Dabei spielte es keine Rolle, ob sie Verwandte waren oder nicht. Sie würde keine Einladung zu dieser Hochzeit bekommen.

Die alte Traurigkeit wegen der Entfremdung von ihrer Familie und ihren nahen Verwandten drohte Katie zu verschlingen.

Daniel spürte, was in ihr vorging. „Wir kaufen ihnen ein schönes Hochzeitsgeschenk", sagte er und drückte ihre Hand.

„Ja", flüsterte sie. „Das tun wir."

* * *

Am nächsten Tag erntete Katie in ihrem Garten schöne, runde Kürbisse. Trotz der warmen Sonnenstrahlen lag eine spürbare Kälte in der Luft. Die bevorstehende kalte Jahreszeit kündigte sich an. Aber vielleicht, so hoffte sie, kämen noch ein paar angenehme und sonnige Tage, bevor der Frost sich über die Kürbisse und das ganze Land legen würde.

Katie erinnerte sich an frühere Herbsttage – Tage mit ihren älteren Brüdern Elam, Eli und Benjamin und mit ihrem Vater und ihrer Mutter. Sie dachte gern daran zurück, wie die ganze Familie abends von Hand Butter machte. Die Jungen machten so gern einen Wettstreit daraus. Eigentlich ein Spiel. Sie stoppten die Zeit, wie lange jeder am Butterfass stand. Jeder bekam nur zehn Minuten zugestanden, nicht mehr. Dabei wurde viel gelacht und Spaß gemacht. Katie war eigentlich noch zu klein zum Buttern und bekam deshalb nur ein paar Minuten zugeteilt, wenn überhaupt.

„Kommt, seid nicht ungerecht", tadelte Mama ihre Söhne von ihrem Stuhl auf dem Rasen, wo sie den Kindern aus der Ferne zuschaute.

Wenn das Ausbuttern auf einen Tag fiel, an dem alle Arbeiten im Hof schon erledigt waren, hielt sich auch Papa manchmal in der

Nähe auf. Er hockte neben Mama im Gras. Seine Miene war ernst wie immer, auch wenn er die Stille des Abends zu genießen schien. Er war kein Mann vieler Worte, aber bei einer Gelegenheit war er seiner einzigen Tochter zu Hilfe gekommen. Diese angenehme Erinnerung würde sie nie vergessen.

Benjamin hatte in den zehn Minuten, die ihm zugeteilt waren, das Butterfass verlassen, um sich aus dem Brunnen auf der anderen Seite des Hofes etwas Kaltes zu trinken zu holen. Katie bemerkte, dass er fort war und nahm schnell seinen Platz ein. Sie drückte den Griff nach unten ... und zog ihn wieder nach oben ... und drückte ihn dann wieder mit voller Wucht nach unten, auch wenn sie das sehr viel Kraft kostete.

Als Benjamin zurückkam, runzelte er aufgebracht die Stirn. „Wer hat dir erlaubt, dass du meinen Platz einnehmen darfst?"

Katie wollte sich ihre Chance nicht aus der Hand nehmen lassen und arbeitete unbeirrt weiter. Die Arbeit war so anstrengend, dass sie keine Luft zum Sprechen hatte. Katie bewegte mit ganzer Kraft ihre kleinen Hände und Arme und lehnte sich so gut sie konnte auf den Griff.

„Katie!", brüllte Ben mit hochrotem Gesicht.

Im nächsten Augenblick stand Papa an ihrer Seite. Sie hatte sich so sehr auf ihre Arbeit konzentriert, dass sie ihn nicht von seinem Platz auf dem Rasen hatte aufstehen und zum Butterfass schreiten sehen. „Benjamin, du hast deine zehn Minuten verspielt", sagte Papa ruhig. „Katie und ich übernehmen deine Zeit." Das taten sie dann auch, und das war das Ende der Diskussion. Wenigstens für *jenen* Abend.

Katie musste bei dieser lustigen Erinnerung lächeln. Aber je mehr sie darüber nachsann, umso mehr genoss sie es, dass ihr Vater sich auf ihre Seite gestellt hatte, und das gegen seinen Sohn, noch dazu seinen leiblichen Sohn.

Papa hat mich damals geliebt, dachte sie, während sie die Erde von einem schönen mittelgroßen Kürbis wischte und ihn auf eine Schubkarre lud.

Als Katie sich am Sonntagmorgen vor dem Gottesdienst ankleidete, sprach sie mit ihrem Mann über Elis bevorstehende Hochzeit. „Wir können nicht damit rechnen, dass wir eingeladen werden."

Daniel nickte. „Du hast leider Recht. Ich weiß, dass dir das sehr wehtut."

„Ja, damit muss ich wohl für den Rest meines Lebens fertig werden."

„Vielleicht auch nicht", sagte Daniel und nahm sie in die Arme. „Wir vertrauen darauf, dass der Herr die Unversöhnlichkeit aus dem Herz unserer Familien wegnimmt."

Ihr geliebter Mann hatte Recht. Das wusste Katie genau. Trotzdem quälte sie der Schmerz, von ihrer Familie abgelehnt zu werden und von ihnen getrennt zu sein, Tag und Nacht.

Im Gemeindehaus plauderten mehrere Frauen über Elis Hochzeit. Anscheinend wusste jeder von den Hochzeitsplänen – wann und wie und wo –, nur Katie nicht. Natürlich waren einige Frauen mit Elis künftiger Frau verwandt. Katie hatte mit Grace Stoltzfus jedoch nur ein- oder zweimal beim Singen am Sonntagabend gesprochen – und das lag schon sehr lange zurück. Sie kannte das Mädchen, das bald ihre Schwägerin sein würde, kaum.

Sie nahm neben den anderen Frauen und Kindern ihren Platz auf der linken Seite des Gemeinderaumes ein und beugte den Kopf zum Gebet. Als die Predigt begann, dachte sie, der Predigttext, den der Pastor für diesen Sonntag ausgewählt hatte, sei allein für sie bestimmt.

Kein Mensch, der seine Hand an den Pflug legt und zurückschaut, ist gemacht für das Reich Gottes.

Je mehr sie ihr Herz für Jesu Worte öffnete, umso spürbarer zog ein tiefer Frieden in ihre Gedanken ein.

* * *

Am Montagmorgen war Katie wie immer bei Tagesanbruch auf den Beinen und saß mit Daniel am Küchentisch, trank eine Tasse schwarzen Kaffee und ließ ihren Blick über die Felder hinter ihrem Haus schweifen. An diesem Haus gefiel ihnen am meisten, dass ihr kleiner Garten an der Baumgrenze direkt in das Maisfeld des Nachbarn überzugehen schien. Das gab ihnen das Gefühl der Weite, das Gefühl, mehrere Hektar Land zu haben. Sie fragte sich, ob Daniel es je vermisste, an der Seite seines Vaters das Land zu bearbeiten. Daniels Vater hatte gewollt, dass sein Sohn in seine Fußstapfen trat. Wahrscheinlich trauerte er immer noch darum, dass Daniel von zu Hause ausgezogen war, Baupläne zeichnete und seine „teuflische" Gitarre spielte und Lieder sang, die nicht im *Ausbund* standen, dem Gesangbuch der amischen Kirche aus dem sechzehnten Jahrhundert.

Der Himmel war von goldenem Licht durchzogen, als über den Hügeln in der Ferne die Sonne aufging. Die Temperaturen waren in der Nacht stark gesunken; Katie konnte den leichten Raureif sehen, der auf den Bäumen und den noch übrig gebliebenen Pflanzen in ihrem Garten lag. Es würde nicht mehr lange dauern, bis die Bäche und Teiche zufroren und die Winterwinde Schnee brächten. Vorerst jedoch wartete, laut Daniels *Bauernalmanach*, ein weiterer Monat mit relativ mildem Herbstwetter auf sie. Darüber war sie froh. Sie hatte alle Hände voll zu tun, Gemüse und Obst zu verarbeiten, und ging von Haus zu Haus und half ihren Freundinnen, Hunderte von Gläsern mit Lebensmitteln einzumachen und für den Winter zu lagern.

Erst diese Woche hatte sie sich mit der Ablehnung ihres Vaters abgefunden, auch wenn sie den Schmerz der Trennung von ihrer geliebten amischen Familie weiterhin mit sich herumtragen würde. Genauso wie ihr Mann. Daniel hatte seine Eltern auch nicht mehr gesehen oder mit ihnen gesprochen, seit er auf Knien seinen Vater um Vergebung gebeten hatte und nur auf ernste Gesichter gestoßen war. Seine Mutter hatte geweint, als er sie zum Abschied auf die Wange geküsst hatte. „Mein Leben liegt in Gottes Hand", hatte er gesagt, aber keiner hatte ihm in die Augen gesehen. Sie akzeptierten seinen neu gefundenen Glauben nicht. Genauso wenig wie seine Zugehörigkeit zur mennonitischen Gemeinde. Ein Mensch, der behauptete, er sei erlöst, war nach den Lehren der amischen Kirche ein Ketzer. Heilsgewissheit konnte man auf dieser Erde nicht haben ... nicht vor dem Tag des Jüngsten Gerichts. Wer etwas anderes dachte oder sagte, trug damit eine furchtbare Arroganz zur Schau. So einfach und unumstößlich war das. Trotzdem hatte sein Vater an jenem Tag überraschend in Daniels dargebotene Hand eingeschlagen. Viel mehr durften Katie und Daniel nicht erwarten, aber sie *konnten* dafür beten, dass ihre Eltern ebenfalls die Erlösung, die Jesus Christus ihnen anbot, annahmen. Das Wenige, das sie tun konnten, war gleichzeitig das *Größte*, weil sie an die Macht des Gebets glaubten. Und so hielten sie sich jeden Tag an den Händen und brachten den Namen jedes ihrer Verwandten vor den Thron Gottes.

Katie stellte ihre Kaffeetasse ab und rührte gedankenverloren ihren Kaffee um. Sie erinnerte sich an so manches Frühstück, das sie als kleines Mädchen mit ihren Eltern zusammen eingenommen hatte. Dabei hatte ihre Mutter sowohl lustige als auch ernste Geschichten erzählt: von einem Ungeschick oder Beinahe-Unfall im Stall, von endlosen Bergen schmutziger Wäsche und von all den eigenartigen und wunderbaren Dingen, die sich im Laufe eines Lebens auf dem Bauernhof zutrugen. Die kleine Katie hörte immer aufmerksam und mit offenen Ohren zu und genoss den natürlichen Rhythmus der Stimme ihrer Mutter, wenn sie eine Geschichte erzählte. Papa nickte hin und wieder zustimmend oder warf hier und da ein paar Worte ein. Er versuchte dabei nie, die Geschichte zu übertreiben. Das wäre ihm nicht in den Sinn gekommen. Er fügte nur hinzu, wie er die jeweilige Situation erlebt und gesehen hatte.

Katie mochte besonders die Geschichte vom sechzehnten Geburtstag von Mamas älterem Bruder. Sein Vater hatte ihm einen schnittigen schwarzen Einspänner und ein eigenes spritziges Pferd geschenkt. Als er zum ersten Mal am Sonntagabend beim Singen war, hatte Katies Onkel Seth den größten Teil des Abends damit verbracht, die Aufmerksamkeit „eines ganz bestimmten hübschen Mädchens zu erregen", erzählte Mama immer mit einem himmlischen Grinsen. Die Geschichte ging so weiter, dass Seth seiner späteren Frau – was sie damals natürlich noch nicht wusste – lang und breit die Ohren voll redete, dass sein neuer Einspänner viel besser sei als alle anderen, die draußen im Hof standen, und dass sein Pferd furchtbar schnell laufen könne. „Warte nur ab, bis du siehst, wie schnittig ich die Kurven nehmen kann", prahlte er.

Das hübsche junge Mädchen war von derlei Unsinn nicht im Geringsten beeindruckt. Sie hoffte, dass ein vernünftiger, ernst zu nehmender junger Mann ihr den Hof machte, der so viel Verstand besaß, vorsichtig zu fahren, *falls* sie einwilligen sollte, sich von ihm nach Hause bringen zu lassen. Das sagte sie ihm auch! Sie sagte Onkel Seth die Meinung, wie es bis dahin noch keine Frau getan hatte. Das war der Anfang einer dreijährigen Freundschaft, die schließlich in einer großen Hochzeit ihren Höhepunkt fand.

Katie dachte an ihre eigene Jugendzeit zurück – ihre *„Rumspringzeit"* – und musste lächeln. Daniel hatte jede mögliche Ausrede, die man sich nur ausdenken konnte, benutzt, um ihre Aufmerksamkeit zu erregen. Schon lange, bevor sie sechzehn war und zum Singen gehen durfte. Auch andere Jungen zeigten an ihr Interesse. Eine Weile ließ sie sich von verschiedenen Jungen in ihren Einspännern nach Hause bringen. Daniel überredete sie einmal einen ganzen Abend lang, mit ihm nach Hause zu fahren. Danach dauerte es nicht mehr lange, bis sie mehr oder weniger heimlich ein Paar waren, so wie es bei den Amisch seit Urzeiten Brauch ist.

Eine frustrierende und zugleich lustige Nacht war Katie besonders im Gedächtnis geblieben. Daniel brachte sie bereits seit mehreren Monaten regelmäßig nach Hause, als in einer besonders schönen Vollmondnacht mehrere Jungen nach dem Singen Daniels Einspänner folgten, ohne dass die beiden es bemerkten. Sie und Daniel standen eine Weile neben dem Einspänner und unterhielten sich leise und hielten sich sogar an den Händen.

Als Daniel den Einspänner am Straßenrand stehen ließ, um Katie zu Fuß zu ihrem Haus zu begleiten, machten sich die Jungen mit seinem Pferd davon. Ein guter Streich! Das ließ sich nicht leugnen!

Als Katie jetzt am frühen Morgen ihren Mann anschaute, war sie sicher, dass ihn etwas beunruhigte. Daniel saß viel stiller als sonst da, trank seinen Morgenkaffee und schaute aus dem Fenster. Es war eigentlich gar nicht seine Art, beim Frühstück so ernsten Gedanken nachzuhängen.

„Schatz?" Sie streckte die Hand über den Tisch und berührte seinen Arm.

Er schaute sie nachdenklich an. „Kannst du dich noch an die Predigt von gestern erinnern?", fragte er.

Und ob sie sich daran erinnerte! Sie konnte sogar den Vers aufsagen, der sich ihr wieder neu ins Gedächtnis gegraben hatte: Wenn man seinen Frieden gefunden hat und eine Arbeit für den Herrn begonnen hat, ist jedes Zurückschauen fruchtlos. So steht es in der Bibel.

„Wir müssen aufhören zurückzuschauen", sagte Daniel. „So schwer das auch ist."

Sie nickte und reichte ihm, ohne ein Wort zu sagen, eine Platte mit heißen Rühreiern und Toastbrot. Ihr Blick wich nicht von seinem Gesicht.

Er nahm die Platte und schob sich ein paar Eier auf seinen Teller. „Ich kann mir einfach nicht vorstellen, dass ich *meinem* Sohn oder *meiner* Tochter den Rücken zukehren könnte", sagte er.

„Die Tradition ist in unseren Familien tief verwurzelt. Sie alle brauchen Erlösung und Befreiung. Nicht nur von ihrer Schuld. Auch von solchen Überlieferungen." Sie wusste, dass er ihr von ganzem Herzen zustimmte.

Sie hielten sich an den Händen, und Daniel bat um Gottes Segen für das Frühstück und für den Tag. Seine Stimme war kräftig und vertrauensvoll. Es gäbe zweifellos noch viele ähnliche Augenblicke in der Zukunft. Ihr Leben mit Gott und ihre Liebe zueinander wuchs von Tag zu Tag mehr. Wenn einer von ihnen niedergeschlagen und verletzt war, dann war der andere stark, und umgekehrt. So war es schon immer, seit sie sich als Jugendliche ineinander verliebt hatten. Ihre gemeinsame Liebe zur Musik half ihnen, dem Schöpfer und Gott, der sie geschaffen hatte, ihre Anbetung darzubringen. Dem Gott, der sie beide als sensible und mitfühlende Menschen geschaffen hatte. Katie fragte sich, wie wohl später ihre und Daniels Kinder wären, wenn ihre Eltern sich so ähnlich waren.

Während sie das Geschirr spülte, klingelte das Telefon. „Fischer", meldete sich Katie.

„Wie geht es dir, Katie?" Es war Mama.

„Oh, gut", erwiderte sie und hoffte, etwas über Elis Hochzeitspläne zu hören.

„Wir haben seit Ewigkeiten nicht mehr miteinander gesprochen."

„Wo bist du jetzt?" Sie musste es wissen. Sie wollte sich vorstellen können, wo ihre Mutter gerade war und wie sie aussah, während sie mit ihr sprach.

„Erinnerst du dich an die Telefonzelle neben dem Restaurant in Bird-in-Hand?"

Katie kannte diese Telefonzelle. „Ist bei euch alles in Ordnung?"

„Nun ja ..." Mama schwieg einen Augenblick. „Ich denke, du solltest die Neuigkeit von mir erfahren, auch wenn du vielleicht schon davon gehört hast: Eli heiratet Grace Stoltzfus."

„Ja, ich habe es schon gehört ... in der Kirche. Einige Frauen sind Kusinen von Graces Mutter, glaube ich."

Mama seufzte hörbar. „Oh, Katie, es tut mir so weh, dass du nicht dabei sein kannst, wenn dein Bruder heiratet und dass du sein Eheversprechen nicht hören kannst, aber ..."

Katie wurde es schwer ums Herz. „Zerbrich dir deshalb bitte nicht den Kopf. Daniel und ich werden ihnen in ein paar Tagen ein Hochzeitsgeschenk schicken." Dann fügte sie schnell hinzu: „Wir werden dafür beten, dass sie ein langes glückliches gemeinsames Leben haben."

„Sie scheinen gut zusammenzupassen, und Grace scheut auch keine Arbeit. Sie kocht und backt mit mir. Beim Einmachen hilft sie kräftig mit, genauso wie alle anderen Frauen im Bezirk. Sie lacht auch gern und macht gern Witze, weißt du. Genauso wie Eli und Benjamin."

„Der Ernst des Lebens kommt noch früh genug, oder?", lachte Katie und unterhielt sich locker mit ihrer geliebten Mutter, obwohl sie in Wirklichkeit nichts lieber wollte als Nägel mit Köpfen zu machen. Wenigstens dieses eine Mal.

„Es tut so gut, deine Stimme wieder zu hören, Katie. Ist bei euch alles in Ordnung?" Mama sagte *bei euch*, als lebten sie auf der andere Seite der Erde. Aber in vielerlei Hinsicht war es ja auch so.

„Uns geht es gut." Katie musste an ihren Vater denken und fragte: „Wie geht es Papa?"

„Wie immer", kam die unverbindliche Antwort.

Hat er erzählt, dass er mich im Laden gesehen hat? Sie wagte es nicht, die Frage auszusprechen. Sie wagte es nicht, zurückzuschauen, nachdem sie die Hand an den Pflug gelegt hatte. Trotzdem schmerzte der Platz in ihrem Herzen, der für ihren Vater reserviert war, wie eine offene Wunde.

„Schreibe mir bei Gelegenheit wieder einmal", sagte Katie, bevor sie sich verabschiedeten. „Ich liebe dich, Mama. Dich und Papa." Sie war kurz davor zu sagen: „Richte ihm das von mir aus", aber sie behielt es für sich. Das war besser so.

* * *

Daniel sagte, er wolle spazieren gehen ... *bevor* er ins Büro fuhr. Das klang zwar ein wenig seltsam, aber sie sagte nichts und ging daran, Brot zu backen, wie sie es an jedem Wochentag am Morgen tat.

Gegen acht Uhr kehrte Daniel zurück. Mit strahlendem Gesicht und leuchtenden Augen kam er durch die Hintertür ins Haus. „Ich glaube, ich weiß, was wir tun sollen", verkündete er. „Wie wir unsere Familien erreichen sollen." Er schaute ihr erwartungsvoll in die Augen. „Katie, es ist Zeit, dass wir weitergehen, dass wir uns von dem Gemeindebann nicht länger lähmen lassen. Wenn wir nicht nach Hickory Hollow zu unseren Leuten zurückkönnen, um ihnen von unserem Herrn zu erzählen, dann laden wir sie doch hierher ein ... zu uns."

Diese Idee klang in der Theorie gut, aber solange Gott kein Wunder wirkte, bestand keine Chance, dass ihre Väter über ihre Schwelle treten würden. Daran ließ sich leider nichts ändern.

„Was hältst du davon?" Er hoffte auf ihre moralische Unterstützung. Das sah sie an seinem Blick.

„Hast du darüber gebetet?"

„Ich habe gerade mit dem Herrn darüber gesprochen, während ich spazieren ging." Er lächelte und sah so überzeugt aus. „Ich bin fast sicher, dass mir Gott diesen Gedanken ins Herz gegeben hat."

„Wie sollte *ich* dann diesen Gedanken in Frage stellen?"

Sie beteten miteinander, dass sie Daniels und Katies Eltern zum Essen einladen wollten, obwohl sie wussten, sie würden höchstwahrscheinlich eine Absage ernten. Am Anfang wenigstens. Aber vielleicht würde sich mit der Zeit, wenn sie immer wieder fragten, etwas ergeben.

„Wir können vertrauen und beten", sagte Katie und war genauso fest entschlossen wie ihr geliebter Mann. Sie wollten nicht nur ihre Familienbande erneuern; sie wollten ihre Eltern und Geschwister in die Familie Gottes einladen. Das war ihnen am wichtigsten bei der ganzen Sache.

„Gott sieht unser Herz", sagte Daniel und küsste sie zum Abschied, bevor er zur Arbeit fuhr. „Warten wir doch einfach ab, was der Herr tut."

Katie musste lächeln. Ihr geliebter Daniel war so voller Zuversicht, nachdem er noch vor kurzem beim Frühstück in so ernste Gedanken versunken gewesen war. „Seid still und seht zu, wie Gott euch errettet", rief sie ihm nach.

* * *

Die Tage kamen und gingen, aber es kam keine Antwort auf ihre schriftlichen Einladungen. Weder von Daniels noch von Katies Eltern. Mama, die vielleicht eine Gelegenheit hätte, von zu Hause fortzukommen und wieder einmal anzurufen, um „wegen des Gemeindebanns" höflich abzulehnen, meldete sich ebenfalls nicht.

Elis Hochzeitstag rückte schnell näher. Mama hatte wahrscheinlich mit den Vorbereitungen alle Hände voll zu tun. Bestimmt kamen über zweihundert Gäste zur Hochzeitsfeier im Haus der Familie Stoltzfus zusammen. Katie plante, sich an diesem Morgen mit ein paar Freundinnen zu treffen. Sie wollte sich ablenken, um nicht zu sehr daran denken zu müssen, dass sie diesen besonderen Tag ihres Bruders verpasste.

Sie verarbeitete ihre Kürbisse. Sie backte Kürbisstrudel, Kürbisnusskekse und Kürbisgewürzkuchen und verteilte sie an ihre Nachbarn. „Sie teilte ihren Reichtum auf", wie Mama immer sagte.

Sobald sie verheiratet waren und ihr neues Haus bezogen hatten, gehörten Eli und Grace ebenfalls zu den Menschen, die Katie zum Essen einladen wollte. Ob Eli und seine Frau sich streng an die Gemeindebannvorschriften hielten, war natürlich ihre Entscheidung. Aber sie hatte das Gefühl – eigentlich eher eine starke Hoffnung –, dass die jüngere Generation für Menschen außerhalb des Gemeindebezirks von Hickory Hollow offener sein könnte. Sie dachte an eine ganze Reihe von Verwandten, denen sie in den nächsten Monaten gern ihren Glauben bezeugen wollte. Einer davon war Benjamin, ihr jüngster Bruder und gleichzeitig der Bruder, der ihr immer am nächsten gestanden hatte. Sie und ihr Mann wollten das Wort Gottes aussäen, wenn sie dazu Gelegenheit bekämen, und dann darauf vertrauen, dass der Herr der Ernte daraus machte, was er für richtig hielt.

Seid still und seht die Erlösung des Herrn ...

* * *

Es war der Morgen von Elis Hochzeit. Der Tag begann mit einem strahlenden Sonnenaufgang. Katie wurde bald im Haus ihrer lieben Freundin Darlene Frey erwartet, wo sie sich mit noch drei anderen Frauen trafen, um eine große Menge Apfelbutter zu machen. Genug für den ganzen Winter.

Aber im Moment war Katie mit Notenblättern eingedeckt, die rund um sie her verstreut waren. Einige lagen auf dem Boden und noch mehr auf dem Küchentisch. Sie war ganz darin vertieft, die Regeln der Notenschreibung zu befolgen. Wichtige Dinge, die Daniel ihr gezeigt hatte. Sie ging ganz in der Musik auf und saß daran, ein Danklied zu schreiben – ein Erntedanklied. Nur ungern wollte sie damit aufhören.

Ihre Gedanken wanderten jedoch immer wieder zu Eli und Grace, und sie räumte ihre Musikblätter weg und schlüpfte in einen Pullover. Als sie im Auto saß, ertappte sich Katie dabei, wie ihr Blick zum Himmel wanderte, der klar und blau war. Sie freute sich so sehr für ihren Bruder und seine Braut. Gott schaute sicher wohlwollend vom Himmel auf sie herab. Bemerkungen wie diese über das Wetter bei einer Hochzeit kamen normalerweise von Mama. Papa nickte manchmal und stimmte ihren Bemerkungen zu, auch wenn er selbst nicht der Typ war, der so etwas sagte.

Wäre Katie nicht so tief in Gedanken versunken gewesen, dann wäre sie bestimmt an der Kreuzung rechts abgebogen ... und zu Darlenes Haus gefahren. Stattdessen bog sie jedoch nach links ab und befand sie mit einem Mal auf der schmalen Straße, die nach Hickory Hollow führte.

Sobald sie einmal auf der Lehmstraße war, gab es kein Zurück mehr. Wenigstens nicht, ohne mitten auf der Straße anzuhalten und mühsam zu wenden. Dazu waren bestimmt mehrere Versuche und viel Vorsicht nötig, wenn man nicht auf der einen oder anderen Seite im Graben landen wollte. Natürlich hatte sie noch nie eine solche Wende mit dem Auto unternommen, und schon gar nicht hier, aber sie konnte sich leicht ausmalen, wie gefährlich ein solches Unterfangen ausgehen könnte. Wenn sie andererseits auf dieser Straße weiterfuhr, würde sie schließlich an einem viel zu vertrauten Sandsteinhaus vorbeifahren, dem Bauernhaus, das die Vorfahren ihres Vaters vor über hundertfünfzig Jahren gebaut hatten.

Da sie nicht in der Nähe gesehen werden wollte, beschloss sie, an einer etwas breiteren Stelle der Straße an den Rand zu fahren. Es wäre ein Fehler, jemandem von der Hochzeitsfeier über den Weg zu laufen. Das hätte nur zu dem Gerücht geführt, dass die mit dem Bann belegte Katie in der Gegend herumschnüffelte. Nein, das konnte sie nicht zulassen. Nicht nach dem Chaos, das sie bei einer früheren Hochzeit ausgelöst hatte.

Sie versuchte gerade, auf der Straße zu wenden, als sie im Rückspiegel hinter sich einen Leiterwagen über die Straße poltern sah.

Wie seltsam, dachte sie und fuhr wieder an den Straßenrand. Der Wagen kam immer am Tag *vor* der Hochzeit und brachte so viele zusammenklappbare Holzbänke, dass über hundert Menschen Platz fanden. Hatten so viele Gäste ihr Kommen zu der Hochzeit angekündigt, dass Eli einen anderen Gemeindebezirk hatte bitten müssen, ihm mit zusätzlichen Sitzgelegenheiten auszuhelfen? Das war die einzige vernünftige Erklärung für den Leiterwagen.

Sie wollte warten, bis das Pferd mit dem Wagen an ihr vorbei war, und saß mit den Händen am Lenkrad im Auto. Aber gerade als der Wagen sich ihrem Auto nähern wollte, blieb das Pferd unvermittelt stehen und ging mit den Vorderbeinen hoch, als wäre es aufgeschreckt worden. In diesem Augenblick fiel ihr Blick auf den Fahrer und den Beifahrer ... Papa und Benjamin! Sie konnte kaum richtig denken.

Ihr Vater begann, scharf an den Zügeln zu ziehen. Ben sprang nach unten, lief zu dem Pferd, ergriff das Geschirr und versuchte, es zu beruhigen. Inzwischen waren ziemlich viele Bänke hinten vom Wagen gerutscht und auf die Lehmstraße gefallen.

Sie eilte los, um ihren Vater darauf aufmerksam zu machen, dass er die Bänke verloren hatte. Ihr war nicht bewusst, dass er bis jetzt nicht bemerkt hatte, wer die Fahrerin dieses Autos war. Des Autos, das sein Pferd wahrscheinlich so erschreckt hatte. Ihr Vater riss die Augen weit auf, als er sie erblickte.

Ben war auf die Straße gesprungen und zu dem Pferd geeilt. Jetzt brüllte er ihr zu: „Katie! Was machst *du* denn hier?"

Da ihr klar war, wie ungeschickt sie dastünde, wenn sie versuchen würde, ihm zu erklären, dass sie falsch abgebogen war und jetzt auf der Straße wenden wollte, ging sie auf Bens Bemerkung nicht ein und schaute zu ihrem Vater hinauf. „Einige Bänke sind vom Wagen gefallen." Sie deutete nach hinten.

Mit einem Knurren stieg ihr Vater vom Wagen, und schaute selbst nach.

Sie fühlte sich so unwohl in ihrer Haut, während sie untätig dastand und die beiden sich abmühten, die langen, schweren Bänke wieder auf den Wagen zu heben. Sie wusste nicht, ob sie ins Auto steigen und davonfahren – und dabei riskieren, dass sie das Pferd wieder aufscheuchte – oder einfach wortlos stehen bleiben sollte. So blieb sie stehen und wünschte, sie könnte irgendwie helfen, wusste aber gleichzeitig, dass dies nicht in Frage kam. Immerhin war dieser Unfall wahrscheinlich ihre Schuld. Wenn sie in die *andere* Richtung, zu Darlenes Haus, gefahren wäre, wäre nichts von alledem passiert. Und das ausgerechnet heute.

Sie konnte es bereits hören: „Ihr werdet nie erraten, wen wir heute auf der Straße gesehen haben", würde Ben wahrscheinlich dem einen oder anderen Vetter erzählen. Ja, die Nachricht würde sich wie ein Lauffeuer ausbreiten.

Sie wäre schwer gedemütigt. Zusätzlich zu ihrem Ausschluss aus der Gemeinde und der Belegung mit dem Gemeindebann würden sie über Katie auch noch spöttisch lächeln.

Katie wartete, bis die Bänke alle aufgeladen und Benjamin und ihr Vater wieder in den Wagen gestiegen waren. Sie stand wie eine Statue da und wagte fast nicht zu atmen. Eine solche unerträgliche Begegnung war das.

Trotzdem wartete sie, bis der Wagen weiterfahren würde. Aber er schien dort stehen bleiben zu wollen und rührte sich nicht von der Stelle. Den Grund konnte sie nicht sagen.

Plötzlich stieg ihr Vater vom Wagen und kam auf das Auto zu. Kam auf *sie* zu. Er blieb ungefähr eine Armeslänge vor ihr stehen, stellte die Füße fest auf den Boden und senkte einen Augenblick den Kopf. Dann hob er ihn und schaute ihr direkt in die Augen. „Gott sei mit dir, Tochter", sagte er mit feuchten Augen.

Tochter ...

Katie wusste kaum, was sie sagen sollte. Schließlich brachte sie mühsam die Worte hervor: „Der Herr sei auch mit dir."

Ihre Blicke wichen nicht voneinander, aber ihr Vater sagte nichts mehr. Er wandte sich zum Gehen und warf einen Blick über seine Schulter zurück. Er hielt kurz inne, dann legte er die Hand auf den Griff und zog sich nach oben.

„Es ist besser zu vergeben, als einen Groll zu hegen." Die Worte ihres Vaters, die er vor so langer Zeit gesprochen hatte, kamen ihr wieder in den Sinn. Sie fühlte sich fast so leicht wie die Spottdrossel, die

mit ihren kurzen, runden Flügeln hoch am Himmel flatterte und deren Schatten mit dem langen Schwanz hier und da in den Rot- und Goldtönen des Herbstes auftauchte.

* * *

Lange, nachdem das Pferd den Leiterwagen weitergezogen hatte und der Wagen unter seiner Last knarrend und schaukelnd zu der Hochzeitsfeier rumpelte – lange, nachdem die Staubwolken sich ein wenig gelegt hatten – stieg Katie wieder in ihr Auto. Sie war jetzt bereit zu einem neuerlichen Versuch, auf der Straße zu wenden. Ja, sie würde es versuchen.

2. Die Geschichte

... als auf ein Licht, das da scheint an einem dunklen Ort, bis der
Tag anbreche und der Morgenstern aufgehe in euren Herzen ...
2. Petrus 1,19

Sie hatten fast den ganzen Tag bei der Hochzeit ihres mittleren Sohnes verbracht. Sie hatten ein köstliches Festessen serviert und sich mit ihren Verwandten unterhalten und die Zeit auf dem Hof von Graces Eltern wirklich genossen. Eli und seine Braut gaben ein schönes Paar ab. Rebekka Lapp war sehr glücklich über diese Hochzeit. Eine zusätzliche Schwiegertochter, mit der sie nähen und Quiltdecken anfertigen konnte ... und natürlich auch kochen und einmachen. Nach allem, was sie über Grace wusste, klang es so, als könnte dieses neue Familienmitglied außerdem eine gute Geschichtenerzählerin in Hickory Hollow werden.

Da Eli durch seine Heirat von zu Hause auszog, bedeutete das, dass nur noch Benjamin, ihr jüngster Sohn, der eines Tages den Familienhof erben würde, übrig blieb, um mit Samuel die Arbeit im Stall und auf den Feldern zu verrichten. Angesichts der zarten Bande, die bei Elis und Graces Hochzeit bestimmt zwischen den jungen Leuten geknüpft worden waren, wie es bei allen Hochzeiten der Fall war, konnte Rebekka nur hoffen, dass Ben ebenfalls an diesem Tag ein Mädchen gefunden hatte. Eines der zahlreichen amischen Mädchen musste ihm doch gefallen, auch wenn es ihm sehr nahe gegangen war, als seine langjährige Freundin ihn letztes Jahr verlassen hatte. Rebekka war vorsichtig, sie sprach Ben nicht auf die Gerüchte um ein eitles englisches Mädchen an, die in der Gemeinde die Runde machten. Falls überhaupt etwas von dem Gerede wahr war.

Aber Elis Hochzeit ... und der arme verschmähte Benjamin waren nicht das Einzige, was Rebekka beschäftigte. Sie war tief in Gedanken versunken, als sie aus dem Wagen stieg und ins Haus ging, während ihr Mann den alten Molasses ausspannte und in den Stall führte. Sie musste oft an die Einladung denken, die vor einer Weile mit der

Post gekommen war. Von ihrer Tochter Katie, die mit dem Gemeindebann belegt war!

Es sah so aus, als wollten Katie und ihr mennonitischer Mann Daniel Fischer ihnen die Hand zur Gemeinschaft reichen. Aber mit ihrer Einladung an Samuel und Rebekka zum Essen überschritten sie verbotene Grenzen. *Ihr könnt jederzeit anrufen*, hatte Katie unten auf die Karte geschrieben.

Rebekka hatte hin und wieder ein Münztelefon benutzt, um Kontakt zu ihrer Tochter aufzunehmen. Sie hatte nicht allzu große Schuldgefühle dabei gehabt. Immerhin hatte Bischof Beiler den Gemeindebann, der so streng und rigoros war, wie kaum je ein anderer, der in dieser Gegend verhängt worden war, etwas gelockert. Natürlich benutzte sie ihre Zeit am Telefon immer weise und vergaß nie, ihre Tochter zur Buße zu ermahnen und zu ihrem Taufgelöbnis zurückzukehren. Ein- oder zweimal im Monat sprach sie mit Katie. Nicht öfter. Ganz und gar nicht so, wie es bei der einzigen Tochter, die in einer amischen Familie der Alten Ordnung aufgewachsen war, sein sollte. In diesem Jahre, in dem Katie eine junge verheiratete Frau war, sollten sie eigentlich häufig zusammen beim Quiltnähen oder bei anderen Arbeitseinsätzen sein. Tochter und Mutter Seite an Seite, damit man sich persönlich unterhalten konnte. Andererseits glaubte Rebekka, dass ihre Adoptivtochter aus einem ganz anderen Stück Stoff gewebt war als sie. Wenigstens sah es so aus.

* * *

Als Samuel in die Küche trat, nachdem er vorher im Abstellraum seinen Mantel aufgehängt und seine guten Schuhe ausgezogen hatte, hatte Rebekka bereits den Tisch gedeckt. Es gab ein leichtes Abendessen: Hühnersalat, Honighaferbrot, Obstsalat mit nicht aromatisierter Gelatine, kaltem Fruchtsaft, Mayonnaise, Schlagsahne, Puderzucker, Ananasscheiben, weißen Kirschen und gehackten Nüssen. Sie wollte so gern die Sprache auf Katies Einladung bringen, aber sie war sicher, dass Samuel keinen Millimeter nachgeben würde. Er würde bestimmt nicht seine Füße unter den Tisch eines mit dem Gemeindebann belegten – und noch dazu mennonitischen – Schwiegersohnes stellen.

„Gut, dass wir so bald essen können", sagte Samuel, während er einen Stuhl unter dem Tisch hervorzog und sich setzte. „Die Kühe müssen bald gemolken werden."

Die Bemerkung ihres Mannes gab ihr Gelegenheit, etwas über Benjamin zu sagen, obwohl sie ziemlich sicher war, dass ihr jüngster Sohn noch nicht zu Hause war – und auch wahrscheinlich nicht so bald käme. Er würde bestimmt zum Singen bleiben, das auf dem Stoltzfus-Hof geplant war. Das war nach fast jeder amischen Hochzeit Brauch. „Hast du jemanden gefunden, der dir im Stall hilft?", fragte sie und vermied es vorerst, Benjamin zu erwähnen.

„Ja, Bischof Johannes ist auf dem Weg zu uns."

„*Unser* Bischof?" Das war wirklich eine Überraschung.

„Er sagte, es mache ihm nichts aus, einem alten Mann zu helfen."

Sie schüttelte den Kopf. Jetzt, da ihre Familie so geschrumpft war und fast keiner mehr zu Hause wohnte, saß sie direkt gegenüber von ihrem Mann am Tisch. „Du fühlst dich heute nicht gut, oder?", fragte sie, ohne auf Bischof Johannes' taktlose Bemerkung einzugehen.

„Ach, es geht schon." Damit beugte er den Kopf und betete schweigend über dem Essen. Rebekka tat es ihm gleich.

Als das „Amen" gesagt war, reichte sie Samuel den Hühnersalat und das Brot. „Wie bist du auf die Idee gekommen, den Bischof um Hilfe zu bitten?"

Er brummte leise: „Es war Johannes' Idee. Nett von ihm, finde ich."

Samuel meinte seine Worte so, wie er sie sagte. Dass Johannes Beiler sie immer noch respektierte, war schlichtweg erstaunlich. Schließlich hatten sie bewusst jahrelang die Wahrheit um Katies Adoption vor den Amisch geheim gehalten und fast alle in ihrem Gemeindebezirk getäuscht ... bevor Katie mit dem Bann belegt wurde. Die schwerste und schmerzlichste Zeit, die Rebekka je hatte durchmachen müssen.

Sie sagte nichts dazu, aber sie vermutete, dass der Bischof etwas

Bestimmtes im Sinn hatte. Wahrscheinlich kam er deshalb zu ihnen. Da ihr Mann den Bischof erwartete, beschloss sie, Katies Einladung nicht zur Sprache zu bringen. Irgendwie erschien ihr das nicht richtig. Immerhin hatte ihre Tochter sich an einem herrlichen Novembertag vor fast zwei Jahren geweigert, den verwitweten Bischof zu heiraten.

Sie nahmen schweigend ihr Essen zu sich. Plötzlich blickte Samuel von seinem Teller auf. Wie aus heiterem Himmel sagte er: „Ich habe heute Katie gesehen." Seine Worte schienen in der Luft zu hängen.

„Wirklich?"

Er nickte. Sein Bart berührte dabei seine Brust. „Auf der Straße, heute am frühen Morgen."

„Was hatte sie denn am Hochzeitstag ihres Bruders hier in dieser Gegend zu tun?"

Mit ernsten Augen blickte Samuel auf seinen Teller und war tief in Gedanken versunken.

„Sie war doch nicht *hierher* unterwegs, oder?", drängte sie weiter.

Als er schließlich aufblickte, lag ein beherrschter Zug um seinen Mund. „Ehrlich gesagt, wirkte sie ein wenig verloren und sah aus, als hätte sie sich verirrt."

„Wie kann denn das sein?" Rebekka fragte sich, was um alles in der Welt Samuel ihr damit sagen wollte. Katie kannte sich hier in Hickory Hollow aus wie in ihrer Westentasche, und sie war jetzt eine moderne Mennonitin, die Auto fuhr.

Samuel kratzte sich den Kopf und bewegte sich auf seinem Stuhl. „Ich habe mit meiner Tochter gesprochen ... zum ersten Mal seit dem Gemeindebann."

Rebekka wagte es nicht, ein Lächeln auf ihrem Gesicht zu zeigen. Nein, das könnte alles verderben. Außerdem nickte Samuel jetzt. Er schien mit sich zufrieden zu sein. Vielleicht, weil er es ihr überhaupt erzählt hatte. Dann nahm er sich noch eine Scheibe Brot und verlor kein weiteres Wort mehr über die Begegnung, auch wenn Rebekka gern gewusst hätte, was ihn veranlasst hatte, ihr davon zu erzählen.

Das war ein erster Schritt. Vielleicht sogar ein Neuanfang. Trotzdem würde sie sich keinen falschen Hoffnungen hingeben. Sie würde einen oder zwei Tage warten, ehe sie Katies Einladung anspräche. Am besten wartete sie ab, wie Samuel reagierte.

* * *

Rebekka stand wie angewurzelt an der Hintertür und schaute zum Stall hinüber. So neugierig sie auch war, wäre sie nie auf den Gedanken gekommen, über den Hof zu gehen und die beiden Männer bei ihrem Gespräch zu stören. Egal, worüber sie sich unterhielten. Samuel erzählte dem Bischof bestimmt nicht, dass er heute Katie auf der Straße getroffen hatte. Nein, *darüber* sprachen die beiden gewiss nicht. Höchstwahrscheinlich erzählte Johannes von seiner Arbeit als Schmied. Ja, wahrscheinlich war das alles. Andererseits hatte sie von der Schwiegermutter des Bischofs, Rachel Stoltzfus, erfahren, dass Maria nicht ganz gesund sei. „Das Wetter macht ihr zu schaffen", hieß es. Rebekka fragte sich, ob Marias Heirat mit dem Bischof und die Verantwortung für die große Familie mit den fünf Kindern und dem großen Haushalt nicht vielleicht die Kräfte der jungen Frau überstieg.

Sie hätte eigentlich sofort zu Maria fahren und sie besuchen sollen, als sie das erste Mal davon hörte. Immerhin war Maria während Katies Kindheit und Jugendzeit fast täglich bei ihnen im Haus gewesen. Rebekka konnte sich kaum daran erinnern, dass sie und Katie Kekse oder Fruchtbrot gebacken hatten, ohne dass Maria Stoltzfus mit in ihrer Küche gestanden und geholfen hatte.

Während sie darüber nachsann, fiel ihr ein, wie viel sie letzte Woche zu tun gehabt hatte mit den Essensvorbereitungen für Elis Hochzeit, für die sie verantwortlich gewesen war. *Menschen, denen es nicht gut geht, gehen in der Hektik der bevorstehenden Hochzeitssaison leicht unter,* dachte sie. So traurig das war.

Sie nahm sich fest vor, Maria am nächsten Tag einen Besuch abzustatten.

* * *

„Bischof Johannes macht sich Sorgen um seine Frau", sagte Samuel, als er aus dem Stall kam.

„Wieso denn das?", fragte sie.

„Anscheinend leidet Maria unter der Situation ... mit unserer Katie."

Die Mädchen hatten einander wie Schwestern geliebt und waren in ihrer Kindheit so viel zusammen gewesen, dass die Amisch sie oft wie zwei Erbsen aus einer Schote betrachteten. Sie gingen jeden Tag miteinander zur Schule, arbeiteten zusammen im Garten, halfen ihren Müttern bei der Hausarbeit, nähten Sonntagskleider und passten sogar miteinander auf die kleinen Kinder der Nachbarinnen auf.

Samuel sprach weiter: „Johannes hat mich gefragt, ob du sie nicht besuchen könntest."

„Ich lasse morgen alles stehen und liegen und gehe zu ihr."

Er setzte sich in den Hickoryschaukelstuhl in der Ecke. „Es wäre keine gute Idee, Katie mitzunehmen, denke ich." Eine Warnung, aber eine unnötige Warnung, denn auf diese Idee wäre sie nie gekommen.

Das ganze Dilemma um Maria und Katie war ein verzwicktes Problem. Sowohl für Rebekka als auch für ihren Mann. „Es ist so traurig und schade, wenn der Gemeindebann um jeden Preis aufrechterhalten wird." Sie war selbst überrascht, dass ihr diese Worte über die Lippen gerutscht waren. Sie hatte vorher nicht nachgedacht, was Samuel dazu sagen würde.

„Es ist immer viel schwerer, etwas zu missachten, wenn es heißt: ‚So spricht der Herr', als wenn es heißt: ‚So spricht die Kirche'", kam Samuels mitfühlende Antwort.

Rebekka fragte sich, ob sein Standpunkt gegenüber dem Gemeindebann etwas weniger streng wurde. Aber sie würde nicht so weit gehen, ihn das zu fragen.

Er schaukelte eine Weile schweigend auf seinem Schaukelstuhl vor und zurück. Dann sagte er langsam: „Ich erkenne in der Bibel, dass es schon einen Sinn hat, die Gemeinschaft mit einem Menschen zu meiden. Verstehe mich nicht falsch. Aber manchmal begreife ich einfach nicht, warum wir Menschen, die von ganzem Herzen Gott nachfolgen, mit dem Bann belegen. Das heißt, wenn sich erweist, dass sie in ihrer neuen Kirche im Glauben feststehen und verankert sind."

So hatte sie Samuel noch nie sprechen hören. Sie dachte über seine Worte nach und schwieg.

* * *

Rebekka wartete, bis die Kinder des Bischofs am nächsten Tag zur Schule aufgebrochen waren, bevor sie sich auf den Weg zu dem friedlichen Stück Land der Beilers machte. Sie war froh, dass sie einen Vormittag ganz für sich allein hatte. Auf diese Weise konnte sie über das Gespräch mit ihrem Mann vom gestrigen Abend nachdenken. Er schien über nichts anderes sprechen zu wollen als über Katie und die sonderbare Situation, in der sie sich als Familie befanden. Zuerst schien er ein bisschen verärgert zu sein, aber er hatte sich sehr bemüht, ihr seinen Standpunkt so zu erklären, dass sie ihn verstehen konnte. Zum ersten Mal seit vielen Monaten hatte er ihr sein Herz geöffnet. Nach einem langen Gespräch fiel es ihnen leichter, mit dem Gemeindebann und seinen negativen Begleiterscheinungen klarzukommen. Da sie so sehr in dieses Gespräch vertieft waren, hatte sie sich einen Schritt weiter gewagt und Samuel auf die Einladung angesprochen, die von Daniel und Katie mit der Post gekommen war.

Samuel hatte sich sichtlich dagegen gesträubt, aber im Laufe des Gesprächs schien er sich so weit zu öffnen, dass wenigstens Katie zu einem kurzen Besuch zu *ihnen* kommen könne. Aber nicht andersherum. „Und nicht zum Essen, verstehst du." Er hatte schnell hinzugefügt: „Mit so jemand sollt ihr nicht das Mahl halten, steht im Ersten Korintherbrief."

Wenn ein früheres Gemeindemitglied mit dem Bann belegt wurde – sei es nun die eigene Tochter oder nicht –, wurden dadurch unweigerlich enge Familienbande zerrissen. Das ließ sich nicht vermeiden. Wenn sie an die vor ihnen liegenden Jahre dachte, wusste

Rebekka, dass Samuels Tage als Bauer dem Ende entgegengingen, und das wahrscheinlich sogar ziemlich bald. Falls Benjamin im nächsten Jahr heiraten sollte, blieben ihnen nur ungefähr zwölf Monate, um sich darauf vorzubereiten, dass ihr jüngster Sohn den Hof übernähme und sie in das leer stehende Großvaterhaus, das an ihr großes Bauernhaus angebaut war, umzögen. Gott weiß, dass achtzehn Hektar viel Land für einen einzigen Mann und seinen Sohn waren, wenn sie es im Stil der Alten Ordnung mit Maultieren, Zugpferden und Milchkühen bearbeiten wollten.

Sie hätte nichts dagegen, ein wenig langsamer zu treten. Sie wäre bereit, ihren Teil des großen Hauses bald aufzugeben und Benjamin und seine junge Frau – und eine immer größer werdende Familie – ans Ruder zu lassen.

Sie dachte daran, die stille, aber trotzdem starke Rolle als Großmutter in der Lappfamilie zu übernehmen. Ihre eigene Mutter war ihr und Samuel mit ihren Kindern ein großer Segen gewesen, als sie viele Jahre mit Rebekkas krankem Vater im Großvaterhaus gewohnt hatte. Vielleicht wäre es gar nicht so schlecht, dort hinüber zu ziehen.

Aber sie ahnte, was ihr so viel Kummer bereitete. Es hatte weniger damit zu tun, dass sie älter wurden oder sich bald aus der Landwirtschaft zurückziehen würden. Viel mehr hatte es mit dem Verlust ihrer Tochter zu tun und der Ungewissheit, was die Zukunft wohl bereithielt. Und auch mit Daniel, der jetzt ein wichtiger Teil von Katies Leben war. Was *würde* aus der engen Beziehung werden, die sie und Katie miteinander verband? Was würde geschehen, wenn Katie Kinder bekäme und Rebekka als ihre Großmutter nicht viel Zeit mit ihnen verbringen könnte? Wie sollte sie damit leben können?

Während sie solche Dinge beklagte, wusste sie sehr wohl, wie sich die liebe Maria zur Zeit fühlen musste. Ihr Leben war von Katie abgeschnitten, sie konnte sich nur an all die schönen Zeiten erinnern, an die glücklichen Tage ... und spüren, dass Katie gleich um die Ecke wohnte, was ja tatsächlich der Fall war, aber trotzdem durfte sie keinen Kontakt zu ihr haben. Keine Gemeinschaft mit der Frau, die ihr Leben lang ihre beste Freundin gewesen war. Ach ja, wie konnte das nur alles wahr sein!

Rebekkas Herz war schwer, als sie in der strahlenden Sonne zwischen den roten Ahornbäumen und den Gerbersträuchen die Hickory Lane hinabwanderte. Während sie sich Bischof Johannes' Hof näherte, der durch seine drei Maulbeerbäume leicht zu erkennen war, hoffte sie, sie könnte Maria trotz ihrer eigenen trüben Stimmung aufmuntern.

* * *

Rebekka traf Maria in der Küche an, wo sie damit beschäftigt war, Orangennussbrot zu backen. Der bekannte süßliche Geruch erfüllte die Küche, und sie hängte schnell ihr Tuch auf einen Haken in der Abstellkammer und fragte, ob sie ihr irgendwie helfen könne.

Maria erwiderte, sie sei „mit ihrer Hausarbeit fertig", und lud Rebekka ein, sich zu setzen, während sie Kaffee aufbrühte. „Oh", sagte Maria und hielt in ihren Bewegungen inne. „Ich habe gar nicht gefragt, ob du lieber einen Tee trinken willst."

„Nein ... nein. Kaffee ist gut", erwiderte sie. Sie bemerkte die dunklen Ringe um Marias Augen und ihr angespanntes Gesicht.

Als sie anfingen zu reden, war keine mehr zu bremsen. Maria wollte über ihr Leben mit dem Bischof plaudern. „Die meisten Menschen haben ja keine Ahnung, welch eine große Last auf einem Pastor liegt", sagte sie ernst. „Und seine Frau trägt die Last mit ihm."

Rebekka wusste es zwar nicht aus eigener Erfahrung, aber sie hatte genug gehört, um zu verstehen, wie anstrengend es war, einen amischen Gemeindebezirk zu leiten. Es war eine große Verantwortung. „Die Frau eines Bischofs braucht viel Ermutigung. Das kann ich mir gut vorstellen." Sie dachte einen Augenblick nach. „Teilt Johannes oft seine Last mit dir?"

Maria nickte leicht und runzelte die Stirn. „Nicht sehr oft. Manchmal wünschte ich, er würde mir mehr erzählen."

Sie unterhielten sich eine gute halbe Stunde oder noch länger. Dann begann Maria, Rebekka zu erzählen, dass sie nachts neben

Johannes liege und es ihr manchmal fast das Herz breche, wenn sie den Bischof tief seufzen höre, weil er die Nöte seiner Gemeinde so ernst nehme. „Es ist nicht immer so, aber manchmal ist am Morgen sein Kissen vor Tränen ganz feucht, und ich muss es vor den Holzofen zum Trocknen legen."

Rebekka ertappte sich dabei, dass sie einen Blick zum Ofen warf, aber heute lag kein Kopfkissen dort. „Wie geht es *dir*, Maria?", fragte sie.

Maria zwang sich zu einem Lächeln. „Falls du damit meinst, ob ich als Johannes' Frau glücklich bin: Ja, das bin ich."

„Man sieht euch beiden auch an, dass ihr euch liebt ... aber wie *fühlst* du dich zur Zeit?"

Bei dieser Frage öffneten sich bei Maria alle Schleusentore. Sie brach fast zusammen, als sie erzählte, dass sie Johannes' Kindern eine gute Mutter sein wolle, aber an manchen Tagen koste es sie sehr viel Kraft, ihr Bestes zu geben, um jedem im Haus gerecht zu werden.

„So geht es jeder guten Ehefrau und Mutter", nickte Rebekka. „Auch jedem guten Bischof. Manchmal kann einem alles über den Kopf wachsen. Es gibt mehr im Leben als Arbeit. Ruhe und Erholung sind wichtig ... und hin und wieder ein gutes Buch." Sie hoffte, sie könne mit ihrem Rat Maria ein wenig helfen. „Man muss lernen, sich nicht zu übernehmen."

„Ich habe das Gefühl, dass ich mich in letzter Zeit ziemlich verausgabt habe", gestand Maria.

„Was hältst du davon, wenn ich eine Weile an zwei Nachmittagen in der Woche komme? Dann hast du ein wenig Zeit für dich, während ich das Abendessen koche ... und für die Kinder da bin, wenn sie aus der Schule kommen, und was sonst noch los ist."

„Würdest du das wirklich tun?" Maria strahlte.

Rebekka nickte. „Du bist eine Frau, die immer sieht, was zu tun ist. Ich weiß, dass ich auch so bin. Katie ist auch so ..." Sie brach mitten im Satz ab. Sie hatte nicht beabsichtigt, das Gespräch auf ihre Tochter zu bringen. Nicht heute.

Marias Augen wurden groß. „Wie ... wie geht es Katie?"

Mit einem hörbaren Seufzen sprach Rebekka weiter. „Sie und Daniel scheinen sehr glücklich zu sein. Sie haben einen Dienst übernommen, zu dem sie beide ‚berufen sind‘, sagt Katie. Die Mennoniten vertreten in Bezug auf Kirchenmusik einen anderen Standpunkt als wir, weißt du."

Maria schien zu verstehen, was sie meinte. „Wenn du das nächste Mal mit Katie sprichst, dann sag ihr doch bitte, dass ich jeden Tag für sie bete ... dass sie Buße tut und zurückkommt."

Rebekka wusste nicht, was sie darauf erwidern sollte. Katie und Daniel schienen glücklich zu sein, „dem Herrn in ihrer neuen Gemeinde zu dienen". Sie fragte sich, ob je die Zeit käme, in der ihre „erlöste" Tochter und ihr Schwiegersohn in die amische Kirche zurückkehren würden, aber sie zögerte, das Maria zu sagen, die so eifrig zu hoffen schien, dass das geschehen würde.

„Wenn ich das nächste Mal mit ihr spreche, werde ich ihr ausrichten, was du gesagt hast."

Maria schwieg wieder. Rebekka entging nicht, wie fest sie ihre Kaffeetasse umklammerte. Dann fügte sie hinzu: „Ich vermisse Katie mehr, als ich sagen kann. Es wäre so schön, sie wieder zu sehen."

Ihr fehlten die richtigen Worte. Ehe beide Frauen noch mehr trauerten, sagte Rebekka lieber nichts mehr.

„Ich habe in keiner von Johannes' Schwestern eine so liebe Freundin gefunden wie Katie, und keine Kusine kann je an sie herankommen", sprach Maria weiter.

Während sie in der Stille von Marias großer Küche saßen, vor deren Fenster sich die Schönheit der Felder bis zum Himmel erstreckte, fand Rebekka, dass sie schon lange nicht mehr so etwas Trauriges erlebt hatte wie das Elend in Marias Gesicht. „Wir dürfen nicht vergessen, dass Katie *uns* verlassen hat ... sie ist diejenige, die ihr Taufversprechen gegenüber Gott und der Kirche gebrochen hat", sagte Rebekka.

„Ich hätte nie gedacht, dass sie hier so unzufrieden sein könnte", flüsterte Maria und begann, leise zu weinen.

Rebekka streckte die Hand aus und berührte Marias Hand. Die Frau des Bischofs dachte bestimmt an das Problem, dass Katie und

Daniel ein Auto besaßen und so gern auf ihren Gitarren spielten – dass sie die Amisch gezwungen hatten, sich von ihnen zu trennen, weil sie die Welt und alles, womit sie lockte, begehrten. Wenn sie nur in eine andere Kirche gehen würden, wäre es vielleicht möglich, dass man in Erwägung zöge, den Gemeindebann aufzuheben. Aber sie besaßen und fuhren ein Auto, sie benutzten Strom und spielten Musik ... und sie hatten ihr Taufgelöbnis gebrochen. Das war das größte Problem. Wer so etwas tat, verriet damit, dass er einen ruhelosen Geist hatte, einen Geist, der weltliche Dinge begehrte.

„Vielleicht werden Elis Frau Grace und du gute Freundinnen", sagte Rebekka.

Ein Lächeln huschte über Marias Gesicht. „Sag ihr doch bitte, sie soll bald einmal mitkommen, ja?"

Rebekka fand diese Idee sehr gut. „Ich habe gehört, dass Grace gut Geschichten erzählen kann."

„In Hickory Hollow gibt es nur *eine* gute Geschichtenerzählerin." Maria drückte Rebekkas Hand. „Und wir alle wissen, wer das ist."

„Nun ja, diese Erzählerin wird nicht jünger. Es ist immer Platz für eine neue, würde ich sagen." Als sie darüber nachdachte, kam Rebekka ein Gedanke. „Soll ich dir eine wahre Geschichte erzählen?", schlug sie leise vor. „Vielleicht hilft uns das ein bisschen."

Maria schnäuzte sich die Nase und hörte zu. Die Falten auf ihrer Stirn glätteten sich ein wenig, als Rebekka anfing, von einer engen Beziehung zwischen zwei eineiigen Zwillingsschwestern zu erzählen, die „in Somerset County in den Laurel Highlands in den südlichen Allengheny Mountains wohnten – wo es große Tradition ist, die Butter von Hand zu machen. Natürlich gab es auch noch andere Feste, wie das Ahornfest im April und mehrere Handwerkerfeste im Laufe des Jahres.

Diese Mädchen teilten in ihrer Kindheit und Jugend alles miteinander: sie schliefen im selben Zimmer, hatten die gleichen Hobbys, gingen gemeinsam zum Singen, zum Quiltnähen und zu Arbeitseinsätzen. Sie waren einfach unzertrennlich.

Als Fannie und Edna anfingen, in den Taufunterricht zu gehen, damit sie im kommenden Herbst in die Kirche aufgenommen werden könnten, lernte Edna einen jungen Mann außerhalb ihres Gemeindebezirks kennen und verbrachte mit diesem jungen Mann, der zu den Amisch der Neuen Ordnung gehörte und Perry Mast hieß, immer mehr Zeit. Natürlich schuf diese Freundschaft eine Kluft zwischen den Zwillingen – die erste, die es überhaupt je zwischen ihnen gegeben hatte – und gleichzeitig eine große Aufregung in der Gemeinde. Perry, der beste Freund von Ednas mennonitischem Vetter, liebte Edna und war fest entschlossen, sie zu seiner Frau zu machen, auch nachdem Fannie und Edna vor dem Bischof die Knie gebeugt und ‚vor Gott und vielen Zeugen getauft‘ worden waren.

Selbst als Fannie Edna anflehte, Perry nicht zu heiraten – ‚Kannst du dir denn nicht einen netten amischen Mann suchen?‘, jammerte sie –, lief Edna davon und heiratete ihn trotzdem. Aber das war noch nicht das Schlimmste. Gegen jede Sünde, auch wenn sie noch so klein ist, muss etwas unternommen werden, wenn sie die Harmonie innerhalb der Amischgemeinde stört. Und so forderten ihre Eltern und die Prediger der Gemeinde Edna auf, dem Herrn ihre Sünden zu bekennen und das Versprechen, das sie Gott und der Kirche gegeben hatte, zu halten, aber sie wollte nicht in ihre amische Kirche zurückkehren. Trotzdem sprach einer der Prediger sie immer wieder darauf an, dass sie ihr Versprechen gebrochen habe. Ihre Eltern redeten auf sie ein und flehten sie an, zur Vernunft zu kommen.

Inzwischen war Perry, ihr Mann, verärgert, weil diese Leute immer wieder zu seiner Frau kamen und ihr einredeten, sie sei eine Sünderin und so weiter.“

Maria regte sich ein wenig. „Was geschah dann?“, fragte sie gespannt.

„Die Kirchenmitglieder stimmten ab und entschieden sich, Edna mit dem Gemeindebann zu belegen. Sie bestimmten, dass sie zu ihrer Zwillingsschwester nie wieder Kontakt haben dürfe. ‚Nicht in diesem Leben und im Leben nach dem Tod auch nur, wenn du deine Sünden bekennst und Buße tust‘, lautete ihre Warnung.

Ein Jahr verging, und dann noch eines, und sowohl Fannie als auch Edna wurden vor Trauer ganz krank und litten so sehr, dass Edna einen Arzt aufsuchen musste, der ihr sagte, sie brauche viele Besuche von ihrer Schwester. Das wäre die beste Medizin. ‚Das ist alles, was Ihnen fehlt‘, sagte er. ‚Sie haben Heimweh nach Ihrer Familie.‘"

Maria sah ein wenig besorgt aus. „Was haben die Schwestern getan … sie wurden dem Gemeindebann doch bestimmt nicht ungehorsam, oder?"

„Das wagten sie nicht, weil Fannie Angst hatte, dass sie als Nächste mit dem Bann belegt werden würde. Die Frauen suchten sich also eine gemeinsame Freundin, sozusagen eine Mittlerin, die zuerst die eine und dann die andere besuchte und Botschaften übermittelte. Das genügte jedoch nicht, und es dauerte nicht lange, bis Edna an einer Arthritis erkrankte, die sie verkrüppelte. Sie und ihre neue Familie zogen fort aus Pennsylvania."

„Wohin ist sie gegangen?"

„Ich habe zuletzt gehört, dass sie irgendwo in Arizona sind."

Marias Augen wurden groß. „Haben sie sich je wieder gesehen?"

So Leid es ihr tat, Rebekka musste den Kopf schütteln. „Es ist eine so traurige Geschichte, wenn zwei Schwestern, die sich lieben, auseinander gerissen werden, und das alles nur, weil eine von ihnen ungehorsam ist."

„Die Sünde schafft Trennung", sagte Maria. „Das weiß ich nur allzu gut."

„Fannie hat allerdings nie aufgehört, für Edna zu beten, dass sie zur Vernunft kommt, soviel ich weiß."

„Dann … leben die beiden noch?", fragte Maria.

„Ja, sie sind jetzt Mitte Siebzig."

„Sind sie Verwandte von dir?"

Da sie nicht verraten wollte, wie nahe sie mit Fannie und Edna verwandt war, sagte Rebekka nur: „Sie sind Kusinen von Samuel."

Maria wurde nachdenklich. „Kennt Katie diese Geschichte?"

„Als sie klein war, habe ich sie oft erzählt. Meine Tochter kennt sie also sehr gut, und wenn sie zugehört hat – und das denke ich doch –, weiß sie sicher, dass sie die Freiheit hat, zurückzukehren und um Vergebung zu bitten."

Maria faltete ehrfurchtsvoll die Hände. „Ich kann mir nicht vorstellen, dass unsere Katie fast das Gleiche wie Edna tun sollte." Sie seufzte hörbar auf. „Ich kann mir einfach nicht vorstellen, wie ..."

Rebekka hatte die Geschichte nicht erzählt, um Maria noch mehr aufzuregen. Nein, aber jetzt, da sie Maria ins Gesicht schaute, konnte sie darin einen neuen Hoffnungsschimmer entdecken. Die junge Frau hatte sich die Geschichte zu Herzen genommen. Es gab andere, die den schmerzlichen Weg gegangen waren, auf dem sich Maria jetzt befand, aber sie hatten den Mut nicht verloren und vertrauten dem himmlischen Vater, dass er gnädig und barmherzig ist.

„Du bist in deiner Trauer nicht allein, Maria. Wir denken weiterhin im Gebet an unsere Lieben. Jeder von uns." Rebekka schwieg und schaute auf die Bäume hinaus, die ihr Herbstlaub abwarfen und knisternde Haufen mit roten und orangefarbenen Blättern auf dem Boden unter sich verteilten. „Es ist nicht unsere Aufgabe, eine irrende Seele zur Umkehr zu zwingen", sagte sie schließlich und griff nach ihrer Kaffeetasse.

Maria stand schnell auf. „Ich schenke dir noch einmal ein."

„Danke, Maria", war alles, was Rebekka im Augenblick sagen konnte. Die Geschichte hatte sie sehr viel Kraft gekostet. Viel mehr, als sie erwartet hatte.

* * *

Rebekka versicherte Samuel, dass es Maria anscheinend recht gut gehe. Sie erzählte nicht alles, was zwischen den zwei Frauen geredet worden war. Nicht dass Maria sie gebeten hätte, darüber zu schweigen. Das war es nicht. Sie hatte einfach das Gefühl, dass die Dinge, die Maria ihr über den Bischof erzählt hatte – welch eine schwere Last die Verantwortung für seine Gemeinde für ihn war – nicht dazu angetan waren, sie weiterzuerzählen. „Maria braucht eine gute Freundin, jemanden, der Katies Platz einnehmen kann, bis ..." Sie konnte den Satz nicht beenden. Es tat zu weh.

Samuel schob seine Brille nach oben. „Ich würde nicht damit rechnen, dass Katie in nächster Zeit Buße tut. Und Daniel auch nicht. Wahrscheinlich werden sie das nie tun."

Sie betrachtete ihren Mann. Diesen Mann, der dafür bekannt war, dass er die *Ordnung* bis ins Kleinste befolgte. Seine Aussage hätte sie eigentlich nicht allzu sehr überraschen sollen. „Ja, wenn die Elektrizität erst einmal einen Menschen im Griff hat ... und auch die Autos. Ja, wahrscheinlich hast du Recht", nickte sie.

„Es steckt viel mehr dahinter als ein Liebäugeln mit der modernen Technik." Er stand kurz davor, seine ernsten Gedanken auszusprechen. Das sah sie an der Art, wie er die Zähne zusammenbiss, die Zeitung ablegte und anfing, wie wild mit dem Schaukelstuhl zu schaukeln. „Ich habe es immer wieder gesehen und erlebt: Leute, die die Kirche verlassen und behaupten, sie hätten Erlösung gefunden. Sie kehren normalerweise nicht in ihr altes Leben zurück. Wenn sie bekennen, dass ihre Sünden vergeben sind und für sie der Weg in den Himmel frei ist ..., dann werden sie wahrscheinlich nicht vor der Gemeindeversammlung niederknien und Buße tun, würde ich sagen."

„Warum ist das so? Was meinst du?" Rebekka wollte ehrlich wissen, wie die Lehre von der „Heilsgewissheit", die in bestimmten Gruppen verbreitet wurde, einen Menschen so gefangen nehmen konnte, dass er sich ganz davon verwirren ließ. Die Amisch der Alten Ordnung glaubten an die *Hoffnung* auf Heil und Erlösung, die im Epheserbrief gelehrt wird.

„Unter uns gesagt, ich habe Teile des Neuen Testaments gelesen und versucht zu begreifen, was Katie jetzt hat, das so verschieden ist von dem, was sie bei uns gelernt hat. Alles, was ich sagen kann, ist: ‚Schmal ist das Tor und eng ist der Weg, der zum Leben führt, und nur wenige werden ihn finden.'"

Diesen Satz nahm sich Rebekka zu Herzen. Samuel glaubte also doch, dass ihre Kirche die einzige, wahre Kirche war. Andererseits hatte Katie ganz offen von der Erfahrung berichtet, die ihr Leben verändert und „frei gemacht hatte", wie sie es formulierte. Es hatte sehr überzeugend geklungen. Ihre Tochter hatte erklärt, dass man

Frieden nicht dadurch findet, dass man gute Werke tut, nicht einmal dadurch, dass man die Regeln der Alten Ordnung befolgt, sondern dadurch, dass man sein Herz voll und ganz dem Herrn Jesus übergibt und Gottes „Geschenk der Erlösung" annimmt. Das klang ziemlich einfach, falls es wahr war. Aber warum kämpfte Samuel so sehr dagegen an?

Samuel stand von seinem Schaukelstuhl auf. „Wenn sie nur die Finger von der Musik gelassen hätten ... und von dem Auto." Er sagte es leise, vielleicht in der Hoffnung, sie würde es nicht hören.

Traurig beobachtete sie ihren Mann, wie er durch die Küche zum Wohnzimmer schlurfte und auf den Stuhl neben dem Fenster sank. Wahrscheinlich betrachtete er die Farbenpracht der Blätter und des Himmels und war von ganzem Herzen dankbar für die reiche Ernte und die bevorstehende Zeit, in der das Land und die Menschen, die es bearbeiteten, ruhen konnten.

An einem anderen Tag würde sie von Benjamins Zukunft hier als Bauer sprechen. Vielleicht erzählte sie es am besten in der Form einer Geschichte – ein junger Mann findet und heiratet ein amisches Mädchen und zieht in das Haus seiner Eltern, die in das Großvaterhaus umziehen.

Sie schaute zu Samuel, dessen Augenlider jetzt halb geschlossen waren, und ließ ihn in Ruhe. Während er im Sonnenschein döste, würde sie mit dem Pferd und Einspänner irgendwohin zu einer Telefonzelle fahren und ihre Katie anrufen. Danach könnte sie bei Eli und Grace vorbeifahren und fragen, wie es ihnen ging. Es wurde Zeit, dass sie ihre neue Schwiegertochter besser kennen lernte. Es war auch höchste Zeit, dass sie Grace ermutigte, der einsamen Frau des Bischofs einen Besuch abzustatten. Ja, das wollte sie heute tun. An diesem schönen Herbstnachmittag in Hickory Hollow.

3. In der Hickory Lane

Ein wenig Arbeit, ein wenig Spiel,
das macht das Leben aus – und einen schönen Tag!
Daphne du Maurier

Ihr verstorbener Mann hatte immer gesagt, ein Mensch müsse am Ende eines Frühlingstages nach Erde riechen. Jetzt war Herbst, und Ella Mae roch so sehr nach Erde, dass sie nicht bis zum Samstagabend mit ihrem Bad warten wollte.

Gegen die Anordnung ihres Arztes hatte sie einen Teil des Nachmittags in ihrem Blumengarten verbracht. Sie hatte die Erde umgegraben und vertrocknete Stiele ausgerissen und einige Beete für den nächsten Frühling vorbereitet. Ihre Hyazinthen würden im nächsten April zu neuem, blühendem Leben erwachen. Sie freute sich auf die sternförmigen, duftenden kleinen Blüten in ihren leuchtenden Blau- und Rosatönen. Auch für ihren Steingarten hatte sie im nächsten Frühling und Sommer große Pläne. Manchmal kam sie sich wie eine Künstlerin vor, wenn sie sich beim Zusammenstellen ihrer Pflanzen und Blumen von ihrer Fantasie treiben ließ und eine bunte Leinwand aus Erde und Steinen „malte".

Im Augenblick genoss sie es jedoch, ihren Urenkeln zuzuschauen, die mit den Blättern spielten, von denen der Hof bis zum Stall übersät war. Wahrscheinlich waren die Erwachsenen die Einzigen, die je an die zusätzliche Arbeit dachten, die ihnen die Herbstmonate bescherten, wenn man die Blätter zusammenrechen und sie beseitigen musste.

Aber die Kinder sahen die Welt mit ganz anderen Augen. Die Kinder waren eigentlich draußen, weil sie die Blätter zusammenrechen sollten. Aber Ella Mae sah immer wieder, wie sie sich schnell im Kreis drehten, bis ihnen schwindelig wurde, und sich dann in die knietiefen Haufen plumpsen ließen. Sie hatten so viel Spaß. Das erinnerte sie an ihre eigene Kindheit. Während sie gemütlich in ihrem Schaukelstuhl saß, ließ die Weise Frau ihre Gedanken viele Jahre zurückwandern ....

„Die Arbeit macht Spaß", sagte Mama gern.

Die kleine Ella Mae dagegen fand Brettspiele und Bücher viel interessanter, als im Haushalt zu helfen. Erst als Mama sie beim Backen helfen ließ – dazu gehörte natürlich, dass man den Teig und das fertige Produkt probieren musste –, entschied Ella Mae, dass Arbeit tatsächlich Spaß machte. Wenigstens das Backen.

Mama war sehr klug. Es gab Zeiten, in denen sie ihre Töchter motivierte, die Schlafzimmer aufzuräumen, die Betten zu beziehen und Staub zu wischen, indem sie ihnen versprach, dass es zum Mittagessen Hühnchen und Klöße geben würde. „Je früher wir aufgeräumt haben, umso schneller können wir essen." Mamas sanfte Überredungskunst lehrte sie, dass Arbeit zum Leben gehörte.

Ob Ella Mae nun das Geschirr spülte oder den Garten jätete, die Arbeit war für sie immer etwas Spielerisches, besonders wenn sie sie gemeinsam mit ihrer Zwillingsschwester, Essie, verrichtete. Ein glückliches Zuhause war ein Ort, an dem gemeinsames Arbeiten ein Zeichen für die Liebe zueinander war.

Als ihre jüngeren Brüder und Schwestern geboren wurden, gab es noch mehr Spaß. Jeden Tag wurden sie daran erinnert, welchen Nutzen schwere Arbeit bringt. Und Mama war immer da und half, die schwere Arbeit in ein Spiel zu verwandeln.

Der schwerste Sommer ihres Lebens begann, als Ella Mae elf war und die Schule im Spätfrühling schloss. Sie wurde zu ihren Großeltern geschickt, wo sie den ganzen Sommer auf deren Hof helfen sollte. Eigentlich war sie gegen diese Abmachung, auch wenn sie das nicht sagen durfte. Das Schlimmste daran war, dass ihre Schwester Essie zu Hause war und ihrer Mutter helfen durfte, während sie jeden Tag stundenlang in der heißen Sonne arbeiten und Bohnen ernten oder Erdbeeren pflücken musste.

Im nächsten Sommer tauschen Essie und ich die Rollen, dachte Ella Mae und hoffte, dass es so kommen würde.

Eines Abends ging sie auf der Hauptstraße spazieren, nachdem sie so viele Erbsen geschält hatte, dass ihre Fingerspitzen schon fast blau waren. Sie kannte sich inzwischen sehr gut aus. Vielleicht war es der von der Sonne beschienene Dunst über den Maisfeldern, die lange Straße, die sich vor ihr erstreckte, oder vielleicht auch die nagende, schmerzende Müdigkeit in ihren Armen und Beinen. Sie wusste nicht, woran es lag, aber sie hatte furchtbares Heimweh und überlegte, dass sie ihrer Mutter einen Brief schreiben und ihr das erzählen wollte. Natürlich würde sie nicht alles sagen, was sich in ihrem Kopf und in ihrem Herz angestaut hatte. Sie würde ihre Gefühle im Zaum halten. Denn sie war sehr aufgebracht, dass sie so früh von Zuhause fortgeschickt worden war. Sie fand es herzlos.

Auf beiden Seiten der Straße waren ausgebleichte Holzzäune und Bauernhäuser, Apfelbäume, in denen die Bienen summten, und endlose Felder mit frisch ausgesätem Mais, so wie alles schon seit Jahrzehnten gewesen war. Ihre Vorfahren hatten sich vor mehreren hundert Jahren hier niedergelassen, viele von ihnen hatten große Landflächen gekauft und zuerst einen Stall und dann ein Haus darauf gebaut. Eine einsame Kuh, die im Schatten eines Ahorns stand, schaute sie mit großen Augen teilnahmslos an, während Ella Mae an ihr vorbeiging.

Plötzlich näherte sich ihr ein Auto. Es schien wie aus dem Nichts zu kommen und war kaum zu hören. War sie so tief in Gedanken versunken gewesen, dass sie nicht auf ihre Umgebung geachtet und sich dadurch in Gefahr gebracht hatte?

„Hallo, kleines Mädchen!", rief ihr jemand zu.

Sie beging den Fehler, sich umzudrehen und zu schauen, von wem diese Worte kamen. Als sie sich umdrehte, erblickte sie eine schwarze Kamera, die durch das Autofenster genau auf sie gerichtet war.

Blitzschnell drehte sie sich wieder um. Sie würde sich nicht überrumpeln lassen. Das waren bestimmt englische Touristen, die unterwegs waren, um eine ahnungslose Seele zu finden, die sie auf einen Film bannen könnten. Sie war klug genug, *so etwas* nicht zuzulassen.

Sie begann zu laufen. Sie rannte so schnell, wie ihre müden Beine es zuließen, und lief im Zickzack zu einem roten Ziegelhaus, das auf einer Seite mit blauen Clematis bewachsen war. Das Bauernhaus gehörte einem mennonitischen Bauern und seiner Frau. Sie ließen Ella Mae gern ins Haus und boten ihr Milch und Zuckerkekse an, die noch ofenwarm waren. Sie erzählte ihnen, was draußen auf der Straße passiert war. „Die Engländer hätten mich beinahe mit ihrer Kamera fotografiert", rief sie empört aus, immer noch völlig außer Atem.

„Es ist gut, dass du zu uns gelaufen bist", sagte die Bauersfrau.

„Ich darf gar nicht daran denken, was Mama jetzt sagen würde", platzte sie heraus, ohne lange nachzudenken.

Die Frau schaute sie mit ihren netten blauen Augen an. „Mach dir deshalb keine Sorgen. Was passiert ist, war nicht deine Schuld."

Sie fragte sich damals, wie der himmlische Vater diese Situation beurteilen würde. Immerhin war das alttestamentliche Gesetz, dass man kein Bild machen sollte, direkt von Gott aufgestellt worden. Warum hatte er dann diesen Touristen erlaubt, sie zu einer solchen Sünde zu verleiten?

In diesem Augenblick überlegte sie, dass sie sich in ihrem Brief an Mama nicht beschweren würde, weil sie zum Arbeiten fortgeschickt worden war. Stattdessen würde sie Mama genau diese Frage stellen. Sie wollte doch zu gerne wissen, was Mama dazu sagte.

Inzwischen hatte Ella Mae einige neue Freunde kennen gelernt und herausgefunden, dass die Nachbarn ganz liebe kleine Jungen hatten – sechs an der Zahl – aber ihre Mama wollte unbedingt noch eine Tochter haben. Nach zwei Jungen hatten sie Zwillinge bekommen und dann noch einmal Zwillinge. Alles Jungen. Ella Mae fragte sich, ob sie nicht ein willkommener Anblick für die Frau war. *Deshalb mögen sie mich,* überlegte sie. *Ich bin ein Mädchen!*

Als sie zu ihren Großeltern zurückkehrte, erzählte sie ihnen, was geschehen war. „Eines ist gut daran", sagte sie. „Ich habe unsere Nachbarn weiter unten in der Straße kennen gelernt, und sie haben mich eingeladen und gesagt, dass ich sie jederzeit besuchen kommen kann."

Ihre Großmutter sagte ihr, dass dies gottesfürchtige Menschen seien und Ella Mae sie gern besuchen dürfe, wenn sie mit ihrer

Arbeit fertig sei. Sie fand heraus, dass bei diesen mennonitischen Bauern die Arbeit genauso viel Spaß machte wie bei ihrer Mama. Ella Mae verbrachte viele angenehme Abende bei ihnen, half bei den Jungen und passte für ein kleines Taschengeld sogar hin und wieder auf die ganz Kleinen auf.

Als ein Brief von Mama mit der Post kam, riss ihn Ella Mae eifrig auf.

Meine liebe Ella Mae,
es war so schön, dass du mir geschrieben hast. Ich bin froh, dass es dir gut geht. Wir freuen uns alle auf das Ende des Sommers, wenn wir dich wiedersehen. Sei bis dahin ein liebes Mädchen und hilf Oma und Opa so gut du kannst.
Wegen diesen Engländern und ihrer Kamera brauchst du dir keine Sorgen zu machen; du hast nicht gesündigt. Ganz im Gegenteil. Ich kann dir gar nicht sagen, wie vielen Touristen ich schon über den Weg gelaufen bin – auch als erwachsene Frau –, die unbedingt Fotos machen wollen. Das ist ihre Schuld, nicht meine. Sie haben offenbar überhaupt keinen Anstand, wenn sie ihre Kameras auf uns Amisch richten. Darüber brauchst du dir aber nicht den Kopf zu zerbrechen. Gottes Liebe ist dir immer ganz nah. Vergiss das nie.
Essie lässt dich herzlich grüßen. Sie ist sehr fleißig. Sie hilft mir bei den jüngeren Kindern, beim Putzen und Kochen und geht oft mit Papa aufs Feld und arbeitet mit den Maultieren.
Wir vermissen dich, aber wir vertrauen darauf, dass unser himmlischer Vater auf dich aufpasst, während wir voneinander getrennt sind.
In Liebe
Mama

Ella Mae legte den Brief beiseite, um ihn später, bevor sie zu Bett ging, noch einmal zu lesen.

Essie geht mit Papa aufs Feld und arbeitet mit den Maultieren, dachte sie. *Arme Essie.*

Vielleicht war es trotzdem nicht so schlimm, hier zu sein und ihren Großeltern zu helfen. Eine Furche nach der anderen zu graben, während die Sonne erbarmungslos vom Himmel brannte, das war das Schlimmste, was sie sich vorstellen konnte. Wenn man Gemüse und Obst erntete und verarbeitete, konnte man wenigstens hin und wieder der größten Hitze entkommen und sich unter einen schattigen Baum flüchten ... und ein großes Glas kalte Limonade trinken.

Es tat gut, dass Mama geschrieben hatte. Aber die vertraute Handschrift ihrer Mutter verschlimmerte ihr Heimweh noch mehr. Sie kämpfte mit den Tränen und eilte nach unten zum Abendgebet.

Beim Frühstück am nächsten Morgen erklärte Oma, was an diesem Tag zu tun sei. „Wir jäten in allen Blumenbeeten Unkraut ... und auch in den Fensterkästen."

Ella Mae freute sich über diese Abwechslung. Blumen zu pflegen war viel mehr Spaß als Erdbeeren zu pflücken oder Erbsen zu schälen. Aber sie würde schwer arbeiten und etwas Geld verdienen, das ihr Großvater ihren Eltern nach Hause schicken könnte.

Sie spürte, dass sich etwas in ihr verändert hatte. Sie fühlte sich richtig gut, weil sie wusste, dass sie ihrer Familie wirklich half, indem sie den ganzen Sommer hier blieb. Dass sie gelernt hatte, bei der Arbeit fröhlich zu sein, half ihr sehr dabei.

So lief es den ganzen Juli und August ab: Sie arbeitete schwer auf dem Hof, passte gelegentlich auf die Kinder der mennonitischen Familie auf, gönnte nachts ihrem müden Körper viel Schlaf und Ruhe und besuchte sonntags den Gottesdienst. Zweimal kamen Mama, Papa und ihre Geschwister zu Besuch. Nach ihrem ersten Besuch stellte sie fest, dass es nicht so schlimm war, wenn sie zu ihr kamen und dann wieder nach Hause fuhren, ohne sie mitzunehmen. Der Besuch machte das Heimweh erträglicher.

Bei ihrem zweiten Besuch war die Sommerarbeit fast vorbei. Die Schule würde bald wieder anfangen und sie käme wieder nach Hause ...

Ella Mae trat vom Fenster weg und warf einen Blick auf die Uhr über ihrem Küchenofen. Jeden Augenblick kämen ihre Urenkel in ihre Küche gestürmt und freuten sich auf einen Nachmittagsimbiss. Sie würde ihnen selbst gebackene Kekse aus dem großen apfelförmigen Glas auf der Arbeitsplatte geben, vielleicht etwas

Schokoladensirup in ihre großen Milchgläser füllen. Ja, heute würde sie die Kinder ein wenig verwöhnen – immerhin mussten die Kleinen ziemlich viel arbeiten. Sie würde sich gut um die Kinder kümmern, deren Gesichter zart und ehrlich waren. Wenn sie mit ihr sprachen, sahen sie ihr offen in die Augen, und ihre Gesichtszüge hatten Ähnlichkeit mit den ehrlichen, bodenständigen Gesichtern ihrer Eltern und deren Eltern vor ihnen.

Sie dachte: *Ach ja, mein Mann würde sich sehr freuen, wenn er noch am Leben wäre und sähe, wie unsere Urenkel die Blätter zusammenrechen und alles sauber machen. Und unter ihren Fingernägeln haben sie Erde.*

Lächelnd öffnete sie die Tür hinter dem Haus und freute sich über das Lachen der Kinder ihrer Enkel und über den Wechsel der Jahreszeiten. Ihre Hände rochen immer noch nach Gottes fruchtbarer Erde.

4. Benjamin

So freue dich, Jüngling, in deiner Jugend und lass dein Herz guter Dinge sein in deinen jungen Tagen. Tu, was dein Herz gelüstet und deinen Augen gefällt; aber wisse, dass dich Gott um das alles vor Gericht ziehen wird.

Prediger 11,9

Alles um sie her war dunkel, als Katie aufwachte. Im Halbschlaf glaubte sie fest, sie sei wieder in ihrem Schlafzimmer in Hickory Hollow und es sei Zeit aufzustehen, in ihre Arbeitskleidung zu schlüpfen, in den Stall hinauszugehen und beim Melken zu helfen. Aber während sie still dalag und auf den Ruf ihres Vaters lauschte, wurde ihr bewusst, dass sie nicht mehr das kleine Mädchen war, das im Haus der Familie Lapp aufwuchs. Sie war eine junge verheiratete Frau, die neben Daniel, ihrem schlafenden Ehemann, lag.

Das blasse Morgenlicht war noch nicht durch die Schlafzimmervorhänge gedrungen, deren Baumwollstoff sanft über das Fensterbrett strich. Kein Geräusch war zu hören, nicht einmal das erste Zwitschern der Vogelfamilie, die draußen im Ahornbaum unweit von ihrem Fenster nistete. Die Vögel warteten dieses Jahr länger als sonst, ehe sie in den Süden flogen. Da heute Markttag war, würden bestimmt bald einige Einspänner an ihrem Haus vorbeifahren, aber auf der Straße herrschte noch tiefste Stille.

Es muss kurz vor der Morgendämmerung sein, dachte Katie, die zu müde war, um sich aufzusetzen und über den Deckenberg, unter dem ihr Mann lag, einen Blick auf die beleuchtete Anzeige des Weckers zu werfen.

Während sie in der Stille liegen blieb, verschwand ihre Benommenheit allmählich; sie dachte an ihre Mutter, die neulich angerufen und ihr erzählt hatte, dass sie vor kurzem Maria Beiler besucht habe. „Sie vermisst dich so sehr, Katie. Wir alle vermissen dich." Mama klang ein wenig traurig und berichtete ihr von ihrem

Morgen bei den Beilers. „Maria hat mit Johannes' Kindern alle Hände voll zu tun. Das ist gar keine Frage."

„Sie sind jetzt auch *ihre* Kinder", hatte Katie gesagt und gehofft, ihre Freundin habe die rotbackigen Kinder inzwischen ins Herz geschlossen.

„Ja ... aber kannst du dir die viele Arbeit vorstellen?" Viel mehr hatte Mama nicht gesagt. Wahrscheinlich war ihr eingefallen, dass Katie die Beilerkinder – drei Jungen und zwei Mädchen – auch sehr gern gehabt hatte und vor einiger Zeit fast ihre Stiefmutter geworden wäre.

„Geht der Kleinste, Jakob, schon in die erste Klasse?" Den verschmitzten Jungen mit den blauen Augen hatte Katie besonders ins Herz geschlossen.

„Ja, er tut sich in der Schule ein bisschen schwer ... hat mir Maria erzählt."

Es mutete so seltsam an, dass Mama ihr von Marias Stiefkindern erzählte. „Das soll nicht heißen, dass Jakob nicht klug wäre. Wirklich nicht. Er hat nur einen sehr regen Geist ... und es fällt ihm schwer, sich auf die Bücher zu konzentrieren, wenn er lieber draußen wäre und im Bach einen Frosch fangen würde, weißt du."

Sie plauderten über mehrere bevorstehende Quilttage, auch wenn nicht Mama diejenige war, die dieses Thema ansprach. Katie hatte sich nach den Arbeitseinsätzen erkundigt. Anscheinend war noch mehr geplant, und als sie nachbohrte, erfuhr Katie, dass ihre Mutter ihren Schwiegertöchtern, Annie und Grace, helfen würde, Gemüse und Obst für den langen Winter einzumachen.

Katie spitzte die Ohren, als ihre Mutter Annie erwähnte. Sie war Daniels Schwester. „Wie geht es Annie ... und dem kleinen Daniel?" Katie hatte die Frau und den kleinen Sohn ihres ältesten Bruders so lange nicht mehr gesehen.

Mama lachte leise. „Oh, Daniel wächst schnell. Er ist schon lange kein Baby mehr. Er ist schon fast zwei Jahre und schläft nicht mehr so, wie er sollte. Er hat keine Lust mehr, einen Mittagsschlaf zu machen. Annie sagt, er wird mitten in der Nacht wach und weint. Wahrscheinlich bekommt er Zähne."

Katie wollte ihren Ohren kaum trauen. Elams und Annies Baby war schon ein Kleinkind? Wo war nur die Zeit geblieben?

Mama fragte, wie es ihr und Daniel gehe. Katie erzählte ihr ein wenig aus ihrem Leben: von der einen oder anderen Veranstaltung in ihrer Gemeinde, dass Daniel und sie in kleinen Hausgruppen Gitarre spielten und dass sie sich jede Woche mit einer Freundin, Darlene Frey, traf. Sie erzählte ihrer Mutter, dass Darlene nicht weit von Hickory Hollow entfernt wohnte – ein wenig im Osten – und dass sie in letzter Zeit sehr gute Freundinnen geworden seien. Jedoch ging sie nicht zu sehr darauf ein. Sie verriet nicht, wie nahe sie und Darlene sich gekommen waren und dass sie bestimmte Bibelstellen ganz genauso verstanden.

Später schlug Mama vor, dass Katie „irgendwann kurz vorbeikommen" könne. Sie sagte, ihr Vater sei damit einverstanden, aber nur wenn der Besuch nicht allzu lange dauern würde. Ihre vorsichtige Formulierung verriet Katie, dass ihre Mutter vielleicht noch zögerte, ihre Tochter persönlich zu sehen. Außerdem war klar, dass Daniel von der Einladung ausgeschlossen war.

Katie versprach natürlich nichts Definitives. Sie sagte, sie wisse nicht, wie bald sie zu Besuch kommen könne. Sie würde erst mit Daniel darüber sprechen und wollte seine Meinung zu der Angelegenheit hören. Sie wollte wissen, ob er es guthieß, wenn Katie allein zu ihren Eltern fuhr oder nicht. Es war nicht so, dass sie Angst gehabt hätte, allein zu ihnen zu fahren. Das war es nicht. Daniel konnte jedoch denken, dass ihre Eltern sie bearbeiten und versuchen würden, sie zur Umkehr zu bewegen, wie es in der Alten Ordnung hieß.

Sie hatten in der letzten Woche viel auf ihren Gitarren geübt und in zwei verschiedenen Hausgruppen gespielt. Das hatte so viel von ihrer und Daniels Zeit in Anspruch genommen, dass sie ihm noch nicht von Mamas Anruf erzählt hatte. Aber sie würde es noch tun.

Jetzt stopfte sie sich das Kissen unter den Kopf und lag still da. Dann streckte sie sanft die Hand aus und legte sie auf seine Schulter und wartete, bis das Morgenlicht käme ... und der Wecker klingelte. Daniel war so stark. Körperlich und auch in seinem Glauben. Bei ihm konnte sie Halt finden, wenn Probleme sie belasteten und sie ihn brauchte. Er war ihre Zuflucht in dem einen großen heulenden Sturm ihres Lebens, denn er verstand wie kaum ein anderer, wie schmerzvoll es war, mit dem Gemeindebann belegt zu werden. Daniel war ebenfalls mit dem Bann belegt worden. Von demselben Bischof, dem Mann, den sie beinahe geheiratet hätte. Wie seltsam, dass ihre beste Freundin, Maria, ausgerechnet Johannes Beiler geheiratet hatte. Katie freute sich für die beiden. Sie freute sich ehrlich von ganzem Herzen für sie.

Trotzdem fragte sie sich, ob Maria sie weiterhin vermissen würde und das ihrer Mutter erzählte, die wiederum Katie davon informierte. War es ein Versuch, Katie ein schlechtes Gewissen zu machen, weil sie weggegangen war? Sollte sie es bedauern, dass sie ihre amischen Wurzeln für ihren neu gefundenen Glauben verlassen hatte? Hatten die beiden Frauen das im Sinn?

Sie setzte sich auf, warf die Decke zurück und schwang die Beine über die Bettkante. Ihre Füße tasteten nach den Hausschuhen. Als sie sie gefunden hatte, schlich sie leise auf die andere Seite des Zimmers. Am Fenster blieb sie schweigend stehen, zog die Vorhänge auseinander und schaute hinaus. Die Morgendämmerung war kalt und grau wie schon lange nicht mehr. Eine riesige Wolkenmasse hing am Horizont und sperrte die Sonne aus. Kein Wunder, dass ihr das Zimmer so dunkel erschienen war, als sie aufwachte.

Sie starrte auf die schwarzen Baumstämme hinab, die vom gelblich werdenden Rasen vor dem Haus abstachen. In der Ferne fand kein einziger Sonnenstrahl seinen Weg durch das Grau, als über den bewaldeten Hügeln der Tag anbrach.

* * *

Beim Frühstück dachte Katie daran, Daniel von ihrem Telefongespräch mit ihrer Mutter zu erzählen. Aber sie zögerte. Sie konnte sich nicht überwinden, ihrem geliebten Mann zu sagen, dass ihre Mutter kein großes Interesse daran hatte, *ihn* auch einzuladen. So beschloss sie, die Sache auf sich beruhen zu lassen und sie an diesem Morgen überhaupt nicht zu erwähnen. Sie wollte für den richtigen Zeitpunkt beten. Es war nicht nötig, ihren Daniel zu verletzen. In seinem Bademantel, mit seinen leicht zerzausten blonden Haaren saß er gut gelaunt am Tisch und genoss seinen Schinken und seine Eier und warf immer wieder einen Blick durch das Fenster auf den leichten Nieselregen, der vom grauen Himmel fiel. Nein, dieses Gespräch konnte warten.

Als Daniel das Haus verlassen hatte und zur Arbeit gefahren war, verbrachte sie den Vormittag damit, das Wohnzimmer aufzuräumen. Es war ein sonniger Raum, nicht groß, aber doch geräumig genug, um mehrere Ehepaare gleichzeitig zu Besuch einzuladen. Sie wischte die weiße Holzwand ab und achtete besonders auf den Teil, der neben der Treppe verlief, wo man am häufigsten Fingerabdrücke sah. Als sie damit fertig war, schob sie die braunen Holztruhen von der Wand und putzte mit einem feuchten Lappen den Holzboden und schaute in die Ecken, ob sie darin *Staubhasen* fand. Dieses Wort hatte sie gelernt, als sie als Jugendliche für eine englische Familie das Haus putzte.

Sie lächelte bei der Erinnerung an einen Jungen, der im Gottesdienst gehört hatte, dass wir alle von Staub kommen und wieder zu Staub werden. Zu Hause spähte er unter sein Bett und rief: „Unter meinem Bett kommt jemand oder geht jemand und wird gerade zu Staub!"

Sie trat einen Schritt zurück und ließ ihren Blick durch das gemütliche Zimmer schweifen: Der Tisch und das Sofa passten herrlich zu den Eichenstühlen, zu den vielen Blumentöpfen und den lockeren Spitzenvorhängen – gar kein Vergleich zu den amischen grünen Vorhängen vor den Fenstern, mit denen sie aufgewachsen war. Eine alte Werkbank, die Daniel abgesägt und dunkel gebeizt hatte, diente als Wohnzimmertisch und schuf einen gemütlichen Landhausstil. Den schönen Eckschrank, den ihr Vater gezimmert hatte, hatten sie in eine Nische im Esszimmer gestellt. Darin bewahrte sie als Blickfang ihr schönstes Geschirr auf, hauptsächlich Teetassen und Untertassen und bunte Salz- und Pfefferstreuer.

Sie trat an das breite Fenster und schaute hinaus. Vor ihren Augen jagten zwei Eichhörnchen über den Rasen. „Danke, Herr, für diesen Tag", betete sie. „Bitte segne meinen Mann bei der Arbeit und berühre die Herzen meiner amischen Familie ... Hilf mir, den Weg zurück in das Herz meines Vaters zu finden. Amen."

Das Haus kam ihr mit einem Mal irgendwie zu leise vor. Also ging sie in die Küche und schaltete das Radio ein. Ihr Lieblingssender mit christlicher Musik spielte gerade ein altes Kirchenlied. An einem Tag mit so grauem Wetter erfüllte die Musik das Haus mit Wärme und Freude. Als das Lied zu Ende war und der Sprecher zu reden begann, erklärte er, wie wichtig es sei, für die eigene Familie zu beten. Es war nicht das erste Mal, dass sie das hörte. Oma Essie, ihre Großmutter mütterlicherseits, hatte oft davon gesprochen, dass wir nicht nur Fremden in ihrer Not helfen, sondern auch „unseren eigenen Leuten beistehen" sollen. Die Nachbarschaftshilfe war ein wichtiger Bestandteil der amischen Kultur, und dieses Erbe hatten sie und Daniel auch in ihre neue Gemeinde mitgenommen. Vor kurzem hatte ein junges mennonitisches Ehepaar sein Zuhause verloren. Das Haus mit seinen Möbeln, Decken, dem Geschirr und allen Hochzeitsgeschenken war einem Feuer zum Opfer gefallen. Aber die Frauen – Tanten, Kusinen und Nachbarinnen – kamen zusammen und begannen, neue Decken zu nähen und neue Kleider anzufertigen. Einige Männer halfen, indem sie Kontakt zu einer Baufirma aufnahmen, deren Chef ein Herz für die Mennoniten hatte, und sorgten dafür, dass bald Baupläne gezeichnet wurden und die Bauarbeiter an die Arbeit gehen konnten ... bis ein neues Haus stand.

Während Katie einen Topf Gemüsesuppe kochte, wanderten ihre Gedanken zu Maria und den Kindern des Bischofs. Es wäre doch eine gute Idee, eine größere Menge zu kochen, sie einzufrieren und die Suppe in den nächsten Tagen Maria zu bringen. Eine solche Geste würde doch bestimmt nicht missverstanden werden. Gewiss nicht. Sie hatte in den letzten Monaten öfter daran gedacht, so etwas zu tun. Aber da sie in Hickory Hollow keine Unruhe stiften wollte, hatte sie es sich anders überlegt und ihre Kontakte auf ihren Mann, ihre Freunde aus der mennonitischen Gemeinde und ihre Bekannten hier beschränkt. Aber die Worte des Rundfunksprechers hatten sie angesprochen, und sie beschloss, das Risiko einzugehen, dass sie mit ihrer Suppe abgelehnt werden könnte.

Immerhin war Maria ihre beste Freundin gewesen. Maria hatte sie immer zum Lachen gebracht. Und sie hatten oft miteinander geweint. Mit ihrer besten Freundin hatte sie immer über alles sprechen können. Alle entscheidenden Ereignisse hatte sie immer mit Maria geteilt.

Und was war jetzt? Musste sie annehmen, dass Marias Heirat mit dem Bischof ihre Freundin für immer an das strenge Leben der Alten Ordnung band? Musste sie sich von Marias Einstellung, dass es keine Heilsgewissheit geben könne, abhalten lassen, für sie zu beten?

Falls es je eine Zeit gab, in der sie ihrer Freundin die Liebe ihres himmlischen Vaters zeigen musste, dann war das jetzt. Katie kochte die Rinderrippchen, bis sie weich und zart waren. Dann gab sie geschnittene Zwiebeln und Kartoffeln, klein gehackten Kohl, reife Tomaten, Karotten, Sellerie, Mais, geschnittene Bohnen, grüne und rote Paprikastreifen, Reis, Gerste und gehackte Petersilie dazu. Ob es ihr gefiel oder nicht, Maria würde bald eine gute selbst gekochte Suppe von ihrer Freundin bekommen.

Während die Suppe köchelte, wischte sie im Wohnzimmer Staub, dann trug sie die Teppiche nach draußen und klopfte sie an dem Baumstamm vor dem Haus aus. Sie dachte daran, ihren kurzen Besuch bei Maria mit einem Besuch bei ihrem Vater und ihrer Mutter zu verbinden, entschied sich dann aber dagegen. Beim Gedanken an ihr Elternhaus – das sie so lange nicht mehr gesehen hatte – wurde sie traurig. Zu dieser Jahreszeit würde sie als amische Frau normalerweise Freundinnen besuchen, an einem Arbeitseinsatz teilnehmen oder, wenn sie nichts anderes zu tun hatte, einfach hinausgehen und zu den Bäumen hinaufschauen. Wenn sie den Frieden der Natur spürte und ein langes Gespräch mit dem Herrn geführt hatte, fühlte sie sich oft innerhalb kürzester Zeit besser. Genau das wollte sie auch tun, sobald die Suppe gekocht war. Einen Teil davon gab sie für ihr eigenes Mittagessen in einen Topf und eine große Portion sollte in der Gefriertruhe für Bischof Johannes' Frau Maria verstaut werden.

Als sie oben vor dem Spiegel ihr Gebetstuch zurechtrückte, bemerkte sie eine Nachricht von Daniel. Neben einer handschriftlichen Notiz lagen mehrere Schecks, die sie zur Bank bringen sollte. *Würdest du das bitte für mich erledigen ... wenn du Zeit dazu hast? Ich liebe dich. Daniel.*

Daniel. Was für ein einfühlsamer, liebevoller Mann er doch war! Er zeigte ihr immer noch mit Worten und Taten, dass er sie liebte, obwohl sie schon fast ein ganzes Jahr verheiratet waren. Sie überlegte, was sie zu ihrem ersten Hochzeitstag Gutes backen würde. Daniel war nicht so wild auf Kuchen, aber er liebte einen guten Strudel. Dazu hatte sie eine ganze Menge Rezepte, aus denen sie etwas aussuchen konnte. Obststrudel, Sahnestrudel und der immer beliebte Rosinenstrudel – ein Rezept von Großtante Ella Mae.

* * *

Katie wollte Daniels Sachen auf der Bank gern erledigen. Sie fuhr die Cattail Road hinauf und dann weiter zur Bundesstraße 340, wo sie in Richtung des Dorfes Intercourse abbog. Sie war froh, dass sie aussteigen konnte, auch wenn es ein trüber, kühler Tag war, ungewöhnlich für Mitte Oktober in Lancaster County. Sonnenschein und blauer Himmel beherrschten normalerweise wochenlang die Tage und brachten die goldenen Herbstfarben zum Leuchten. Nicht jedoch heute.

Während sie weiterfuhr, dachte sie über ihr Leben mit Daniel nach. Ihre Liebesgeschichte war wirklich erstaunlich. Wenn sie auf die Idee käme, ein Buch zu schreiben, dann würde sie schildern, wie sie einander fünf lange Jahre verloren und sich schließlich wieder gefunden hatten, aber durch viele unvorhersehbare Umstände voneinander getrennt wurden. Aber Gott hatte in seiner großen Souveränität und Weisheit dafür gesorgt, dass sie als Ehemann und Ehefrau zusammenkamen. Davon war sie fest überzeugt.

Heute Abend spreche ich mit Daniel ... erzähle ihm, was mich beschäftigt, dachte sie, während sie das Auto abstellte, ausstieg und zur Bank eilte.

Als sie die Tür zum Haupteingang öffnete, sah sie, dass fast keine Kunden in der Bank waren. Sie ging zu einem der zwei Schalter und gab die Schecks für ihr gemeinsames Konto ab.

Als das erledigt war, ging sie durch den Haupteingang wieder hinaus, und ging zu ihrem Auto zurück. In diesem Augenblick fiel ihr ein junger Mann auf. Er war von durchschnittlicher Größe und hatte zurückgekämmte blonde Haare und eine große Ähnlichkeit mit ihrem unverheirateten Bruder. Sie schaute ihn ein zweites Mal an und war *sicher,* dass es Benjamin war ... mit einem englischen Mädchen an seiner Seite! Ein weiterer unauffälliger Blick, und sie registrierte das bunte T-Shirt, die Blue Jeans und die hohen Tennisschuhe.

Sie war versucht, „Hallo, Ben" zu rufen, überlegte es sich aber anders. Während Katie wartete, bis das Paar in die Bank gegangen und außer Sicht war, schlenderte sie zu einem roten Sportwagen auf dem Parkplatz – der wahrscheinlich dem Mädchen gehörte – und spähte durch die Fenster ins Wageninnere. Die Konsole war mit einer Vielzahl von Geräten ausgestattet: Radio, Kassettenrekorder und etwas, das nach einem dieser modernen CD-Player aussah. Sie ließ ihren Blick über das Innere des Autos wandern. Plötzlich stockte ihr der Atem. In einem Fach hatte sie eine Schachtel Zigaretten entdeckt!

Das ist wirklich der Gipfel, dachte sie und hoffte gegen alle Hoffnung, ihr Bruder hätte sich nicht das Rauchen angewöhnt.

Da sie keine unerfreuliche Szene veranstalten wollte, ging sie schnell zu ihrem eigenen Auto zurück, setzte sich hinter das Lenkrad und wartete, bis Ben und seine Freundin wieder aus der Bank kämen. Während sie sich auf dem Sitz zurücklehnte, musste sie an ihre Begegnung auf der Straße mit Papa und Benjamin an dem Morgen von Elis Hochzeit denken. Ben hatte richtig wütend gewirkt. Er war zu dem Pferd geeilt und hatte versucht, das Tier zu beruhigen. Aber der sonderbare Blick, den er ihr aus dem Augenwinkel zugeworfen hatte, während ihr Vater mit den Zügeln gekämpft hatte, war ihr nicht entgangen ... ebenso wenig Bens wütende Worte: *„Was machst du denn hier, Katie?"*

Immerhin war Ben der Bruder, der ihr altersmäßig am nächsten stand und sie oft geneckt hatte, egal ob bei der Arbeit oder beim Spiel. Auf ihrem langen Marsch zur Schule am Morgen und am Nachmittag oder auf dem Weg zum Gottesdienst hatte Ben sie immer geneckt oder mit ihr Spaß gemacht.

Als ihr Bruder und das englische Mädchen die Bank wieder verließen und Hand in Hand über den Parkplatz schlenderten, musste sie nur Bens Benehmen beobachten – sein kindisches Lachen hören –, um zu wissen, dass er sich benahm wie ein Teenager in seiner wilden Zeit. Aber Ben war fast sechsundzwanzig, also viel zu alt für solch unreifes Verhalten. Meine Güte, er war im besten Heiratsalter, auch wenn sie gehört hatte, dass Bens Freundin ihn wegen eines anderen verlassen hatte. Ein Mädchen aus Hickory Hollow. Kein Wunder, dass er jetzt mit einem eitlen englischen Mädchen herumstolzierte!

Was in aller Welt hatte er vor? Wusste er denn nicht, dass ein solches Verhalten ihrer Mutter und ihrem Vater das Herz brechen würde? Hatten sie nicht schon genug durchgemacht, als Katie die amische Kirche verließ und so viel Unruhe gestiftet hatte? Katie wollte am liebsten aus dem Auto springen und ihm sagen, wie Leid ihr alles tue und dass sie täglich für ihn bete.

Aber etwas hielt sie zurück. Sie wusste, dass Bens Situation absolut nicht mit ihrer zu vergleichen war. Sie hatte als Jugendliche einige wilde Sachen gemacht, ihre verbotene Gitarre gespielt und sich nach eitler Kleidung und anderen modernen Dingen gesehnt. Aber sie hatte nie Zigaretten geraucht oder sich mit englischen Jungen verabredet. Am Ende hatte ihre Entscheidung, den amischen Lebensstil zu verlassen, mehr mit ihrer geistlichen Überzeugung zu tun gehabt als mit Rebellion. Wenigstens sah sie das so.

Verwirrt darüber, welche Überraschungen ein Tag bringen konnte, versank sie in tiefe Gedanken und bemerkte nicht, dass ihr Bruder sie erblickt hatte und jetzt auf ihr Auto zuging. Er klopfte auf der Fahrerseite ans Fenster und schaute sie an.

Sie schreckte hoch.

Er bedeutete ihr, sie solle das Fenster öffnen. Schnell drehte sie den Zündschlüssel, um die elektrischen Fensterheber betätigen zu können. Aber sie wusste nicht, was sie sagen sollte.

„Hör zu, Katie. Du hast mich heute nicht gesehen, verstanden?", sagte er.

„Benjamin ... ich ..."

„Erzähle niemandem von meinem Auto, hörst du?"

Sie runzelte verwirrt die Stirn.

„Versprich mir das!", verlangte er.

„Was ist denn mit dir los, Ben?", fragte sie leise.

„Das geht dich nichts an." Er strich sich mit beiden Handflächen die Haare an den Schläfen zurück und verbreitete einen Geruch aus Rasierwasser und Zigarettenrauch. „Versprichst du mir jetzt, dass du Mama nichts erzählst? Ich weiß, dass sie dich immer wieder anruft."

Woher konnte er das wissen? „Unsere Eltern sind nicht dumm, falls du glaubst, du könntest ihnen etwas vorspielen."

„Ich halte niemanden für dumm." Seine Stimme war angespannt. „Halte einfach den Mund."

„Nun, falls das hier das Leben ist, für das du dich entscheidest, rate ich dir, dein Auto sehr gut zu verstecken. Denn früher oder später wird man dich erwischen."

„Woher willst du das wissen?"

Sie schaute ihn direkt an. Ein nervöses Zucken in seiner Wange verriet seine Unsicherheit. Er hatte sich also noch nicht entschieden, sein amisches Erbe aufzugeben. Wenigstens bis jetzt noch nicht. „Was ist mit deinem Taufgelöbnis, deinem Versprechen gegenüber Gott und der Kirche?"

„Das musst ausgerechnet du sagen!" Er stützte beide Hände auf ihr Fenster, schaute zu ihr hinab und schüttelte störrisch den Kopf.

„Ben ... hör doch zu. Das amische Leben ist alles, was du kennst."

„Es steckt viel mehr dahinter", knurrte er.

Sie betrachtete ihn und betete schweigend um Weisheit. „Ich denke, wir sollten uns einmal unterhalten ... es ist so lange her, seit wir uns das letzte Mal gesehen haben." Das war riskant für ihn. Das wusste sie, aber es war genauso gefährlich, mit diesem Mädchen zu flirten. „Komm zu mir und iss mit mir zu Mittag", bat sie.

„Bei *dir*, in deinem Haus?"

Sie beschrieb ihm schnell den Weg. „Komm morgen vorbei ... wann immer du willst."

Er sagte nichts, sondern drehte sich nur auf dem Absatz um und verschwand.

* * *

Auf der Heimfahrt war der Himmel mit einem dichten Grau überzogen, kein einziger Farbklecks war zu sehen. Kein Lüftchen regte sich, kein Windhauch war zu spüren. Die gesamte Stimmung dieses Tages spiegelte ihren inneren Kampf wider. Natürlich hatte Katie nicht das Recht, ihrem Bruder Vorwürfe zu machen. Immerhin war er fast zwei Jahre älter als sie. Aber sie hatte ihm einiges zu sagen. Etwas, das viel wertvoller war als nur gute Ratschläge.

Die Straße fiel nach Hickory Hollow hin leicht ab, zu der bewaldeten Gegend, in der sie und ihre Brüder Eli und Benjamin und manchmal auch ihr ältester Bruder, Elam, im Sommer oft Verstecken gespielt hatten, im Herbst Backenhörnchen nachgejagt waren und im Winter einander in den Fußspuren im Schnee gefolgt waren. An der Stelle, an der ein Weiher auf die Straße und auch den Wald stieß, draußen hinter der zweistöckigen Scheune war ein ganz besonderer Ort – „eine Welt für sich." Es war der einzige Platz, an dem man mit einem Boot rudern und „die Mühen des Tages hinter sich lassen konnte", wie Maria Stoltzfus manchmal gesagt hatte, eine Wasserstelle, an der alle drei Brüder – und manchmal auch ihr Vater – ihre langen Weidenstäbe genommen und am Morgen geangelt hatten.

Das ganze Dorf steckte voller Erinnerungen. Zu viele, um sie zählen zu können. Sie bog an der Kreuzung lieber nicht nach Hickory Hollow ab, sondern lenkte ihr Auto weg von dem amischen Dorf und fuhr zu dem gemütlichen Haus, das sie und Daniel ihr Zuhause nannten. Sie würde an einem anderen Tag Maria die gefrorene Gemüsesuppe bringen. Nicht heute. Nicht an diesem grauen, schwermütigen Tag.

Ihre Gedanken wanderten erneut zu Benjamin und der Möglichkeit, dass er sie morgen vielleicht besuchen käme. Sie betete: *Herr, lass es doch geschehen. Morgen ...*

* * *

Beim Abendessen erwähnte Katie ihrem Mann gegenüber, dass sie Benjamin vor der Bank getroffen habe. „So Leid es mir tut, aber es sieht so aus, als liebäugle er mit der Welt." Sie beschrieb Bens extrem moderne Kleidung und Frisur, seine stark geschminkte Freundin, sein unreifes Benehmen.

Daniel hörte aufmerksam zu, wollte ihren Bruder aber nicht so schnell verurteilen. „Das klingt ganz so, als wäre der Herr am Werk, wenn er es geführt hat, dass du Benjamin in dieser Aufmachung begegnet bist." Er schwieg nachdenklich und lächelte dann. „Vergiss nicht: Wir haben für unsere Familien gebetet. Vielleicht ist das ein Anfang."

Die zuversichtlichen Worte ihres Mannes gaben ihr Hoffnung. „Falls Ben morgen vorbeikommt, werde ich ihm erzählen, dass der Herr Jesus ihn liebt. Ganz sicher."

Daniel stimmte ihr zu und versprach, für sie zu beten. Sie aßen weiter, aber Katie war immer noch angespannt. Sie wollte gern ihr Telefongespräch mit ihrer Mutter ansprechen, aber sie ließ noch ein paar Momente vergehen.

Schließlich atmete sie tief ein und begann zu sprechen. „Mama hat mir erzählt, dass Papa nichts dagegen hätte, wenn ich irgendwann zu einem kurzen Besuch vorbeikomme." Sie wählte ihre Worte mit Bedacht, um ihn nicht zu verletzen, obwohl sie bezweifelte, dass Samuel Lapp, der ihn von einem kurzen Besuch ausschloss, ihn noch mehr verletzen könnte, als seine eigene Familie es schon getan hatte. Schließlich hatten Daniels Eltern ihn schmerzlich abgewiesen und rückten immer noch keinen

Millimeter von ihrem Standpunkt ab. „Ich dachte, es sei gut, wenn wir darüber reden", sagte sie.

Daniels Augen leuchteten plötzlich. „Wenn die Tür offen ist, warum solltest du dann nicht gehen?"

Die Tür schien wirklich offen zu sein. „Können wir darüber beten?", fragte sie.

Er griff nach ihrer Hand und hielt sie mit beiden Händen fest. „Du wirkst ein wenig zögerlich." Er schaute ihr forschend in die Augen. „Geht es dir gut, Katie?"

„Ich möchte einfach das Richtige tun." Wenn sie ehrlich war, freute sie sich über die Gelegenheit, ihre Eltern zu besuchen. Mehr als alles wollte sie ihren Eltern von Gottes rettender Gnade erzählen. Am liebsten der ganzen Familie.

„Ich betrachte diese Einladung nicht als etwas Negatives. Ganz und gar nicht." Daniel war aufmerksam. Sein Gesicht war jetzt ernster, während sie an dem kleinen Tisch am Küchenfenster ihre Nachspeise aßen. „Die Entscheidung liegt ganz allein bei dir."

Er schien kein bisschen verletzt zu sein. Sie war erleichtert. „Ich hätte mir nur gewünscht, dass Mama *dich* auch eingeladen hätte ... dass sie unsere Ehe so weit respektieren würden", sagte sie.

Er lächelte zärtlich und streichelte ihre Hand. „Falls du dich entscheidest, zu ihnen zu gehen, dann versuche, zu Gottes Ehre so viel Kontakt herzustellen, wie du kannst. Mach dir um mich keine Sorgen."

Sie kämpfte mit den Tränen. „Das könnte der erste Schritt sein, unsere Familien wieder zusammenzubringen."

„Die Sache liegt in Gottes Hand", sagte Daniel zuversichtlich.

Da, wohin sie gehört, dachte sie.

* * *

Als der nächste Mittag kam und von Benjamin keine Spur zu sehen war, deckte sie den Tisch für sich allein, aß ihre Schüssel Gemüsesuppe und ein getoastetes Käsesandwich, dann ließ sie heißes Wasser in das Spülbecken laufen und spülte ihre Schüssel, das Besteck und ihr Wasserglas. Sie überlegte, dass sie es an diesem herrlichen sonnigen Tag wagen könnte, nach Hickory Hollow zu fahren. Wenigstens wollte sie Maria besuchen und ihr die Suppe bringen. Mit dem Besuch bei ihren Eltern wollte sie vielleicht noch einen Tag warten. Sie war sich nicht sicher.

Sie packte die gefrorene Suppe in einen Pappkarton und stellte ihn auf den Küchentisch, ehe sie in die Garderobe eilte und sich einen Wollpullover von einem Holzhaken holte und hineinschlüpfte.

Sie fuhr an dem Waldstück in der Nähe ihres Elternhauses vorbei und erlaubte sich nicht, über frühere Zeiten, in denen sie als Kind hier gespielt hatte, nachzudenken. Sie drehte kein einziges Mal den Kopf, um einen Blick auf das rote Sandsteinhaus zu werfen, das rechts am Wegrand auftauchte. Heute wollte sie ihre Gedanken unter Kontrolle behalten. Sie war hier in Hickory Hollow, weil sie zu einem Liebesdienst unterwegs war. Wenn sie die selbst gekochte Suppe ablieferte, würde sie nur fröhlich lächeln. „Wie geht es dir, Maria? Schön, dich wieder zu sehen." Etwas in der Art. Nachdem sie ihre Freundin seit einem ganzen Jahr nicht mehr gesehen hatte, wollte Katie der lieben Maria auf keinen Fall neuen Kummer bereiten.

Nachdem sie das alles in Gedanken durchgespielt hatte, erschien ihr die ganze Situation nicht mehr so düster wie gestern. An diesem sonnigen, warmen Tag mit dem Himmel, der so blau war wie das Meer, ging es ihr auch wieder besser.

* * *

Katie klopfte an die Hintertür. Als Maria kam, blieb sie einen Augenblick wie erstarrt am Fenster stehen, bevor sie die Tür öffnete. „Katie ... du bist es", sagte sie mit einer Mischung aus Traurigkeit und Freude in den Augen.

„Es ist so schön, dich zu sehen, Maria." Sie hielt ihr den Pappkarton entgegen und deutete mit dem Kopf darauf. „Ich habe mehr Gemüsesuppe gekocht, als wir je essen können ... ich dachte, du und deine Familie esst sie vielleicht gern."

Marias Kinnlade fiel vor Erstaunen nach unten. Sie schaute Katies Paket an und trat zur Seite. „Komm doch herein", bat sie.

Katie kannte die Regeln über den Umgang mit Menschen, die mit dem Gemeindebann belegt waren: Sie durfte Maria die Suppe nicht direkt in die Hand geben. Das Essen durfte nicht aus ihren Händen in die Hände eines Mitglieds der amischen Kirche gelangen. Das tat man einfach nicht. Sie ging nicht weiter als bis zur Abstellkammer und stellte die Schachtel auf ein Regal in dem kleinen Raum.

„Danke", sagte Maria.

„Ich hoffe, sie schmeckt euch."

„Ganz bestimmt." Maria wusste nicht, was sie mit ihren Händen tun sollte. Zuerst faltete sie sie, dann legte sie die Hände auf den Rücken und wirkte unsicher wie ein schüchternes Schulmädchen.

Das Haus schien sehr still zu sein. *War der Bischof zu Hause oder nicht?*, überlegte Katie.

Maria ahnte anscheinend ihre Bedenken. Schnell erklärte sie, dass Johannes an mehrere Bauern am nördlichen Ende von Hickory Hollow Hufeisen auslieferte.

„Wie geht es euch?", fragte Katie.

„Oh, uns geht es gut", sagte Maria. „Kannst du bleiben?"

„Nur eine Minute." Katie hatte Mühe, sich in dieser Situation zurechtzufinden.

„Wie geht es dir und Daniel?", fragte Maria.

„Uns geht es gut ... danke für die Nachfrage."

Katie erkundigte sich nach den Kindern. Marias Antworten waren kurz und knapp. Die Kinder waren gesund, wie es schien, und die Arbeit auf dem Hof wurde täglich problemlos erledigt. Außerdem wurde unter dem Dach des Bischofs viel für die Schule gelernt. Aber als sie ihre liebe Freundin betrachtete, war Katie ein wenig besorgt. Das Leuchten war aus Marias Augen verschwunden, die fröhliche, leicht gerötete Farbe auf ihren Wangen fehlte. „Wie geht es dir wirklich, Maria?", drängte Katie.

Maria schwieg einen Augenblick. Dann, langsam ... ganz langsam geschah es. Die früheren Freundschaftsbande übernahmen die

Oberhand, und sie begannen, sich leise zu unterhalten. Zwei enge Freundinnen, die durch die Regeln und Bestimmungen einer Gesellschaft voneinander getrennt wurden. „Ich habe gute Tage und schlechte Tage ... wie jeder andere auch, nehme ich an", gestand Maria.

„Aber du bist doch hoffentlich nicht krank."

Marias Lippe zitterte. „Nur ein wenig ausgelaugt. Das ist alles."

„Ich bin nicht gekommen, um dir wehzutun. Das musst du wissen."

„Nein ... nein ... es war sehr lieb von dir, dass du gekommen bist, Katie."

„Ich wünschte, ich könnte mehr für dich tun. Du hast bestimmt alle Hände voll zu tun ..., meine liebe Freundin."

Maria lächelte mit Tränen in den Augen. „Deine Mama hat angeboten, mir zu helfen. Und die größeren Kinder – Hickory-Johannes und Nancy – helfen mir sehr viel, wenn sie zu Hause sind."

Sie unterhielten sich noch eine ganze Weile über alles Mögliche. Aber sie waren vorsichtig und sprachen klugerweise nicht über ihre Glaubensunterschiede und die Lehrmeinungen in ihren Kirchen. Inzwischen begann die Gemüsesuppe zu tauen. „Anscheinend könnten wir den ganzen Tag dastehen und reden", sagte Maria und beeilte sich, die Suppe wegzuräumen.

Von dem Platz, an dem sie stand, konnte Katie in die Küche sehen: Auf einer Seite stand vor den Fenstern der lange Esstisch. Darüber hing eine Gaslampe und gegenüber von dem Tisch und den Bänken stand der Holzofen. Die Küche war genauso aufgeteilt wie die ihrer Mutter. „Ich gehe jetzt am besten wieder", sagte sie.

„Ich wünschte, du könntest bleiben ... ich wünschte, *wir* könnten ..." Marias Stimme verstummte, und sie lehnte sich schwer an die Wand.

„Bist du sicher, dass es dir gut geht?", fragte Katie, bevor sie ging. „Du siehst so müde aus."

„Oh, mir geht es gut", versicherte Maria schnell. Katie war jedoch nicht überzeugt. Unter Marias Augen waren dunkle Ringe, wahrscheinlich weil sie zu wenig schlief oder weil sie viel zu viel arbeitete. Vielleicht beides.

Maria dankte ihr mehrmals für eine so „gute Tat".

Als Katie sich zum Gehen wandte, sagte Maria wie aus heiterem Himmel, dass einer der Ältesten ein rotes Auto hinter dem Haus der Millers gesehen habe, „drüben auf der Westseite von Hickory Hollow."

Ein wenig überrascht, dass Maria ein solches Thema ansprach, besonders wenn man bedachte, welchen Status Katie bei den Amisch hatte, hörte sie zu. Aber sie sagte nichts dazu.

„Das Auto steht nachts auf Peter und Lydia Millers Grund."

Der Hof gehörte der Kusine ihrer Mutter und deren Mann – gläubige Mennoniten. „Ben braucht viel Gebet", sagte Katie und suchte nach den richtigen Worten.

„Ich fürchte, er steht mit einem Fuß in der Welt und mit einem in der Kirche ... wenn er ein Auto besitzt und dergleichen. Als Nächstes wird das Auto *ihn* besitzen."

Katie seufzte. Diese ganze Situation war furchtbar unangenehm. „Ben ist auf der Suche, denke ich."

„Aber ... alles, was dein Bruder braucht, findet er hier, bei den Amisch", vertrat Maria ihren Standpunkt.

Der amische Lebensstil war auch in Katie tief verwurzelt gewesen, aber ihr Herz hatte sich nach mehr gesehnt, als ihr menschliche Regeln und Überlieferungen bieten konnten. Sie sollte vorsichtig sein mit dem, was sie als Nächstes sagte.

„Du hast Ben doch sicher nicht beeinflusst ... und von der amischen Kirche fortgelockt, meine ich."

Katie erklärte, dass sie mit Bens Ungehorsam nichts zu tun hatte. Damit öffnete sie die Tür, um zu gehen.

„Ach ... es tut mir furchtbar Leid, Katie. Ehrlich." Maria streckte die Hand nach ihr aus. „Ich wollte dir keine Vorwürfe machen."

Katie drückte die Hand ihrer Freundin.

„Es war so nett von dir zu kommen." Maria weinte fast.

Katie wünschte, sie könnte ihr Herz öffnen und Maria verraten, dass sie tatsächlich hoffte, sie könne Benjamin eines Tages beeinflussen ... und ihn zu Gott führen. Und auch Maria. Katie betete jeden Tag dafür, dass sie jeden Einzelnen von den Amisch zu Jesus führen könnte, genauso wie die Weise Frau sie zu ihm geführt hatte.

* * *

So sehr Katie auch versucht war, zu der langen Auffahrt hinüberzuschauen, die zum Haus ihrer Eltern führte, fuhr sie unbeirrt weiter, an dem alten Steinhaus vorbei, in dem sie aufgewachsen war. Das Haus, in das Samuel und Rebekka Lapp sie als neugeborenen Säugling als ihre Adoptivtochter nach Hause gebracht hatten. Sie unterdrückte sogar den Drang, einen Blick auf den Hof der Millers zu werfen, wo angeblich Bens leuchtender Sportwagen versteckt war.

Ohne anzuhalten, fuhr sie den ganzen Weg zu der großen Kreuzung, die sie schließlich nach Hause führte. Vorbei an den weiten Wiesen und dem Bach, der zwischen den Wiesen plätscherte. Sie betete für Maria. „Gib ihr alles, was sie braucht, lieber Herr, an Leib, Seele und Geist." Oh, wie sehr sie sich danach sehnte, mit ihrer lebenslangen Freundin geistliche Gemeinschaft zu haben. Wenn man gemeinsam an den Herrn glaubte, brachte das zwei Menschen auf eine unvergleichliche Weise zusammen. Gott würde in seinem souveränen Plan doch sicher nicht zulassen, dass sie miteinander aufgewachsen waren und dann als junge Erwachsene auseinander getrieben wurden. Und das ausgerechnet in den Jahren, in denen eine von ihnen oder vielleicht alle beide Kinder bekommen könnten. Sie hegte die Vermutung, dass Maria bereits ihr erstes Kind erwartete – Marias und Johannes' erstes gemeinsames Kind. War das der Grund für die Müdigkeit ihrer Freundin?

Als sie an den Besuch zurückdachte, erinnerte sie sich, dass Maria ihr nichts zu essen oder zu trinken angeboten hatte. Nicht einmal ein Glas Wasser. Auch gut. Die Frau des Bischofs hielt sich an die Regeln ihrer Kirche. Daran konnte Katie nichts Schlimmes finden.

* * *

Das Auto, das in ihrer Auffahrt parkte, überraschte Katie. Aber nur
für einen kurzen Augenblick. Sie parkte daneben und stellte den
Motor ab. Als sie ausstieg, bemerkte sie Benjamin, der auf den Stufen
der Laube im Garten saß.

„Wartest du schon lange?", fragte sie und trat näher.

„Ungefähr eine Viertelstunde."

Sie hatte gehofft, er würde früher kommen, zum Essen. Aber sie
freute sich trotzdem, ihn jetzt zu sehen. Sie lächelte. „Komm mit
ins Haus", forderte sie ihn auf und eilte zur Hintertür.

Sie setzten sich zusammen in die Küche und schauten hin und
wieder durch das Fenster auf das Weideland hinaus. Zwischen ihnen
standen zwei Kaffeetassen und ein Teller mit Apfeltaschen. „Ich weiß
wirklich nicht, warum ich hier bin", gestand er zwischen zwei Bissen.

Sie nickte verstehend. Ihr Bruder sah in seinen glänzenden
Cowboystiefeln und seiner engen Jeans so sonderbar aus. Die
Kleidung hätte sie fast übersehen können, aber die mit Gel nach
hinten frisierten Haare fand sie schlichtweg albern. Sie lachte nicht.
Zu lachen wäre ein großer Fehler gewesen.

Schweigend hörte sie zu, als er begann, über den Druck zu
sprechen, der zu Hause auf ihn ausgeübt wurde. „Er kommt
hauptsächlich von Papa", sagte er. „Aber neulich hat Mama auch
damit angefangen ..., dass ich den Hof übernehmen und in ihrem
Haus wohnen soll mit der Frau, die ich heirate. Aber mir gefällt zur
Zeit kein amisches Mädchen."

Katie fiel eine ganze Hand voll Mädchen ein, mit denen er im
Laufe der Jahre vermutlich befreundet gewesen war – vor dem
Mädchen, das ihn so sehr verletzt hatte. Aber sie hielt es für das
Beste, den Mund zu halten. Sie wollte Ben über seine Gefühle
sprechen lassen.

Als sie ihn ansah, wie er ihr gegenüber am Tisch saß, seine Augen
hungrig nach Leben, seine Haare glänzend und steif von dem Gel,
hatte sie das starke Gefühl, dass er sich ein paar Dinge von der Seele
reden musste.

„Papa kann es nicht erwarten, ein wenig kürzer zu treten." Ben starrte seinen Kaffee an. „Aber warum muss ich *mein* Leben nach der Entscheidung meines Vaters, sich zur Ruhe zu setzen, richten?"

Katie war nicht sonderlich überrascht. Sie hatte in der Vergangenheit oft genug erlebt, dass er sich manchmal furchtbar in etwas hineinsteigern konnte.

„Und wenn Eli an deiner Stelle den Hof übernimmt?", schlug sie vor. „Hat irgendjemand schon einmal daran gedacht?"

Ben schüttelte den Kopf. „Eli hat eine Schreinerei in der Scheune hinter seinem neuen Haus eingerichtet. Er kann gut davon leben, und er tut das, was ihm Spaß macht. Außerdem war Eli noch nie allzu wild auf Landwirtschaft."

Sie fragte sich, ob der Druck, den ihr Vater auf seinen Sohn ausübte, der Grund dafür sei, warum Ben mit der Welt liebäugelte – sich ein Auto kaufte und mit dem englischen Mädchen ausging. „Was wäre, wenn Papa noch eine Weile wartete, bis er sich zur Ruhe setzt?", fragte sie, da sie sich vorstellen konnte, dass Ben vielleicht einfach nur Zeit brauchte, um wieder zu sich selbst zu finden.

„Das würde nicht viel ändern." Er trank langsam einen Schluck Kaffee. Dann sprach er weiter: „Ich denke daran, die Kirche zu verlassen, Katie."

„Aus welchem Grund?", fragte sie, ein wenig schockiert.

„Ehrlich gesagt: Ich habe die Nase voll." Er atmete tief ein. „Ich muss herauskommen und brauche Zeit für mich."

Sie war vorsichtig. Ben war unübersehbar mit der ganzen Welt unzufrieden, nicht nur mit seinem Vater. „Ist es wegen deiner Freundin, die dich verlassen hat ..."

„*Du* bist mit dem Bann belegt worden, Katie, und dir geht es doch bestens!"

Sie schüttelte den Kopf. „Du irrst dich." Sie betete im Stillen um Weisheit. „Ich will dir etwas sagen: Es vergeht kein Tag, an dem ich mich nicht von meiner Familie, von den Amisch ... und auch von meiner liebsten Freundin, Maria, abgeschnitten fühle. Mit diesem Schmerz lebe ich jeden Tag. Aber ich kann daran leider nichts ändern. Ich folge Jesus Christus nach, und für mich gibt es kein Zurück mehr."

„Genauso wie du habe ich keine andere Wahl, als die Gemeinde zu verlassen."

„Wenn du die Alte Ordnung verlassen würdest, um Jesus nachzufolgen – um sein Geschenk der Erlösung anzunehmen –, würde ich dich dazu ermutigen. Aber ich habe nicht den Eindruck, dass du das vorhast."

Ben schwieg und ließ den Kopf hängen.

Katie war in einem Dilemma. Vor ihr saß Ben. Reif zur Ernte, vielleicht voll Hunger nach dem Reichtum, den Gott ihm schenken wollte. Aber er sprach nicht davon, dass er die Überlieferungen der Amisch wegen des Evangeliums verlassen wollte. „Ich bete dafür, dass du eines Tages den Frieden findest, den ich in Jesus gefunden habe, Ben. Du bist ein junger Mann, der gegen seinen Vater rebelliert", sagte sie. „Wenn du wirklich das Gefühl hast, du müsstest das amische Leben hinter dir lassen, dann rechne zuerst durch, was dich das kostet. *Sei sicher*, dass du weißt, warum du weltlich werden willst."

* * *

Als Daniel von der Arbeit nach Hause kam, hatte Katie sich schon längst von Ben verabschiedet. Sie hatte ihren Bruder nur ungern gehen sehen und ihm nachgerufen: „Unsere Tür steht dir immer offen, Ben." Aber er eilte die Stufen zu seinem Auto hinunter, ohne zu versprechen, dass er wiederkäme.

Daniel hörte sehr interessiert zu, als sie von ihrer Begegnung mit Ben berichtete. „Ich habe den ganzen Tag für dich gebetet", erzählte er ihr.

„Das habe ich gespürt", sagte sie dankbar, während sie den Tisch deckte. „Ben ist auf der Suche nach der Wahrheit. Ich hoffe nur, er tut nichts, was er später bereut."

Sie unterhielten sich noch ein bisschen länger über Bens Besuch, dann nahm Daniel sie liebevoll in die Arme. „Wie war dein Tag sonst, Schatz?"

„Ich war kurz bei Maria und habe ihr eine Gemüsesuppe gebracht."

Er lächelte. „Sie war sicher sehr überrascht, als sie dich sah."
Sie erzählte ihm, dass sie sich unterhalten und miteinander geweint hatten. Es konnte einem wirklich das Herz brechen. Aber in gewisser Weise war der kurze Besuch schön gewesen. „Maria und Katie", flüsterte sie. „Nicht mehr so unzertrennlich, wie wir früher waren ... aber trotzdem noch tief miteinander verbunden."

* * *

Zwei Tage später war Katie überrascht und erfreut zugleich, als sie gegen halb zwölf Bens Auto in die Auffahrt vor ihrem Haus einbiegen sah. „Tritt ein, Fremder ... du kommst gerade rechtzeitig zum Mittagessen."
Er schien sich bei diesem Besuch wohler zu fühlen. Sie bot ihm den Platz an der Stirnseite des Tisches an. Dann servierte sie ihm überbackene Makkaroni, Käse und Kalbfleisch. „Sieht so aus, als breche ich das Brot mit einem ehemaligen Mitglied der Kirche, das mit dem Bann belegt wurde", sagte er.
„Wir können zwei getrennte Tische aufstellen, wenn dir das lieber ist", schlug sie vor und fragte sich, ob ihm bereits mit dem Bann gedroht worden sei.
„Nicht nötig." Ben beugte den Kopf und leitete das Tischgebet.
Nach dem „Amen" fiel ihr auf, dass Bens Haare heute frei von dem Gel waren. Sie waren sauber gewaschen.
„Was starrst du mich denn so an?", fragte er.
„Deine Haare sind ganz sauber." Sie reichte ihm den Teller mit dem Fleisch. „Ich würde sagen, du siehst heute wieder mehr wie ein Amisch aus."
Er sprach kein Wort.
„Ich habe mir überlegt, dass ich heute Nachmittag Mama und Papa einen kurzen Besuch abstatten könnte", wechselte sie das Thema.
„Wissen sie, dass du kommst?"
„Wahrscheinlich nicht, aber sie dürften nicht allzu überrascht sein."
„Warum nicht?", fragte er.

Sie erzählte ihm von der Einladung, die ihr Mama überbracht hatte. „Warum auf einmal? Verstehst du, warum es sie plötzlich nicht mehr stört, dass ich komme ... immerhin bin ich mit dem Bann belegt?"

„Zum einen liegt es sicher daran, dass Papa nicht mehr so stur ist wie früher. Er zeigt seine Entrüstung nicht mehr so sehr."

Sie dachte über seine Worte nach. „Wie kommt das?"

„Das liegt an dir, Katie ... er hat seine einzige Tochter an das Gesetzbuch der Kirche verloren. Welchen Grund sollte er sonst haben?"

„Was würde Bischof Johannes sagen, wenn er davon wüsste?", fragte sie.

„Papa wird es dem Bischof bestimmt nicht erzählen. Das garantiere ich dir." Er zwinkerte ihr verschwörerisch zu. „Papa sitzt abends lange in seinem Schaukelstuhl und liest in der Bibel. Eine Seite nach der anderen."

Dann hatte ihr Gemeindebann also auch etwas Positives bewirkt! Ihr Herz machte bei Bens Bemerkung einen Freudensprung.

„Verrate aber nicht, dass ich dir das erzählt habe", warnte er.

Sie musste lächeln. Ihr Bruder plauderte aus dem Nähkästchen. Davon wäre ihr Vater nicht gerade begeistert. „Meine Lippen sind versiegelt."

Nach der Nachspeise sprach Katie das unangenehme Thema an. „Der Bischof weiß von deinem Auto."

„Wer sagt das?"

„Ein kleines Vögelchen."

Er ließ den Kopf hängen. „Ich hätte nicht gedacht, dass die Amisch es so schnell herausfinden würden."

„Es ist nicht zu spät umzukehren ... dein Leben zu ändern." Sie streckte die Hand über den Tisch und berührte seinen Arm.

Er seufzte hörbar. „Ich weiß wirklich nicht, was ich tun soll."

„Hast du schon jemals in der Bibel gelesen und Gott um Rat gefragt?"

Er schüttelte den Kopf. „Wahrscheinlich werde ich dann am Ende auch mit dem Bann belegt", murmelte Ben.

„Wenn du dich für Gottes Weg entscheiden würdest, wäre das ein Grund, für den es sich lohnt, mit dem Bann belegt zu werden."

Er stützte sich vom Tisch ab. „Wenn ich mein Auto und meine englische Freundin behalte, dann werde ich auch hinausgeworfen. So oder so, ich werde um den Bann nicht herumkommen."

Sie konnte ihm ansehen, dass er sich furchtbar elend fühlte.

Er sagte, er habe das Recht, ein Auto zu besitzen und es zu fahren, „besonders wenn einer der Predigersöhne unnötige Spiegel und Verzierungen überall an seinem Einspänner hat. Eine Sünde ist nicht schlimmer als eine andere, oder?"

Sie überlegte. „Vielleicht ist der Besitz eines Autos nicht so schlimm wie die Sehnsucht danach, es zu besitzen", sagte sie.

„Wenn ich ehrlich sein soll: Ich weiß überhaupt nicht mehr, was ich will." Er war eine ganze Weile sehr still.

„Der Herr liebt dich, Ben. Bitte doch ihn, dich zu führen. Was hältst du davon?"

Er schaute sie direkt an. „Ich ... äh, würdest du das für mich tun?"

„Jetzt, meinst du?"

Er nickte.

Sie betete ein liebevolles, mitfühlendes Gebet und bat Gott, in das Leben ihres geliebten Bruders einzugreifen und ihm zu helfen. Als sie zu Ende gebetet hatte, glänzten Tränen in Bens Augen. „Ich bin furchtbar stolz auf dich", sagte sie.

„Stolz kommt vor dem Fall", sagte er flapsig und mit einem Lächeln in den Augen.

„Ach, komm schon. Du weißt genau, was ich meine."

Seine Miene wurde wieder ganz ernst. „Ja, ich glaube, ich weiß es, Katie", sagte er. „Ich glaube, ich weiß es."

* * *

Das Gespräch mit Ben gab ihr den nötigen Ansporn, den Besuch bei ihren Eltern nicht länger aufzuschieben. Das Gesicht ihres Vaters und ihrer Mutter zeigte kein Lächeln, als sie erzählte, was sie in der

Gemeinde tat und wie es Daniel in seiner Arbeit als technischer Zeichner ging.

Nach einer Weile sagte Mama: „Benjamin war gerade hier und ist mit dem Pferd und der Kutsche verschwunden."

Ihr Vater nickte. „Er will endlich darüber reden, dass er Bauer werden will. Hier auf unserem Land."

„Das ist gut", sagte sie vorsichtig.

Ihr Vater sprach weiter: „Das Land ist Gottes größtes Geschenk an die Menschen. Es betrügt uns nie. Je länger man auf dem Land lebt, umso mehr liebt man es."

Katie fragte sich, worauf ihr Vater hinauswollte. War das seine Art, ihr zu sagen, was er dachte? So hatte sie ihren Vater früher nie sprechen hören.

Die Augen ihrer Mutter leuchteten. Ein neugieriges Runzeln zog über ihre Stirn. „Du weißt nicht zufällig, woher Bens plötzliches Interesse für die Landwirtschaft kommt, oder?"

Sie würde nichts verraten. Sie hatte Benjamin ihr Wort gegeben. „Einige junge Männer brauchen einfach länger als andere, um erwachsen zu werden, das ist alles", meinte Katie.

„Ja, das stimmt!", pflichtete ihr der Vater bei.

„Gilt das auch für junge Frauen?", fragte Mama.

Darauf war Katie vorbereitet, denn ihre Mutter brachte dieses Thema immer auf die eine oder andere Weise zur Sprache. Jedes Mal, wenn sie in letzter Zeit miteinander telefoniert hatten, sagte Mama etwas in diese Richtung. Warum sollte sie sich also in ihrem eigenen Haus die Gelegenheit entgehen lassen? Noch dazu, wenn sie Papa an ihrer Seite hatte, der sie unterstützen konnte?

„Ich will damit nicht sagen, dass du nicht reif wärst", fügte Mama hinzu. „Es wäre nur so furchtbar schön, wenn *du* wieder zu den Amisch zurückkehren würdest, Katie. Du und Daniel, ihr beide ... wenn ihr wieder in der Gemeinde euren Platz finden würdet."

„Ich muss nicht zur amischen Kirche gehören, wenn ich zu Gott gehören will." Sie formulierte es so vorsichtig, wie sie nur konnte. „Daniel und ich setzen gern unser Leben und unsere Gaben für Gottes Werk ein. Zu seiner Ehre."

Ihr Vater war unruhig, als wollte er unbedingt über diese Aussage diskutieren. Aber er schaukelte nur weiter schweigend auf seinem Stuhl und schüttelte hin und wieder den Kopf. Kein einziges Mal stimmte er ihr zu, aber etwas in seinen Augen weckte in ihr die Hoffnung, dass er ihr gegenüber ein kleines bisschen weicher wurde. Vielleicht hatte sie ja richtig gesehen ...

Als es Zeit wurde zu gehen, umarmte sie ihre Mutter, aber ihr Vater hielt Abstand. Er war zweifellos darauf bedacht, seiner abtrünnigen Tochter nicht zu nahe zu kommen.

„Du musst wieder einmal kommen", sagte Mama leise.

Aber nicht zu bald ..., dachte Katie.

Sie ging zur Hintertür. „Dieselbe Straße, die hierher führt, geht auch zu Daniels und meinem Haus", sagte sie schnell.

Weder ihr Vater noch ihre Mutter antwortete etwas auf ihre Abschiedsworte. Auch gut. Am besten ließ man sie ein wenig über die Dinge nachdenken und auf ihre eigene Weise zu einer Entscheidung finden. Und in ihrem eigenen Tempo.

Ein leichter Westwind bewegte die Bäume, als sie zum Auto ging. Dünne, durchsichtige Wolken zogen über den Himmel. In ein paar Stunden würde sich die Dämmerung über Hickory Hollow und das ganze Land legen.

Während ihrer Heimfahrt musste sie an die Begegnung mit Benjamin vor der Bank denken. Bei diesem Zufall war ganz gewiss Gottes Hand im Spiel gewesen. Würde er ihr auch helfen, den langen Weg zurück in das Herz ihres Vaters zu finden? Sie wollte weiterhin darauf vertrauen, dass Gott dieses Wunder wirkte.

Aber sie würde ihren Eltern auf keinen Fall erzählen, dass sie mit ihrem jüngsten Bruder geredet und ihn wieder zur Vernunft gebracht hatte. Oder dass sie von ganzem Herzen davon überzeugt war, dass Gott ihr Gebet erhört hatte und ihr deswegen Benjamin über den Weg gelaufen war. Dass Gott ihn sogar bis zu ihrer Tür geführt hatte. Nicht nötig, dass sie das wussten.

Die Ehre gebührte Gott, ihm allein.

5. Im Laternenlicht

Freude ist die süße Stimme, Freude die strahlende Wolke –
wir freuen uns in uns selbst!
Davon fließt alles, jeder Reiz für Auge und Ohr,
alle Melodien, jede Musik,
alle Farben sind ein Abglanz dieses Lichts.
Samuel Taylor Coleridge

Die Idee kam ihr am frühen Abend, gerade, als die letzten Sonnenstrahlen über den Horizont spitzten und aus ihrem Blickfeld verschwanden. Maria genoss diesen Gedanken, sie hielt ihn in ihrem Herzen verborgen und wollte ihn mit keiner Menschenseele teilen. In drei Tagen feierte ihre geliebte Freundin, Katie Lapp Fischer, ihren ersten Hochzeitstag. Natürlich würde die Feier nur ein Abglanz des Festes sein, das an diesem Tag stattfände, wenn Katie und Daniel Buße getan und in die amische Kirche zurückgekehrt wären. Aber Maria hatte sich noch nicht von dem lieben Ehepaar abgesagt. Sie war mit Katie *und* mit Daniel hier in Hickory Hollow aufgewachsen und hatte manchen glücklichen Tag verbracht, als sie noch gemeinsam in die Schule gegangen waren, in der es nur einen einzigen Klassenraum gegeben hatte. Sie war in ihrer Jugend an vielen Herbstnachmittagen bei ihnen gewesen, wenn sie Blätter zusammenrechten und dann ein großes Lagerfeuer auf dem Lapp-Hof entzündeten. Dabei waren ihr Daniels häufige liebevolle Blicke in Katies Richtung nicht entgangen. Wenn Katie Buße getan und Daniel Fischer unter dem Schutz der amischen Kirche geheiratet hätte, würden sie nächsten Samstagmittag bestimmt zu einem großen Festessen in Samuel und Rebekka Lapps Haus eingeladen werden. Es gäbe geräucherten Schinken und Steaks und viele andere Köstlichkeiten. Zu dem Fest würden auch Daniels Eltern, Katies Brüder und ihre Familien und auch Maria und ihr Mann, Johannes, eingeladen werden.

Sie trat durch die Hintertür hinaus und eilte über den Rasen, der mit abgefallenen Eichenblättern übersät war, die schrumpelig und rostbraun in der hereinbrechenden Abenddämmerung auf der Erde lagen. Ein ganzes Jahr lang waren Katie und Daniel schon glücklich verheiratet. Wenn man sich das vorstellte! Katie würde bestimmt bald ihr erstes Kind erwarten. Vielleicht war sie schon schwanger, auch wenn sie nichts davon gesagt hatte, als sie vor einiger Zeit mit selbst gekochter Gemüsesuppe unerwartet vor Marias Tür gestanden hatte.

Maria eilte zum Stall, um die große Laterne ihres Mannes zu suchen. Sie brauchte etwas Zeit für sich allein, Zeit, um ihre Gedanken ein wenig schweifen zu lassen. Nur ein kurzer Spaziergang auf einem der Maultierwege. Nicht weit. Während ihr Rindfleisch im Holzofen garte; während ihr Mann und die Jungen, Hickory-Johannes und Levi, auf dem Heimweg waren von einem Vetter von Johannes, bei dem sie einen Weidezaun repariert hatten; während die Mädchen, Nancy und Susie, die Küche aufräumten und den Tisch deckten und den kleinen Jakob – eine große Herausforderung – aus der Küche fern hielten, bis das Abendessen auf den Tisch gestellt wurde. Ja, diese wenigen Minuten wollte sie nutzen.

Sie fragte sich, wie es wohl war, wenn man seinen ersten Hochzeitstag als ein Mensch feierte, der die amischen Bräuche kannte, sich aber „der Welt zugewandt" und das moderne Leben über seine amische Erziehung gestellt hatte, und das aus eigenem, freien Willen. Sie *konnte* sich wirklich nicht vorstellen, dass sie so etwas tun würde, aber sie versuchte trotzdem, sich auszumalen, wie Katie ein großes Essen für Daniel zubereitete, Kerzen auf dem Tisch anzündete – nur als Schmuck. Höchstwahrscheinlich genossen sie allen Komfort einer modernen Einrichtung. Elektrisches Licht und moderne Küchengeräte, Telefon, sogar Radio ... Immerhin waren sie jetzt Mennoniten. Maria war sich ziemlich sicher, dass dem so war, auch wenn sie nie in ihrem Haus gewesen war. Allerdings war sie einmal heimlich mit ihrem Pferd und Einspänner daran vorbeigefahren.

Sie stapfte durch den Hof, hielt Johannes' schwere Laterne in der Hand und folgte dem großen Lichtkegel unter ihren Füßen. Städter

– auch englische Bauern – hatten keine Ahnung, wie dunkel es nachts hier auf dem Land sein konnte. Sie hatten ihre Straßenlaternen und Lampen in ihren Häusern und Geschäften brennen. Sie brauchten keine Gaslampen oder Leuchten. Sie nahmen die Elektrizität wahrscheinlich als selbstverständlich hin, da der Strom so bequem war.

Manchmal saßen sie und Johannes draußen auf der vorderen Veranda und schauten auf das Ackerland, viele Hektar Dunkelheit, besonders in einer Nacht ohne Mond. An einem Abend wie heute. Natürlich konnte sie nicht die vielen Kilometer weit sehen, die die geschäftige Stadt Lancaster entfernt war. Aber sie wusste, dass dort an jeder Straßenecke Lichter brannten. Das wusste sie, weil sie gelegentlich in die Stadt gefahren war. Natürlich war sie nicht im Einspänner auf den schmalen Straßen mit dem dichten Verkehr unterwegs gewesen – das wäre nicht nur unsicher, sondern auch dumm. Sie hatte sich von einem Mennoniten im Auto zum Hauptmarkt in der Stadt bringen lassen. Mehrere Male war sie auf der Autobahn unterwegs gewesen, wenn sie Mamas entfernte Kusinen in Newburg südlich von Harrisburg besucht hatte.

Wenn sie zu den Sternen hinaufschauten, sahen Maria und ihr Mann manchmal einen riesigen Scheinwerfer seine Lichtstrahlen an den schwarzen Himmel werfen. Das Licht drehte sich langsam im Kreis. Sie konnte sich nicht erklären, woher es kam. „Das sind Engländer, die irgendwo Karneval feiern ... oder vielleicht eine Automesse veranstalten", sagte Johannes als einzige Erklärung für die prahlerische, verschwenderische Helligkeit.

Die englischen Städter arbeiteten und lebten und verbrachten ihre ganze Zeit also in einem hellen Licht, in einer Welt, die sie nicht verstand und auch nicht verstehen wollte. Maria fragte sich, ob irgendjemand von ihren älteren Familienmitgliedern sich an Gaslaternen oder Kerzen auf dem Tisch erinnern konnte. Vermisste jemand von ihnen die Stille, die es nur in einer pechschwarzen Nacht gab? Erinnerten sie sich daran, wie schwer es war, im Kerzenlicht einen Brief zu schreiben oder ein Rezeptbuch zu lesen?

Den ganzen Tag lang schien das Sonnenlicht großzügig vom

Himmel. Während des Tages zerbrach sich kein Mensch den Kopf darüber, wie dunkel die Welt nach Einbruch der Nacht sein konnte. Sobald die Sonne unterging, holten die Amisch ihre Gaslampen hervor und trugen sie in die Küche, um alles ein bisschen aufzuhellen. Das Leben spielte sich rund um die einzige Lichtquelle ab.

Ihre Gedanken kehrten wieder zu Katie und Daniel zurück. Würde Daniel am Morgen ihres ersten Hochzeitstages zu Katie in die Küche kommen und mit einem breiten Lächeln zu ihr sagen: „Alles Gute zum Hochzeitstag, Liebes"? Würde er sich dann an den Tisch setzen, während Katie ihm ein großes Frühstück mit einer frischen Honigmelone und Erdbeeren, Pfannkuchen, Eiern, Toast und schwarzem Kaffee servierte? Mitten während des Essens würde Daniel vielleicht vom Tisch aufstehen, sich vorbeugen und seinem geliebten Mädchen einen Kuss geben. Katie dachte wahrscheinlich überglücklich an das Geschenk, das er sicher für sie versteckt hatte, und an das besondere Geschenk, das sie ihm gekauft hatte. Dafür hatte sie mehrere Monate lang Geld gespart, das sie mit Nähen und Backen verdient hatte. Während Katie das Geschirr spülte und abtrocknete, dachte sie vielleicht an die Glückwünsche, die an diesem Tag mit der Post einträfen. Viele kamen bestimmt aus Hickory Hollow, von Katies Familie und auch von einem guten Dutzend Verwandten. Es wäre auch eine Karte von Maria dabei, die Katie und Daniel „noch viele glückliche Jahre" wünschte. Auch wenn Maria wünschte, sie könnte noch mehr auf die Karte schreiben, etwa: „Ich freue mich darauf, dich bald wieder zu sehen" oder „Ich wünschte, wir könnten heute mit euch feiern."

Sie stellte die Laterne ab, ließ sie auf der Erde stehen und ging auf das dunkle Feld hinaus. Sie legte den Kopf in den Nacken und schaute zum Himmel hinauf zu den kleinen Lichtpunkten am weiten Himmel, die zu schwach waren, um den Pfad, den sie entlangging, zu erhellen.

Als sie sich ein gutes Stück von dem goldenen Lichtkegel entfernt hatte, drehte sie sich um und schaute zu Johannes' Laterne zurück. „Oh, Katie, wie kannst du nur so eigensinnig sein?", flüsterte sie in die Stille der Nacht hinein. „Warum musstest du nur alles so durcheinander bringen?"

Sie seufzte und richtete ihren Blick auf das Laternenlicht in der Ferne und erinnerte sich an *ihren* ersten Hochzeitstag, den sie vor ein paar Monaten gefeiert hatten. Johannes hatte sie mit einem selbst gebauten Hickory-Schaukelstuhl überrascht. Was für ein wunderschönes Geschenk! Während sie den Stuhl ausprobierte und vor und zurück schaukelte und zu ihm hinauf grinste. „Gefällt er dir?", hatte er sie gefragt und sie dabei nicht aus den Augen gelassen. „Man sitzt sehr gut darauf, und ... er ist wunderschön", hatte sie glücklich geantwortet und gewartet, bis er zu ihr kam und sie aus dem Schaukelstuhl hochhob und in die Arme nahm. Er hatte sie mit mehr Leidenschaft geküsst, als sie es in letzter Zeit gewohnt war. Nach dem Kuss hatte sie sich wieder in den Schaukelstuhl setzen und ein wenig um Atem ringen müssen, während er sie liebevoll angelächelt hatte.

Sie fragte sich, wie sie wohl ihren fünfzigsten Hochzeitstag feiern würden. Fünfzig Jahre voll Liebe – in denen sie einander liebten, mit ihrer Familie und ihren vielen Enkelkindern, die sie bis dahin hätten, so Gott wollte, und in denen sie den Amisch ein halbes Jahrhundert gedient hätten. *Falls* der Herr es für gut befand, ihnen so viele Jahre zu schenken. Sie wollte so etwas nie als selbstverständlich hinnehmen. Niemals.

Während sie hier mitten auf der Wiese stand, fragte sie sich, was Johannes wohl von ihrer Idee hielte, einen Strudel zu backen und ihn Katie zu bringen. Es war für sie nicht schwer zu erraten, was er dazu sagen würde. Andererseits wollte sie Johannes nicht belügen und hinter seinem Rücken etwas tun, das er nicht guthieß, und sie war ziemlich sicher, dass ihr Mann als Bischof etwas gegen einen Besuch bei Katie hätte.

Aber sie sehnte sich so danach zu sehen, wo ihre Freundin wohnte, Gemeindebann hin oder her. Sie würde fast alles geben, um sie besuchen zu können. Wenn nicht diese Woche, dann ein anderes Mal.

Aber heute hatte sie sehr gute Nachrichten für Johannes, die sie ihm verraten würde, sobald es im Haus ruhig wäre. Nach dem Abendessen wahrscheinlich, wenn alle im Bett lagen. Ihr erstes Kind – ihr erstes gemeinsames Kind – würde im nächsten Frühling geboren werden. Sie konnte kaum daran denken, ohne dass ihr Freudentränen in die Augen traten.

Die Nacht wurde jetzt kühl, und sie klammerte sich an ihr Tuch und zog es sich enger um die Schultern. Am besten ging sie jetzt wieder ins Haus zurück und machte das Abendessen fertig. Sie schlenderte langsam auf das Laternenlicht zu. Dabei fiel ihr Blick auf zwei schwache Lichter auf der Straße. Sie wippten im Rhythmus eines Pferdes und einer Kutsche auf und ab und brachten ihren Mann und ihre Söhne nach Hause.

Johannes! Ihr Herz schlug schneller, als sie an die Gegenwart und auch an die Zukunft dachte ... das winzige Baby, das in ihr heranwuchs. Sie genoss das ungewohnte, kostbare Leben, das sich in ihr regte, eine Mischung aus Hoffnung und Liebe. Johannes' Sohn oder seine Tochter lag unter ihrem Herzen.

Die dunklen Umrisse des Hauses wurden deutlicher sichtbar, als sie auf die Laterne zuging und sich bückte, um sie aufzuheben. Sie hielt inne und freute sich am Anblick des schwach erhellten Hofes vor ihr und sah die Gaslampe, die durch die Küchenfenster ihr Licht in den Hof warf. Es war kein wattstarker Scheinwerfer, aber trotzdem verbreitete die Lampe Licht und durchdrang die dunkle Nacht.

Ihre großartige Idee, Katie in ihrem modernen Haus zu besuchen, erschien ihr jetzt nicht mehr so dringend. Vielleicht würde sie einfach einen guten Strudel backen und ihn Rebekka Lapp bringen. Damit würde sie Katies Mutter eine gute Entschuldigung geben, mit dem Pferd und Einspänner zu ihrer Tochter zu fahren.

Ja, das ist eine bessere Idee, dachte sie, während sie zum Stall ging und Johannes' Laterne an ihren Platz zurückstellte. Dann eilte Maria über den Hof, die Stufen hinter dem Haus hinauf und in die Küche.

6. Das Geschenk

Die festlichsten Feiertage sind die Tage,
die wir in der Stille und Abgeschiedenheit
ganz für uns allein verbringen.
Die geheimen Feiertage des Herzens.
Henry Wadsworth Longfellow

Katie hörte das Telefon klingeln, während sie unter dem Rosenstrauch stand und die letzten vertrockneten Zweige abschnitt. Mit der Gartenschere in der Hand eilte sie den leichten Hang hinauf und ins Haus. „Hallo?"

„Hallo, hier ist das Juweliergeschäft Bash. Könnte ich bitte mit Mrs. Katie Fischer sprechen?"

„Am Apparat."

„Ihre Bestellung ist eingetroffen", erklärte der Juwelier. „Sie können sie jederzeit abholen."

„Vielen Dank." Sie legte auf. Die neue Armbanduhr war bestimmt eine herrliche Überraschung für Daniel, die sie ihm an ihrem ersten Hochzeitstag überreichen wollte. In nur zwei Tagen.

Bis dahin hatte sie noch alle Hände voll zu tun. Sie legte die Schere auf die Arbeitsplatte in der Küche und zog aus ihrer Pullovertasche einen gefalteten Zettel, auf dem *Liste für den Hochzeitstag* stand. Sie hatte eine ziemlich lange Liste für diesen Tag erstellt und alles aufgeschrieben, das ihr eingefallen war. Der Tag sollte reibungslos und perfekt verlaufen. Sie wollte nicht nur das Haus glänzend sauber haben, sondern plante auch, ein köstliches Festessen zu kochen und es gegen siebzehn Uhr mit Kerzen und ihrem besten Geschirr und Silberbesteck im Esszimmer zu servieren. Nur für sie beide. Wenn die Umstände anders wären – wenn sie und Daniel nicht mit dem Gemeindebann belegt worden wären –, dann würden sie höchstwahrscheinlich am großen Holztisch ihrer Mutter in ihrer riesigen Küche diesen Hochzeitstag feiern und mit ihrer Familie und ihren Freunden ein Festmahl halten. Unter den gegebenen

Umständen hatte sie tatsächlich daran gedacht, ihren Pastor einzuladen, der sie in dem alten mennonitischen Gemeindehaus getraut hatte. Sie hatte sogar überlegt, die Freys, ihre neuen Freunde aus der Gemeinde, einzuladen. Aber bei längerem Nachdenken entschied sie sich doch lieber dagegen. Nein, dieser erste Hochzeitstag würde ihnen allein gehören, nur Daniel und ihr. Er sollte eine ganz private Sache sein.

Seit ihrem Besuch bei Darlene Frey hatte Katie sich eifrig bemüht, alles ordentlich aufzuschreiben. Die zwei Frauen hatten einen gemütlichen Nachmittag auf Darlenes Schaukel auf ihrer Veranda verbracht und geplaudert. Katie war die hübsche kleine Schaukel für zwei Personen aufgefallen und sie hatte sich gedacht, wie schön es wäre, auch so eine Schaukel zu besitzen. An jenem Tag hatte Darlene ihr klar gemacht, wie wichtig es sei, eine Liste zu haben und diese, angefangen bei den wichtigsten Punkten und dann weiter bis zum letzten Punkt, abzuarbeiten. „Das ist meine einzige Chance, wie ich alles bewältigen kann", hatte sie gesagt.

Katie war also nach Hause gefahren und hatte gleich auf die oberste Zeile geschrieben: *Geschenk für Daniel kaufen.*

Schon Wochen vorher war sie zu den Juweliergeschäften in der North Queen Street in der Innenstadt von Lancaster gefahren. Nachdem sie dem Verkäufer beschrieben hatte, was sie suchte, fanden sie eine schöne Armbanduhr ohne Goldumrandung, ideal für einen konservativen Mennoniten. Das Armband war aus dunkelbraunem Leder mit einem grobkörnigen Muster. „Diese Uhr nehme ich", hatte sie gesagt und sich gefreut, dass sie etwas Geld gespart hatte. Sie hatte hin und wieder Näharbeiten übernommen und auch auf Bestellung Sachen, die sie gebacken hatte, zu dem kleinen Lebensmittelladen gebracht, wo sie verkauft wurden.

Aber zu ihrer Enttäuschung erfuhr sie, dass diese Uhr die letzte ihrer Art war und im Schaufenster bleiben musste. Der Verkäufer versicherte ihr, dass man genau die gleiche Uhr bestellen könne. „Rechtzeitig zu meinem Hochzeitstag?", hatte Katie gefragt. „Aber sicher!", lautete die überschwängliche Antwort.

Sie hatte die Uhr bestellt, und jetzt war sie geliefert worden, und

Katie brauchte sie nur noch abholen und bezahlen. Ihr Herz schlug schneller, als sie sich ausmalte, wie Daniel das Geschenk auspackte. Er konnte wirklich eine neue Armbanduhr gebrauchen. Das Armband an seiner alten fing an, kaputt zu werden; die Uhr selbst war zerkratzt.

Katie hakte den ersten Punkt auf ihrer Liste, Daniels Geschenk, ab, denn sie wusste, dass sie die Uhr am nächsten Morgen sofort abholen konnte. Dann hakte sie andere Punkte weiter unten auf ihrer Liste ab. *Ein großes Steak kaufen.* Ja, sie hatte ein schönes Stück auf dem Markt gefunden. Sie würde es am Samstagnachmittag nach dem Mittagessen zubereiten.

Als Nächstes die Gewürze. Ein prüfender Blick in ihre Speisekammer – auf jedem Regal reihten sich frisch eingemachtes Obst, Gemüse und andere Lebensmittel aneinander – und sie sah Petersilie und gemahlenen Pfeffer, den sie für ihr Rezept mit Bratkartoffeln brauchte, sowie etwas Kokosnuss und Nussmus für die Nachspeise. Ihr Blick fiel auf eine Reihe mit hohen Spargelgläsern und sie beschloss, für ihr Menü am Samstagabend noch Spargel mit Sahnesoße zu kochen. Außerdem plante sie, Marias Limonensalat zu machen, ein Rezept aus ihrer Jugendzeit, zu dem Marshmallows und Sahnekäse gehörten, zwei Zutaten, die sie auf ihre Liste geschrieben hatte. Sie wollte unbedingt heute irgendwann kurz ins Lebensmittelgeschäft fahren und diese Dinge kaufen. Ja, und sie durfte nicht vergessen, eine Zitrone für Daniels Lieblingsstrudel, ihre besondere Spezialität, zu kaufen: Zitronenstrudel.

Sie wollte heute noch das Haus aufräumen und den Rosenstrauch schön zurechtschneiden und durfte darüber nicht vergessen, heute wie an jedem Abend in dieser Woche ein frühes Abendessen vorzubereiten, weil in ihrer Gemeinde besondere Veranstaltungen stattfanden. Neben den zweistündigen Treffen kamen heute Nachmittag die Frauen aus der Gemeinde bei Darlene Frey zusammen, um ihren jährlichen Herbstkuchenverkauf zu planen, den Katie dieses Jahr leitete.

Sie dachte daran, wie ihre Freundin, Maria, *ihre* Tage bewältigte und alle Pflichten einer Bischofsfrau erfüllte und sich auch noch um ihre fünf Kinder im Schulalter kümmerte. Kein Wunder, dass ihre liebe Freundin so erschöpft ausgesehen hatte, als Katie sie das letzte Mal besuchte. Kein Wunder ...

Der Gedanke, praktisch über Nacht Stiefmutter von fünf Kindern zu werden, erschlug sie fast. Katie war von ganzem Herzen dankbar, dass, so Gott wollte, *ihre* Kinder nacheinander kommen würden und ihr und Daniel genug Zeit bliebe, sich auf eine neue Phase ihres Lebens einzustellen: Eltern zu sein. Wann auch immer der Herr es für richtig ansah, ihnen Kinder zu schenken. Sie war bereit. Bis ihre Kinder kämen, hätte sie bestimmt Darlenes Kunst, Listen zu schreiben, perfektioniert.

Katie ging wieder in den Garten hinaus und konzentrierte sich auf ihre Arbeit, die abgestorbenen Blüten abzuschneiden. Innerhalb von ein paar Minuten war sie damit fertig. Sie trat einen Schritt zurück und begutachtete ihr Werk. Der Strauch war für den Winter fertig, und im nächsten Frühling würden bestimmt noch mehr Rosen blühen. Das große, auf allen Seiten offene Vogelhaus erhob sich aus der Mitte ihres Gartens und überragte ihre Blumenbeete, auf denen Phlox, Petunien und Astern gewachsen waren. Sie pflanzte gern ähnliche Farben zusammen in ein Blumenbeet und erzeugte damit eine weithin leuchtende Farbenpracht. Das war etwas, das ihre Mutter auch immer tat.

In Gedanken bei den vielen Arbeiten, die sie noch zu erledigen hatte, eilte Katie zu ihrem Geräteschuppen. Er war auf einer Seite immer noch mit wildem Wein, der sich darum rankte, bewachsen. Dieser Wein musste auch zugeschnitten werden. *Ein anderes Mal*, beschloss sie. Der Geräteschuppen bildete die hintere Grenze ihres Gartens und war ein angenehmer, sonniger Platz, um Blumentöpfe, Gartenscheren und dergleichen aufzubewahren. Schnell hängte sie die Gartenschere an ihren Platz und räumte ihre Gartenhandschuhe in die oberste Schublade eines alten Schrankes, den sie und Daniel vor einiger Zeit bei einem Flohmarkt entdeckt hatten.

Sie schob den Riegel vor die kleine Holztür und begab sich durch den Garten zur hinteren Veranda. Im Haus sah sie ihre Liste auf der Arbeitsplatte liegen und nahm sie sich wieder vor. Wie Darlene ihr erklärt hatte, war es unabdingbar, „für einen so wichtigen Tag" eine Liste zu erstellen. Sie kicherte, als sie daran dachte, dass Mama und auch Maria wahrscheinlich lauthals lachen würden, wenn sie von der Liste wüssten. Sie hatte sich sogar die Mühe gemacht und solche Dinge wie *Kartoffeln schälen, das Silber polieren* und *den Tisch decken* darauf festzuhalten. Natürlich weiter unten auf der Liste. Trotzdem waren das Dinge, die sie normalerweise auch ohne schriftliche Erinnerung nicht vergaß. Pflichten, die „mir in Fleisch und Blut übergegangen sind", hatte sie Darlene erklärt. Immerhin hatte sie, seit sie vierzehn oder noch jünger war, in der großen Küche ihrer Mutter geholfen, den Haushalt zu führen mit Kochen, Backen, Bügeln und auch Kartoffeln schälen.

Vorsichtshalber steckte sie die Liste in ihre Tasche, damit Daniel, falls er früher nach Hause käme, sie nicht entdecken und herausfinden würde, welche hübschen Dinge sie geplant hatte. Sie wollte sich ihre Überraschung nicht durch eine solche Gedankenlosigkeit verderben lassen.

Immer eines nach dem anderen. Zunächst fuhr sie zu Darlene zu der Besprechung wegen des morgigen Kuchenverkaufs. Dort hatte jede der Frauen ihre eigene Liste, und obwohl Katie die ganze Planung leitete, ertappte sie sich bei dem Gedanken, die Besprechung könne etwas verkürzt werden und sich nicht in ein gemütliches Kaffeekränzchen verwandeln. Sie hatte noch so viel zu tun.

„Würde es dich sehr stören, wenn ich schon fahre?", flüsterte sie Darlene in der Küche zu, als ihre Freundin Äpfel und Birnen in Stücke schnitt und sie auf einem großen Tablett mit Käse und Kräckern anordnete.

Darlene verzog leicht enttäuscht das Gesicht. „Ach, Katie, musst du wirklich jetzt schon gehen ... so früh?"

„Es gefällt mir selbst auch nicht, aber ich glaube, wir haben alles besprochen, und ich muss unbedingt noch einkaufen, bevor ich nach Hause fahre." Sie erinnerte Darlene an ihren bevorstehenden Hochzeitstag. „Er ist am Samstag, weißt du."

Darlenes Gesicht verzog sich zu einem breiten Grinsen. „Ach, dann ist alles klar." Sie machte eine kurze Pause. „Wenn du eine Liste hast ..."

„Ja, ich habe sie hier", sagte Katie und zog sie heraus und zeigte sie ihr.

„Dann kann ja nichts schief gehen." Darlene sagte, Katie könne beruhigt gehen. „Ich regle das hier schon. Mach dir keine Sorgen." Katie war so dankbar. Sie verabschiedete sich schnell von den Frauen und versicherte ihnen, dass sie sie am nächsten Morgen alle sehen würde.

„Wir sehen dich doch auch heute Abend in der Gemeinde, oder?", fragte eine Frau.

„Ja, natürlich." Katie dankte Darlene für ihre Gastfreundschaft und verschwand durch die Hintertür. Sie schaute, wo die Sonne am Himmel stand, und achtete nicht auf ihre Armbanduhr, die ihr, wenn sie einen Blick darauf geworfen hätte, verraten hätte, dass ihr weniger als neunzig Minuten blieben, um ihre Einkäufe zu erledigen und das Abendessen vorzubereiten. Außerdem musste sie sich noch umziehen, bevor sie am Abend mit Daniel zum Gemeindehaus fuhr. Und dann kam der morgige Tag ... den ganzen Tag sollte der Kuchenverkauf dauern. Hatte sie sich zu viel vorgenommen?

Mit einem kurzen Blick in den Rückspiegel stellte sie fest, dass sie sich die Zeit nehmen sollte, ihre Haare zu bürsten und sie zu einem neuen Knoten unter ihrem Gebetstuch hochzustecken. Mit einem leisen Seufzen konzentrierte sie sich auf die Straße und widerstand dem Drang, zu schnell zu fahren.

Auf dem Markt zog sie ihre Liste zu Rate und suchte alle nötigen Zutaten zusammen. *Darlene hat Recht*, dachte sie, während sie an der Kasse in der Schlange stand. *Mit einer Liste kann nichts schief gehen.*

Daniel zu gefallen – und ihn zu überraschen –, war ihr oberstes Ziel ... egal, wie viel sie sich auflud, um ihre Pläne durchzuführen. Es sollte immerhin ein Tag werden, an den sie sich lange erinnern würden.

„Bist du sicher, dass du allein feiern willst?", hatte ihr Mann sie letzte Woche beim Abendessen gefragt, als sie den Nachtisch zu sich nahmen.

„Ja, ganz sicher", hatte sie geantwortet.

„Dann machen wir es so, wie du willst." Unerwartet hatte er seinen Stuhl neben ihren gerutscht, sie in die Arme genommen und sie zärtlich geküsst. „Wir machen das Beste aus dem Tag", versicherte ihr Daniel, und sie begriff, dass er ebenfalls daran dachte, was für ein Festessen und welche fröhliche Feier es gäbe, wenn sie noch bei den Amisch leben und in ihre frühere Kirche gehen würden.

„Oh, Daniel", hatte sie gesagt. „Hast du überhaupt eine Ahnung, wie sehr ich dich liebe?"

Er hatte ihr leidenschaftlich erklärt, dass *er sie* genauso und noch mehr liebe und seinen Arm zärtlich um sie gelegt und sie noch einmal geküsst.

Das war vor sechs Tagen gewesen. Keiner von ihnen hatte dieses Thema seitdem noch einmal angesprochen. Katie hatte sich schon gefragt, ob Daniel womöglich das Datum vergessen habe. Gestern beim Frühstück hatte er erwähnt, dass er am Samstag zu „Bruder Miller fahren und ein paar Stunden bei ihm verbringen" würde. Sie hatte keine Ahnung, was das zu bedeuten hatte, aber sie war ziemlich sicher, dass es irgendwie etwas mit dem Geschenk zu tun hatte, mit dem er sie überraschen wollte.

Als sie mit dem Abendessen fertig waren, stürzte sie sich in ihre Backarbeit für den Kuchenverkauf. Der Verkauf sollte den ganzen Tag dauern, und sie musste die ganze Zeit anwesend sein und darauf achten, dass die Tische richtig gedeckt waren, dass die gebackenen Kuchen richtig angeboten wurden und immer genügend Wechselgeld da wäre. In ihrem *eigenen* Haus würde sie morgen nur das Allernötigste erledigen können.

Sie machte fünfzig Ananastörtchen und einen Schokoladen-Minzkuchen. Das war alles für den Kuchenverkauf bestimmt. Als sie damit fertig war, eilte sie nach oben, um sich frisch zu machen. Bis sie wiederkam, war Daniel eingenickt. *Diese Woche ist so viel zu tun*, dachte sie. Aber sie wusste, dass er die Gemeindeversammlung nicht verpassen wollte. Ein paar Minuten ließ sie ihn jedoch noch schlummern.

Sie ging inzwischen zum Spiegel und beschloss, dass sie ihre Haare nicht aufmachen würde, sondern nur die paar Haarsträhnen, die sich gelockert hatten, zurück unter ihr Gebetstuch kämmen wollte. Sie zog ein sauberes Kleid an und schlüpfte in ihren besten Baumwollpullover. Der Abend könnte kühl werden. Immerhin hatte sie eine V-förmige Vogelschar in Richtung Süden fliegen sehen, als sie heute den Rosenstrauch zugeschnitten hatte. Die ungewöhnlich warmen Tage waren bestimmt bald vorbei. Aber sie beklagte sich nicht darüber, dass bald der Winter käme. Der Wechsel der Jahreszeiten ließ sich mit einem Menschenleben vergleichen. Das wusste sie. Vielleicht hatte Gott in seiner grenzenlosen Weisheit diese bemerkenswerte Parallele geplant, um die Menschen an das Unausweichliche zu erinnern und sie darauf vorzubereiten. Sie fragte sich, wie viele Jahre ihren Eltern noch Gesundheit geschenkt sein würde. Würden sie Gottes Gnade und Barmherzigkeit erkennen und die Erlösung annehmen, die Gott ihnen anbot, bevor der Winter ihres Lebens kam? Katie hoffte es und betete dafür.

* * *

Am Freitagmorgen stand Katie mehrere Stunden vor Tagesanbruch auf und verrührte den Teig für einen weiteren Kuchen und schob ihn in den Ofen.

Gläser spülen und polieren. Sie überflog die noch verbliebenen Punkte auf ihrer Liste und war zuversichtlich, dass sie noch Zeit hatte, mehrere Arbeiten zu erledigen, bevor sie zum Kuchenverkauf aufbrach. Schnell spülte sie die Wassergläser, da sie meinte, sie könnten vielleicht ein wenig eingestaubt sein ... was sie auch waren. Die Gläser waren ein Hochzeitsgeschenk von Daniels früherem Chef und seiner Frau gewesen. Sie wurden nur selten benutzt und jetzt, da sie darüber nachdachte, stellte sie fest, dass sie eigentlich nicht alle zwölf Gläser hatte spülen wollen, da sie doch nur zu zweit waren. Aber jetzt war sie schon so weit, warum also nicht?

Nachdem sie alles abgetrocknet hatte, stellte sie die Gläser wieder an ihren Platz im Eckschrank. Katie holte die weißen Kerzen hervor, die sie gestern gekauft hatte, und stellte sie gut sichtbar in den

Schrank, damit sie sie nicht vergessen konnte. Dann kontrollierte sie, ob ihre weiße Leinentischdecke und die dazu passenden Servietten schön gebügelt waren. Sie waren es.

Sie begann, ihr schönes Silberbesteck zu polieren, und brachte alle zwölf Gedecke auf Hochglanz, auch wenn sie nur zwei benötigte. Sie summte bei der Arbeit und fragte sich dabei die ganze Zeit, was für eine schöne Überraschung Daniel wohl für sie bereithielt. Ihr Mann hatte in den letzten Wochen viele verschiedene Möglichkeiten erwähnt. Sie konnte also nicht sicher sein, was er nun wirklich vorhatte. „Ein Schaukelstuhl wäre schön", hatte er gesagt. „Das finde ich auch", hatte sie ihm zugestimmt. Ein wenig überrascht hatte er sie mit einem leichten Zwinkern angeschaut. „Willst du mir damit etwas Bestimmtes sagen, Katie?", hatte er gefragt. „Ach, noch nicht … aber ich hoffe bald", hatte sie erwidert.

Daniel hatte außerdem gefragt, welche Süßigkeiten sie am liebsten mochte, und hier und da eine Bemerkung über bestimmte Möbelstücke fallen gelassen. Am Ende waren sie jedoch zu dem Schluss gekommen, dass sie schon viele Möbel im Haus hatten. „Vorerst haben wir genug", sagte Katie.

Natürlich war die Vorfreude ein Teil des Spaßes. Sie konnte es kaum erwarten, was ihr erster Hochzeitstag wohl bringen würde. Mama hatte oft gesagt: *Du bist viel zu neugierig, Mädchen.* " Aber das lag Jahre zurück. Damals war sie wirklich viel zu neugierig gewesen und das war nicht immer gut für sie gewesen. Jetzt, da sie erwachsen und eine junge Ehefrau war, versuchte Katie, ihre wachsende Aufregung in Zaum zu halten. Daniel hatte kein einziges Wort darüber verloren, was er plante. Deutete sein Schweigen auf etwas ganz Besonderes hin?, fragte sie sich, wollte sich aber nicht zu wilden Spekulationen hinreißen lassen, sondern ging stattdessen lieber ihren Pflichten nach und hakte die Punkte von ihrer Liste ab, manchmal zwei oder drei Punkte auf einmal.

„Mit einer Liste kann nichts schief gehen …" Darlene Freys ermutigende Worte hallten in Katies Kopf wider, während sie den Holzfußboden im Esszimmer trocken wischte. Als die Sonne aufging, polierte sie noch rasch die Fenster, durch die sie und Daniel

gemeinsam zum Abendhimmel und auf die Felder hinausschauen würden. Morgen Abend!

* * *

Um die Mittagszeit war der Kuchenverkauf bereits ein großer Erfolg. Über die Hälfte der Kuchen waren verkauft. Einige Frauen hatten sogar im Voraus bezahlte Bestellungen für besondere Köstlichkeiten entgegengenommen wie selbst gebackene Plätzchen, Brezeln, Strudel und Bonbons.

Darlene und mehrere andere Frauen an dem langen Tisch mit den Strudeln unterhielten sich über ihre Geschenke zum Hochzeitstag, wahrscheinlich weil Katie erwähnt hatte, dass sie am nächsten Tag ihren ersten Hochzeitstag feiern würden. „Also, ich habe am ersten Hochzeitstag nicht viel erwartet", erzählte Darlene. „Vielleicht Blumen und ein paar Pralinen, aber mein Mann hat mich wirklich überrascht."

„Was hat er dir denn geschenkt?", fragte eine der Frauen.

„Ein nagelneues Bett", kam die Antwort, die mit einem lauten Lachen quittiert wurde.

„Wenn ihr je eine Nacht auf dem alten knarrenden Möbel verbracht hättet, wüsstet ihr, warum ein neues Bett absolut angebracht war", sagte Darlene lachend.

Katie dachte über dieses Geschenk nach und kam zu dem Schluss, dass Daniel ihr bestimmt kein neues Bett kaufen würde. An dem Bett, das sie hatten, war nichts auszusetzen.

Eine andere Frau brüllte vor Lachen, als sie von *ihrem* Geschenk zum ersten Hochzeitstag erzählte. „Mein Mann hat das Datum in den Kalender geschrieben, aber er hat aus Versehen den falschen Monat erwischt ... und so kam der Tag und verging, ohne dass es irgendein Geschenk gab."

Katie hatte keine Angst, dass ihr so etwas passieren könnte. Sie und Daniel hatten erst letzte Woche über diesen Tag gesprochen. Nein, auf ihren Mann konnte sie sich absolut verlassen. So viel stand fest.

* * *

Am nächsten Morgen schlüpfte Katie aus dem Bett, als es noch dunkel war, und schlich auf Zehenspitzen nach unten, um Marias Limonensalat zu mischen und ihn dann in den Kühlschrank zu stellen. Wieder etwas, das sie später nicht mehr erledigen musste. Sie war versucht, den Zitronenstrudel auch schon zu machen, beschloss aber, damit noch zu warten. Daniel sollte den Strudel nicht zu früh entdecken. Außerdem könnte sie ihn backen, wenn er am Nachmittag Bruder Miller besuchte. Das Gleiche galt für den Rest der Essensvorbereitungen.

Als sie wieder oben war, nahm sie ein Bad und zog sich an, bevor Daniels Wecker klingelte. Sie schaltete den Wecker für ihn aus, setzte sich auf seine Bettkante, beugte sich vor und küsste ihn leicht auf die Wange. „Wach auf, Liebling. Heute ist unser besonderer Tag", flüsterte sie.

Seine Augenlider gingen langsam auf. Er lächelte sie verschlafen an. „Du bist schon auf und angezogen ... so früh?"

Sie nickte. „Ich wollte noch ein paar Dinge erledigen."

Er setzte sich auf und streckte sich. „Einen schönen Hochzeitstag, Katie", sagte er mit einem verliebten Lächeln.

„Kannst du dir das vorstellen ... wir sind jetzt schon seit einem ganzen Jahr verheiratet."

Er zog sie an sich und legte die Arme zärtlich um sie. „Kaum zu glauben."

Sie dachte an all die Monate und Jahre vor ihrer Hochzeit zurück, in denen sie voneinander getrennt gewesen waren und einander scheinbar für immer verloren hatten. „Was zählt, ist, dass Gott uns zusammengeführt hat, nicht wahr?"

„Wie Recht du hast." Er lächelte sie an.

Während Daniel duschte und sich anzog, backte Katie einen Stoß Blaubeerpfannkuchen und machte mit braunem und weißem Zucker, Melasse, Wasser und Ahornaroma ihren speziellen Pfannkuchensirup. Sie erwärmte die Flüssigkeit bei leichter Hitze und nahm sie dann vom Ofen und gab ein wenig Vanille dazu, als sie Daniels Schritte auf der Treppe hörte. Selbst gebackene Pfannkuchen und Sirup entlockten ihrem Mann immer ein Lächeln. Der heutige Morgen bildete hierzu keine Ausnahme.

„Was ist denn das?" Sein Blick fiel auf den Teller mit den Blaubeerpfannkuchen. „Feiern wir denn schon so früh?" Er ging zu ihr, legte seine Arme um ihre Taille und küsste sie auf den Nacken.

„Den ganzen Tag", sagte sie.

Sie setzten sich an den Tisch. Daniel sagte nichts.

„Das ist dir doch recht, oder?", fragte sie schnell.

Er schaute sie verständnislos an. „Was soll mir recht sein?"

„Dass wir den ganzen Tag feiern?"

Er nickte lächelnd. „Natürlich, aber vergiss nicht, dass ich einen guten Teil des Nachmittags fort sein werde."

Dass er kein Wort über *seine* Pläne verlor, machte sie neugierig. Aber sie wollte sich deshalb keine Sorgen machen. Sie beugte den Kopf, als Daniel ein Dankgebet für das Essen sprach.

Die Morgenroutine war fast genauso wie an jedem anderen Samstag. Daniel war entweder damit beschäftigt, Anrufe entgegenzunehmen oder selbst anzurufen. Sie verbrachte also den Vormittag damit, Knöpfe an mehrere seiner Arbeitshemden zu nähen. Da er mit seinen eigenen Dingen beschäftigt war, hatte sie Zeit, ein wenig zu lesen, und schrieb sogar einen Brief an ihre entfernte Kusine, die in Wisconsin wohnte.

Das Mittagessen bestand aus kaltem Aufschnitt, Käse und frisch gebackenem Honig-Roggenbrot, eingemachten Rüben und Hüttenkäsesalat. Daniel sprach beim Essen von seiner Arbeit und war begeistert, dass seine Firma die Pläne für ein neues Kirchengebäude in York anfertigte. Er erwähnte außerdem mehrere bevorstehende Treffen von Kleingruppen, zu denen sie eingeladen und gebeten worden waren, mit ihren Gitarren zu spielen.

„Jetzt haben wir genug über mich gesprochen", sagte er. „Wie war der Kuchenverkauf in der Gemeinde?"

„Wir haben für den Missionsfonds eine schöne Summe eingenommen."

„Das ist großartig. Weißt du, wie viel es ungefähr war?"

Sie hatte die genaue Zahl gewusst, aber das war gestern gewesen, und sie hatte die Summe bereits wieder vergessen. Ihre ganze Aufmerksamkeit war seit Tagen auf heute gerichtet. Sie sehnte sich danach, über ihr und Daniels Leben zu sprechen, über ihre gemeinsame Zukunft. Ein wenig Romantik wäre auch ganz nett gewesen. „Ich habe es vergessen", war alles, was sie sagte.

Er schob seinen Stuhl vom Tisch zurück. „Danke für das köstliche Essen, Liebling." Er stand auf und gab ihr einen Kuss auf die Stirn.

„Gern geschehen", antwortete Katie und wünschte sich, er würde sie auffordern, mit ihm spazieren zu gehen oder irgendwohin zu fahren.

„Ich sehe dich dann zum Abendessen", sagte er später und verließ gegen zwei Uhr nachmittags das Haus. „Das ist dir doch recht, oder?"

Sie sagte, es sei ihr recht. Und sie meinte es auch so. Ehrlich. Es war nur so, dass sie so große Erwartungen an diesen Tag gestellt hatte. Sie hatte es nicht besser wissen können, da sie nie zuvor bei einem ersten Hochzeitstag dabei gewesen war. Den ersten Hochzeitstag ihrer Eltern hatte sie nicht miterlebt, und sie war auch sonst nirgends zum ersten Hochzeitstag eingeladen worden. Wenigstens konnte sie sich nicht daran erinnern. Nun, sie würde einfach das Beste daraus machen. Sie wollte sich ihre Enttäuschung nicht anmerken lassen und hoffte, das Abendessen würde eine nette Überraschung werden. Wenigstens für Daniel.

In der Zwischenzeit hatte sie noch einiges zu kochen und zu backen. Aber während der Nachmittag verging, der Tisch gedeckt war, das Fleisch garte, der Zitronenstrudel wartete, kam ihr der Gedanke, dass Daniel vielleicht vergessen hatte, ihr ein Geschenk zu kaufen. Konnte es sein, dass er ihren großen Tag in den falschen Kalender geschrieben hatte wie der Mann, dessen Frau gestern beim Kuchenverkauf so darüber hatte lachen müssen?

War es möglich, dass Daniel es einfach versäumt hatte, ihr ein Geschenk zu kaufen? Sie hatten wirklich die ganze Woche so viel um die Ohren gehabt – sie *beide*. Die Abendveranstaltungen in der Gemeinde, Daniels viele Arbeit im Büro, der Kuchenverkauf, ganz zu schweigen von ihrer vielen Arbeit, um alles im Haus auf

Hochglanz zu bringen. Ein Wunder, dass sie sich nicht beide auf das Sofa fallen ließen, die Füße auf die dazu passenden Schemel legten und zu müde waren, um überhaupt viel zu reden oder zu tun.

Andererseits verfügte sie über eine grenzenlose Energie, und anscheinend auch Daniel. Er war jetzt schon seit fast zwei Stunden bei den Millers ... was auch immer er dort tat. Es ging schon auf sechzehn Uhr zu.

Gegen Viertel nach Vier kam Mama mit ihrem Pferd und Einspänner in die Auffahrt gefahren. Was für eine Überraschung! „Alles Gute zum ersten Hochzeitstag", wünschte ihr ihre Mutter mit ernstem Blick. „Ich kann nur eine Minute bleiben." Mama brachte einen Pappkarton mit einem Nussstrudel von Maria und eine große Tüte mit selbst gemachten Süßigkeiten und Karamellbonbons. „Ich dachte, du möchtest vielleicht gern etwas zum Naschen ... und auch Daniel."

„Danke. Das ist sehr lieb von dir."

Sie schauten einander einen Augenblick schweigend an, und Katie lud ihre Mutter ins Haus. „Daniel ist kurz weggefahren. Aber er wird bald wieder zurück sein."

Ihre Mutter zögerte. Ein verschmitztes Lächeln huschte über ihr Gesicht. „Ich sollte wirklich lieber wieder gehen. Vielleicht ein anderes Mal."

„Wie du meinst." Katie nahm die Kiste mit den Süßigkeiten und dankte ihrer Mutter noch einmal. „Ich sage Daniel, dass du hier warst."

„Ja, mach das", rief ihre Mutter ihr über die Schulter zu und ging wieder zu ihrem wartenden Einspänner zurück.

Katie stand an der Hintertür und schaute ihr nach, bis das Pferd und die Kutsche außer Sichtweite waren. Dann drehte sie sich um und trug die Schachtel in die Küche. Marias Nussstrudel nahm sie als Erstes heraus. Morgen Mittag nach dem Gottesdienst würden sie diesen köstlichen Strudel bestimmt genießen. Vielleicht würde sie die Freys nachmittags einladen und mit ihnen den Strudel teilen.

Sie wickelte einen Karamellbonbon aus und schob ihn sich in

den Mund. Es war ihr egal, ob er ihr vielleicht den Appetit verderben könnte. Inzwischen war es fast halb fünf. Wo blieb Daniel nur so lange?

Sie wollte, dass in der Minute, in der ihr Mann das Haus betrat, die Kerzen brannten und eisgekühltes Wasser in die Gläser gegossen wurde. Immer wieder warf sie einen suchenden Blick durch das Fenster in die Auffahrt. Ihr war unbehaglich zumute. Trotzdem kontrollierte sie zum wiederholten Mal ihre Liste und kam, nachdem sie das mehrere Male getan hatte, zu dem Schluss, dass sie an alles gedacht hatte.

Als Daniel schließlich wenige Minuten nach fünf Uhr in die Auffahrt einbog, verließ sie hastig ihren Platz am Fenster, ging ins Esszimmer und zündete die Kerzen an.

Ein schneller Blick auf den Tisch, und sie war zufrieden. *Darlene hatte Recht ... an alles war gedacht.*

Daniel begrüßte sie herzlich und wusch sich die Hände am Waschbecken in der Küche. Dann trat er mit ihr ins Esszimmer. „Schatz, das ist so schön!" Er drehte sich um und schaute sie an ... schaute sie *wirklich* an. „Du hast den ganzen Nachmittag gearbeitet, nicht wahr?"

„Warte nur, bis du die Nachspeise siehst", sagte sie mit einem versonnenen Lächeln.

„Nachspeise? Was ist mit dem ersten Gang?" Seine Augen leuchteten gespannt, und er atmete tief ein. „Ich glaube, es duftet nach einem guten Steak."

Sie nickte und setzte sich. „Ich hoffe, du hast Hunger."

„Einen Bärenhunger." Er ergriff ihre Hand und sprach das Tischgebet.

Sie ließen sich Zeit und genossen das Essen. Daniel bemerkte wiederholt, wie zart ihr Schweizer Steak schmecke, wie köstlich der Sahnespargel sei. Er schien rundum glücklich zu sein.

Katie war froh, dass sie sich die Zeit genommen hatte, die Fenster zu polieren, denn sie und Daniel schauten immer wieder hinaus, während der Tag langsam in die Dämmerung überging. Sie beobachteten die Vögel und sahen ihren amischen Nachbarn und seinen Sohn in der Ferne seine Felder für den Winter fertig machen. Sie schauten auch einander in die Augen und unterhielten sich leise, lachten miteinander und verbrachten eine herrliche Zeit zu zweit. Es war ein langes, gemütliches Essen, und Katie servierte es ihrem Mann mit großer Hingabe.

Sie dachte daran, dass sie ihm während der Nachspeise ihr Geschenk überreichen wollte, überlegte aber dann, wie Daniel sich wohl fühlen würde, wenn er für sie nichts hätte. Nein, sie wollte ihn nicht in Verlegenheit bringen oder ihn bloßstellen. Der Tag dauerte noch lange. Sie konnte warten.

„Mama war da und hat uns Süßigkeiten und einen Strudel von Maria gebracht", erzählte sie.

Daniels Augen wurden ganz groß. „Deine Mutter war hier?"

„Ich war selbst auch ein bisschen überrascht."

„Und ... du sagst, Maria, die Frau von Bischof Johannes, hat uns einen Strudel geschickt?"

Sie wusste, was er dachte. „Sieht so aus, als machten wir Fortschritte."

Er lehnte sich auf seinem Stuhl zurück. „Ja, das glaube ich auch."

Sie wollte sagen, dass sie weiter für ihre Familien, für die Amisch im Allgemeinen, beten sollten, aber sie hatte einen dicken Kloß im Hals. Besonders, als sie Daniel den Kaffee eingoss und er immer noch mit keinem Wort von seinem Geschenk sprach.

Was soll ich nur tun?, überlegte sie. *Daniel wird meinen, ich sei zu voreilig.*

„Ist alles in Ordnung?", fragte er, während sie ihm einen Zuckerwürfel für seinen Kaffee anbot.

„Warum sollte nicht alles in Ordnung sein?"

„Du wirkst ... irgendwie ein bisschen traurig."

Das ist töricht, sagte sie zu sich und wollte ihre Enttäuschung nicht zeigen. Hatten sie nicht trotz allem einen schönen gemeinsamen Tag verbracht? Was brauchte man mehr? Sie hatten einander, sie hatten sich gut unterhalten und ein köstliches Essen eingenommen.

„Möchtest du gern noch mehr Strudel oder ... oder etwas anderes?", fragte sie mit zitternder Stimme.

„Katie … Liebes, was *ist?*" Er nahm ihre Hand und hielt sie mit beiden Händen fest.

„Ich, äh, ich habe mich nur gefragt, wann wir uns … unsere Geschenke geben wollen." Die Worte kamen über ihre Lippen, obwohl sie sie wirklich nicht hatte ansprechen wollen. Daniel schaute sie mit viel Liebe in den Augen an.

„Ich wollte dir mein Geschenk erst geben, wenn *du* so weit bist", flüsterte er, ohne ihre Hand loszulassen.

Sie hätte es wissen müssen. Sie waren sich sehr ähnlich und hatten das Gleiche gedacht. Er hatte sie nicht in Verlegenheit bringen wollen, falls sie nichts anderes für ihn hatte als das besondere Essen und den Strudel. *Wie lieb er ist*, dachte sie und hätte am liebsten geweint.

Er entschuldigte sich kurz und verschwand im Wohnzimmer, wo sie ihn telefonieren hörte. Ein paar Augenblicke später war er wieder da und sagte: „ Jetzt dauert es nicht mehr lange. Das Geschenk ist unterwegs."

Als ein Wagen polternd in die Auffahrt einbog, bat Daniel sie, sich die Augen zuzuhalten. Dann führte er sie sanft zur Hintertür. „Warte hier, Katie. Und mach die Augen erst auf, wenn ich es dir sage."

Ganz aufgeregt wartete sie auf Daniels Überraschung. Sie schämte sich, weil sie gedacht hatte, ihr Schatz hätte es vergessen. Mehrere Minuten vergingen. Was hielt ihn nur so lange auf? Schließlich war er wieder an ihrer Seite und sagte: „Jetzt kannst du die Augen aufmachen."

Als sie sie aufschlug, stand auf dem Rasen eine hübsche weiße Schaukel für die Veranda. Sie lief hinaus, um sie sich aus der Nähe anzusehen. „Oh, Daniel … das ist ja wunderschön!"

„Gefällt sie dir?"

„Ob sie mir gefällt? Genau so eine Schaukel habe ich mir gewünscht." Sie setzte sich probeweise darauf und strich mit der Hand über den Sitz. „Woher hast du das gewusst?"

Er setzte sich neben sie und grinste. „Das verrate ich nicht."

„Es war Darlene. Sie hat es dir verraten, nicht wahr?" Sie lag in seinen Armen und erwiderte seine Küsse. „Es ist so ein wunderschönes Geschenk zum Hochzeitstag", erklärte sie und erblickte jetzt erst Bruder Miller, der mit der Hand zum Gruß an seinen Hut tippte. Deshalb war Daniel also den ganzen Nachmittag verschwunden gewesen.

Ihr fiel die Armbanduhr ein, und sie löste sich aus seiner Umarmung. „Warte hier", sagte sie. „Ich habe für dich auch ein Geschenk."

Sie stürmte die Treppe hinauf und ging geradewegs zu ihrer Wäschekommode, um die Armbanduhr zu holen. Sie schaute an der Stelle nach, an der sie immer ihre Geschenke versteckte. Als sie die Uhr nicht fand, überlegte sie, dass sie ihr Geschenk diesmal wohl in einer Schublade ihres Sekretärs versteckt hatte. Sie erinnerte sich, dass ihre Mutter gelegentlich Geschenke zu gut versteckte – so „sicher", dass sie verschwunden zu sein schienen und nicht zu finden waren, wenn man sie brauchte. Wo *hatte* sie Daniels Geschenk nur versteckt? Sie dachte angestrengt nach und versuchte, sich zu erinnern.

Plötzlich dämmerte es ihr. Sie hatte das Kästchen mit der Uhr in der Hand gehalten – und auch die Uhr mit dem Lederarmband, aber nicht hier, sondern in der Stadt im Juweliergeschäft. Sie hatte das Geschenk nie gekauft. Sie war so sehr mit den Vorbereitungen und ihrer Liste und anderen Dingen beschäftigt gewesen, dass sie Daniels Geschenk völlig vergessen hatte!

Wie konnte das nur passieren? Sie weinte, so traurig war sie über dieses Missgeschick. Sie wischte sich die nassen Wangen ab und lief wieder die Treppe hinunter, um sich bei ihrem geliebten Mann zu entschuldigen. „Ach, kannst du mir je vergeben?", schluchzte sie. „Ich habe mich so streng an meine Liste gehalten ... aber das Wichtigste habe ich vergessen!"

„Liebes ... Liebes", sagte Daniel und nahm sie in die Arme. „Das ist doch nicht schlimm."

„Nein ... nein, ich wollte, dass wir uns an diesen Tag erinnern, so lange wir leben."

Er strich ihr über die Haare und sagte ihr wieder, dass alles in

Ordnung sei. „Der Tag ist doch nicht so wichtig wie unsere Liebe, oder?", flüsterte er.

Sie klammerte sich an ihn und schilderte unter Tränen, dass sie zwar sein Geschenk bestellt, es aber versäumt hatte, das Geschenk abzuholen. „Wie konnte ich nur so durcheinander sein?"

„Mein geliebter Schatz", sagte er und lächelte sie verliebt an. Er war ihr nicht böse.

„Dein Geschenk wartet hier auf dich, sobald du am Montag nach Hause kommst", versprach sie.

Den Rest des Abends musste Katie immer wieder an ihr unentschuldbares Missgeschick denken und sagte Daniel ein paar Mal, wie Leid es ihr tue. Das nächste Mal vergaß sie womöglich sogar, eine Liste zu schreiben. Die Liste war ein wenig aus dem Gleichgewicht gebracht. Aber noch etwas Wichtigeres lernte sie an diesem Tag: In Zukunft würde sie nie mehr so schnell an ihrem geliebten Mann zweifeln. Egal, worum es ging.

* * *

Am Montagabend überreichte Katie Daniel die Armbanduhr mit dem Lederband, schon als er zur Tür hereinkam. „Alles Gutes zum Hochzeitstag, Schatz ... wenn auch ein wenig verspätet."

Er entfernte die Schleife und öffnete das Kästchen. Er betrachtete die Uhr und fuhr mit dem Finger das Muster auf dem Leder nach. Mit einem Lächeln auf seinem gut aussehenden Gesicht nahm er die Uhr heraus und legte sie sich um sein linkes Handgelenk. *„Das ist wirklich ein Geschenk, auf das es sich lohnt zu warten!"*

„Ein Geschenk, das man nicht vergisst", fügte sie hinzu.

Er ergriff ihre Hand und sie fielen einander um den Hals und lachten von ganzem Herzen.

Teil 2

Bird-in-Hand

... Den herrlichen Anblick schaukelnder Weiden, die Stille klarer,
plätschernder Bäche, die Freiheit des weiten, blauen Himmels und
den Segen und die überfließende Liebe der Amischgemeinschaft.

aus *Postkarte ins Glück*

7. Von Freundin zu Freundin

Damit ihre Herzen gestärkt und zusammengefügt
werden in der Liebe ...
Kolosser 2,2

Rachel Bradley stand auf der Veranda vor dem Haus und schaute über den großen Garten zu den weiten Wiesen, über denen ein sanfter Nachmittagsregen niederging. Den ganzen Morgen hatte sie über ihren letzten Brief von Esther Glick, die in Holmes County in Ohio lebte, nachgedacht. Es klang so, als hätte ihre liebe Kusine mit ihren neugeborenen Drillingen alle Hände voll zu tun. Das dritte Baby war eine große Überraschung gewesen. Der Arzt hatte die ganze Zeit nur von *Zwillingen* gesprochen.

Sie konnte zwischen den Zeilen lesen. Das war nicht schwer. Immerhin kannte Rachel Esther gut genug, dass sie den leicht melancholischen Ton heraushörte. Dieser Brief unterschied sich sehr stark von den anderen Briefen ihrer normalerweise fröhlichen Kusine. Sie erinnerte sich noch sehr gut an ihre eigenen Wochenbettdepressionen, unter denen sie nach der Geburt ihrer Kinder gelitten hatte – erst vor kurzem, als ihr kleiner Junge neun Pfund schwer zur Welt kam. Was konnte sie Esther als Ermutigung schreiben? Von Herz zu Herz, von einer jungen Mutter zur anderen.

„Lieber Herr, was soll ich Esther nur schreiben?" Plötzlich krachte ein Donner am Himmel. Sie eilte schnell ins Haus und schaute nach ihrem schlafenden Baby. Dann setzte sie sich an den Küchentisch. Mit dem Stift in der Hand begann sie, auf ihr bestes Briefpapier zu schreiben.

Meine liebe Kusine Esther,
herzliche Grüße im Namen unseres Herrn und Erlösers Jesus Christus.
Du kannst dir gar nicht vorstellen, wie sehr ich mich gefreut habe, als
heute Morgen dein Brief ankam. Es tat so gut, von dir zu hören.

Obwohl ich jede Menge Freundinnen hier in Bird-in-Hand habe –
Schwestern und Kusinen und viele mehr – kann niemand den Platz
meiner engsten Busenfreundin einnehmen. Ich kann gar nicht
aufzählen, wie oft du mich mit dem einen oder anderen Bibelvers
aufgerichtet hast ... und mit deinen leidenschaftlichen Gebeten für
mich. Ich bin dir so dankbar, Esther. Du bedeutest mir so viel, und
ich weiß, dass du dein Vertrauen voll und ganz auf unseren Herrn
Jesus Christus setzt.
Ich habe den Eindruck, dir geht es zur Zeit nicht besonders gut –
wahrscheinlich bist du ein bisschen ausgelaugt und müde. Kein
Wunder nach der Geburt deiner kleinen Söhne und deiner Tochter.
Drei Babys auf einmal. Meine Güte! Du fragst dich bestimmt, was
unser himmlischer Vater sich dabei wohl gedacht hat. Aber vergiss
nie, dass Gott genau wusste, was er tat, als er dir und Levi drei Kinder
auf einmal schenkte. Darauf kannst du fest vertrauen.
Es freut mich zu hören, dass du in deiner Gemeinde ein paar
Freundinnen hast, die dir helfen. Ich wünsche mir so sehr, wir würden
in eurer Nähe wohnen und wären deine und Levis Nachbarn. Du
weißt, dass ich jeden Morgen bei dir wäre und wir viel Spaß
miteinander hätten, wenn wir ein Baby nach dem anderen wickeln
und anziehen würden. Es muss sehr anstrengend für dich sein, dass
du diese Arbeit so oft verrichten musst, aber ich weiß, dass du eine
wunderbare Mutter bist, Esther, und diese ersten Wochen werden nicht
ewig dauern. Versuche, jeden Tag so zu nehmen, wie er kommt, ja?
Du erwartest doch hoffentlich nicht, dass du in dieser Zeit das Haus
so sauber halten kannst wie sonst. Niemand in deiner Gemeinde wird
das anders sehen. Davon bin ich überzeugt. (Falls es doch jemand
anders sehen sollte, dann zeige ihm am besten, wo der Besen und der
Putzlappen sind!)
Vergiss nicht, wir sind nur ein Gebet voneinander entfernt.

Rachel legte ihren Stift einen Augenblick ab. Sie fragte sich, ob
Esthers Mutter vorhatte, nach Ohio zu fahren. Sie hatte bis jetzt aus
dem Mund ihrer Tante kein Wort davon gehört. Wie sie Esther
kannte, würde ihre Kusine ihre Mutter bestimmt nicht ausdrücklich

bitten zu kommen. Aber um Esthers und ihrer kleinen Babys willen hoffte Rachel, Tante Lea würde sich entschließen und zu ihrer Tochter fahren.

Ich überlege, ob ich vielleicht deine Mutter anrufen ... und ihr Mut machen sollte, ihre Tochter zu besuchen. Ich werde darüber beten, ehe ich etwas unternehme, darauf kannst du dich verlassen. Es ist höchste Zeit, dass die Kluft zwischen euch wieder überbrückt wird. Allerhöchste Zeit.

Sie wollte nicht weiter auf dieses schwierige Problem eingehen, auf die Kluft, die sich zwischen Esther und ihrer Mutter aufgetan hatte. Nein, am besten vertraute sie in solchen Dingen dem Herrn. Rachel schrieb weiter.

Ich kann es selbst kaum glauben, aber Annie geht dieses Jahr schon in die zweite Klasse. Sie liest ziemlich gut, muss ich sagen, und sie schreibt mit Begeisterung ihren Namen und den Namen ihres kleinen Bruders. Jeden Tag kommt sie fröhlich von der Schule nach Hause und kann es nicht erwarten, ihrem Vater und mir zu zeigen, was sie gelernt hat. Philip ist in den kleinen Laden in unserem Dorf gegangen und hat eine kleine Tafel gekauft. Gerade so groß, dass sie ihre Zahlen darauf schreiben kann. Und auch ihr ABC.

Ach, du würdest staunen, wenn du sehen könntest, was für ein begeisterter Vater Philip ist und wie gut er in der Amischgemeinschaft zurechtkommt. Er ist so lieb zu unserem kleinen Gabriel. Abends sitzt er gern mit Gabriel und Annie draußen im Garten und genießt die Natur, die ihn hier von Anfang an so sehr fasziniert hat. Dinge wie ein verlassenes Vogelnest, ein Gartenpfad, der mit roten Herbstblättern übersät ist, oder ein Leuchtkäfer begeistern ihn. Manchmal scheint er die Dinge mit Annies Augen und mit den Augen unseres kleinen Sohnes zu sehen.

Philip sagt, er habe von den Kindern so viel über die Wunder der Natur gelernt. Ein Bachbett oder ein Apfelgarten sind Orte, an denen ein Wunder beginnt. Wir brauchen es nur unseren Kindern gleichtun und in die Knie gehen. Dann sehen wir die Wunder von Gottes Schöpfung. Ja, unsere Kinder lehren uns so viel, nicht wahr?

Mein Mann erzählt mir immer wieder ein wenig aus seinem früheren Leben in New York. Er sagt, es passiert in der modernen Welt viel zu leicht, dass man den Kontakt zur Natur verliert. Die Engländer haben anscheinend nicht viel Zeit für die Natur, obwohl Gott in jeden von uns den Hunger nach der Erde und dem Himmel hineingelegt hat. Der Rhythmus der Natur geht in der Hektik des Lebens verloren. Wie traurig das ist!

Was mich betrifft, so kann ich mir nicht vorstellen, dass ich ein anderes Leben führe – im Trommelschlag der Großstadt – und Tag für Tag in einem Haus bin, keine frische Luft atme, in künstlichem weißen Licht meine Arbeit verrichte und von Beton und Glas umgeben bin.

„Jede Beziehung erfordert Zeit, und zwar viel Zeit", sagt Philip. Ich denke, er spürt, was er verpasst hat, weil er in einer Großstadt ohne Berührung mit der Natur aufwuchs. Er konnte sich nie so ungezwungen austoben wie amische Kinder – wenn die Arbeit auf dem Hof erledigt ist, versteht sich: im Schmutz spielen, Schlammkuchen machen, durch Bäche waten, Steine und Muscheln sammeln und gelegentlich Ochsenfrösche im Teich suchen. Unter freiem Himmel kann ein Mensch seinen Gedanken freien Lauf bis zum Himmel hinauf lassen. Aber damit sage ich dir nichts Neues.

Mir geht es so gut mit meinem geliebten Mann an meiner Seite. Er ist überglücklich, glaube ich, wenn er tagsüber das Land bearbeiten und abends seine Geschichten schreiben kann. Er trägt die schwarzen breiten Herbsthosen, die ich ihm nähe – und auch die braunen Hosenträger – besonders an den Tagen, an denen er mit unseren Nachbarn, die Amisch der Alten Ordnung sind, Seite an Seite arbeitet. Mit seinem Vollbart sieht Philip genauso amisch aus wie wir anderen. Wir sind also eine glückliche vierköpfige Familie. Ist Gott nicht sehr gut, dass er mir, einer ehemaligen Witwe, so viel Freude ins Herz schenkt?

Ich glaube, ich sollte mir jetzt Gedanken über das Abendessen machen. Aber bevor ich diesen Brief schließe, hier noch zwei Bibelstellen, die mir selbst oft weitergeholfen haben: Philipper 4,7 und 13: „Und der

Friede Gottes, der höher ist als alle unsere Vernunft, bewahre unsere Herzen und Sinne in Christus Jesus." Und: *„Ich kann alles durch den, der mich stark macht, Jesus."*

Der Herr segne dich und behüte dich immer, Esther. Bitte umarme deine drei Babys von ihrer Kusine in Lancaster County ... und natürlich auch die älteren Kinder.

Liebe Grüße
Rachel

Sie konzentrierte sich darauf, das Abendessen vorzubereiten, schälte Kartoffeln und schob einen aufgetauten Schinken in den Ofen. Als das erledigt war, wählte sie Tante Leas Telefonnummer. „Na, wie geht es der neuen Großmutter?", fragte Rachel, nachdem sie ihre Tante begrüßt hatte.

„Meine Güte ... gleich drei auf einmal", kam die Antwort. „Kannst du dir das vorstellen?"

Das konnte sie sich natürlich nicht vorstellen. „Klingt so, als hätte Esther mit ihren Kleinen alle Hände voll zu tun."

„Sie hat doch bestimmt jemanden, der ihr hilft. Das braucht sie unbedingt."

„Nur Leute aus ihrer Gemeinde, so viel ich weiß." Sie überlegte, ob Tante Lea diesen Wink verstand und auf die Idee käme, Esther zu Hilfe zu kommen.

„Levi ist wahrscheinlich keine große Hilfe und steht nur im Weg. Die Kinder sind ja noch so klein."

Das wusste Rachel nicht. Levi war bestimmt ein sehr guter Vater.

„Ich habe mir etwas überlegt", sagte Tante Lea aus heiterem Himmel. „Ich habe gedacht, ich könnte mich von einem mennonitischen Fahrer nach Ohio fahren lassen und meiner Tochter bei ihren Kindern helfen."

Rachel fiel ein Stein vom Herzen. Zu lange schon bestand die Kluft zwischen Esther und ihren Eltern, besonders seit Levi Glick beschlossen hatte, aus Lancaster County fortzuziehen und seine Frau und seine junge Familie mitgenommen hatte. Aber es gab noch mehr.

Gewisse Gemeindelehren hatten die Familienbande stark in Mitleidenschaft gezogen.

„Damit würdest du Esther bestimmt eine große Freude machen. Ehrlich gesagt, *weiß ich*, dass du ihr damit eine große Freude machst", erwiderte Rachel.

„So? Hat Esther etwa Wochenbettdepressionen?"

„Nun ja ... ein bisschen schon." Sie wollte nicht zu viel verraten.

„Ach, ich bin ja so froh, dass du mir das sagst. Ich weiß genau, was sie braucht." Tante Lea war plötzlich sehr gesprächig. „Ich nehme ihr Minztee und Himbeertee mit. Das wird sie ein bisschen aufmuntern und ihr auch helfen, dass sie nachts besser schlafen kann. Sie wird sich bald wieder wie neugeboren fühlen."

„Daran hatte ich nicht gedacht, aber du hast Recht. Das ist wirklich eine sehr gute Idee."

Es folgte eine kurze Pause. Dann fragte Tante Lea: „Du und Esther, ihr seht vieles sehr ähnlich, habe ich Recht?"

Rachel wusste nicht genau, was sie darauf antworten sollte. „Wir sind Kusinen und die besten Freundinnen." Sie hätte auch sagen können: „Und Schwestern im Herrn", unterließ es aber lieber.

„Esther braucht unbedingt gute Freundinnen da draußen, so weit weg von zu Hause", bemerkte Tante Lea. Ihre Stimme klang jetzt etwas gezwungen.

Rachel gab ihr Recht. „Ich könnte mir vorstellen, dass sie ein wenig Heimweh hat, ja."

„Warum sie überhaupt von hier fortgezogen sind, werde ich wohl nie begreifen ..."

Tante Lea kannte den Grund sehr wohl. Ihr Schwiegersohn war auf der Suche nach Land gewesen. Weiter im Westen gab es davon noch viel mehr als hier in Pennsylvania.

Rachel seufzte. „Ich will dich nicht länger aufhalten, Tante Lea. Der Herr segne dich und schenke dir eine sichere Reise ... und eine gute Zeit in Holmes County."

Ihre Tante schwieg kurz, dann begann sie erneut: „Du sagst, du stehst meiner Esther immer noch sehr nahe?"

„Aber ja, sehr nahe." Rachel hätte viel dazu sagen und ihrer Tante erzählen können, wie lieb ihr ihre Kusine in Ohio war, aber das wusste Tante Lea selbst. „Esther und ich ... wir sind einfach wie du und Mama, würde ich sagen. Wir stehen uns so nahe wie zwei Schwestern."

Tante Lea schwieg.

„Ich habe ihr einen Brief geschrieben. Ich wollte ihn morgen zur Post bringen", fügte Rachel schnell hinzu, da sie das Gespräch beenden wollte.

„Soll ich ihn für dich mitnehmen?"

„Das ist eine großartige Idee", erwiderte Rachel. „Vielen Dank."

„Vielen Dank für deinen Anruf. Du hast mir einen großen Gefallen getan."

Rachel musste lächeln, als sie sich verabschiedete und den Hörer auflegte. Während sie loslief, um nach ihrem eigenen Baby zu sehen, musste sie denken, dass sich für Esther und ihre Mutter vielleicht doch endlich alles zum Guten wenden würde. Aber das konnte man natürlich erst mit der Zeit sehen.

Rachel kam der Gedanke, dass der Herr Tante Lea vielleicht absichtlich mit drei Enkelkindern auf einmal gesegnet hatte, um der Familie Heilung zu bringen. Das konnte gut sein.

8. Zooks Scheune

Lasst uns Gutes tun an jedermann, allermeist an des Glaubens
Genossen.
Galater 6,10

Philip Bradley, früher Journalist in New York, hatte den größten
Teil seines Lebens weit weg von den Amisch verbracht. Seine Heirat
mit Rachel Yoder, einer schönen amischen Witwe, war die beste
Entscheidung gewesen, die er je getroffen hatte. Mit dieser Heirat
hatte er sich von ganzem Herzen den konservativen Bräuchen der
amischen Kirche der Neuen Ordnung angeschlossen.

Innerhalb kürzester Zeit hatte er seine moderne Kleidung, seine
technischen Annehmlichkeiten und sogar sein Auto aufgegeben, auch
wenn er es für dringende Notfälle in einsatzbereitem Zustand hinter
dem Haus abgestellt hatte. Er hatte sich bewusst einen Vollbart
wachsen lassen – ohne Schnurrbart, wie es bei den Amisch Brauch
war –, die traditionelle Kleidung der amischen Männer angelegt
und seine Tätigkeit als selbstständiger Schriftsteller aufgegeben.

Eine weitere Herausforderung bedeutete es, die Namen von
Rachels Verwandten nicht zu verwechseln, denn seine angeheiratete
Verwandtschaft war so zahlreich wie der Sand am Meer. Sie umfasste
nahezu zweihundert Menschen, wenn man Rachels Eltern,
Geschwister, Tanten, Onkel, Großeltern, Kusinen, deren Männer
und Kinder zusammenzählte. Sich zu merken, welcher Amos Esh
oder Johannes Zook mit welcher Maria Esh oder Rebekka Zook
verheiratet war, war eine große Leistung. Die Amisch gaben ihre
Vornamen immer wieder weiter und heirateten oft untereinander,
womit sich für Philip die zusätzliche Hürde ergab, dass er sich sowohl
den Vor- als auch den Nachnamen merken musste. Und das als
Neuling und früherer Außenstehender, denn als solchen betrachteten
ihn einige der Amisch immer noch. Es wäre naiv von ihm gewesen,
etwas anderes anzunehmen. Er war ein Außenstehender.

Auch nach zwei Jahren, in denen er von ganzem Herzen dem Herrn nachfolgte und die Erde bearbeitete, fragte er sich, ob einige der Brüder immer noch untereinander über ihn redeten. *Hat Philip die Energie zu bleiben? Wird er irgendwann doch das Handtuch werfen, weil ihm das einfache Leben zu schwer wird?*, fragten sie sich vielleicht, wenn auch diskret. Besonders ein bestimmter Mann.

Moses Raber.

Der groß gewachsene, ältere Zimmermann hatte die Gewohnheit, immer dann aufzutauchen, wenn Philip am wenigsten damit rechnete, und ihn kritisch zu beobachten und streng zu verurteilen.

Um eines klarzustellen: Philip hatte kein einziges Mal daran gedacht, die Amischgemeinschaft zu verlassen, seit er versprochen hatte, Rachel „zu lieben und zu ehren" und ihre Tochter, Annie, und jetzt auch seinen eigenen Sohn, Gabriel, „in der Furcht und Zucht des Herrn" zu erziehen. Seine neue Familie war sein ganzes Leben, sein Lebensinhalt. Gott hatte die Stücke seiner suchenden Seele zusammengefügt, ihn auf einen geraden, schmalen Weg geführt und ihm neuen Schwung und neue Kraft verliehen. Aber so stark seine ursprüngliche Entscheidung, sich den Amisch anzuschließen, auch sein mochte, der Eingliederungsprozess war doch viel schwieriger, als er zunächst geahnt hatte.

Er hatte sich ziemlich gut eingelebt. Wenigstens hatte er das bis zu dem Tag gedacht, an dem Johannes Zooks Stall von einem Blitz getroffen wurde. Danach überschlugen sich die Ereignisse.

Philip hatte geholfen, das Silo von Rachels Großonkel, Amos Yoder, aufzufüllen. Eine ganze Gruppe von Männern hatte mitgearbeitet, da Onkel Amos ein paar Tage zuvor gestürzt war und mit einer schmerzenden Hüfte im Bett lag und von seiner treuen Frau, Becky Ann, fürsorglich gepflegt wurde.

Der Nachmittag war angenehm; der süße Duft reifer Äpfel lag in der Luft. Die Männer arbeiteten schwer und schnell. Jeder hatte seinen Strohhut fest auf dem Kopf, während sie alle hofften, vor dem Regen verschont zu bleiben. („Schwere Gewitter" hatte die Zeitung angekündigt.)

„Sieht so aus, als braue sich ein Sturm zusammen", sagte Jakob

Stoltzfus, nahm seinen Hut ab und wischte sich die Stirn. Jakob war einer von mehreren amischen Bauern, die halfen, das Silo zu füllen.

Als Philip in seiner Arbeit eine Pause einlegte, bemerkte er die schwarzen Wolken, die sich im Nordosten zusammenbrauten und schnell näher zogen. „Vielleicht sollten wir für heute Feierabend machen", schlug er vor.

„Ja, gehen wir lieber nach Hause", stimmte ihm ein anderer Bauer zu. Die anderen nickten schweigend.

„Morgen machen wir weiter ... gleich in aller Frühe." Jakob schaute stirnrunzelnd zum bedrohlichen Himmel hinauf.

„Der Herr sei mit euch", rief Philip, als sich die Männer zum Stall begaben, um ihre Pferde vor die abgestellten Einspänner zu spannen. Er war wie immer zu Fuß, denn er hatte noch nicht gelernt, einen Pferdeeinspänner zu fahren.

„Soll ich dich mitnehmen?", bot Jakob an, während er sein Pferd anspannte.

„Ich gehe heute lieber zu Fuß ... trotzdem danke." Am Ende der Einfahrt bog er nach Norden ab, auf Lavina Troyers großes Bauernhaus zu, in dem er und Rachel mit ihrer immer größer werdenden Familie wohnten. Lavina hatte ihnen das Haus angeboten und war selbst in den kleinen Anbau gezogen – das Großvaterhaus –, in dem sie jetzt mit Adele Herr, ihrer betagten englischen Freundin, die eine enge Beziehung zu den Amisch hatte, wohnte und diese pflegte.

* * *

Als der erste Blitz in seiner Nähe einschlug, marschierte Philip auf der von Bäumen gesäumten Straße zielsicher nach Hause. Nach ein paar weiteren Blitzeinschlägen unmittelbar neben ihm beschloss er, in der nahe gelegenen Tabakscheune seiner Nachbarn, Amos und Rosemarie Beiler, Schutz zu suchen.

Im Schutz der Scheune spähte er zwischen den Brettern ins Freie hinaus. Zackige Spannungsentladungen zuckten wie die Hand

Gottes über den dunklen Himmel. Ein starker Wind kam auf, bog kleinere Bäume um und setzte die Windmühlen in Bewegung. Rachel würde sich Sorgen um ihn machen, das wusste er. Deshalb verließ er den Unterschlupf wieder und legte den Rest des Weges in einem schnellen Dauerlauf zurück. Dabei betete er, dass Gott ihn beschützen möge, während ein Blitz nach dem anderen in der Erde einschlug.

Rachel wartete an der Hintertür, genau, wie er erwartet hatte. „Es tut so gut, meinen Mann heil und wohlbehalten zu sehen", begrüßte sie ihn.

Er küsste sie auf die Wange und versicherte ihr, dass ihm nichts zugestoßen sei. „Solche Blitze haben wir in New York nicht", bemerkte er spaßhaft, während er in die Küche trat.

„Das Gewitter war sehr nahe, nicht wahr?"

Er nickte und unterhielt sich ein wenig mit ihr. Dann ging er die Treppe hinauf, um sich umzuziehen. „Habe ich vor dem Abendessen noch Zeit zu duschen?", fragte er.

Sie nickte. In diesem Augenblick schlug ein gewaltiger Blitz vor dem Wohnzimmerfenster in die Erde ein, dicht gefolgt von einem ohrenbetäubenden Donner, der das ganze Haus erschütterte. Annie erschrak und kreischte vor Angst. Der kleine Gabriel begann zu weinen.

Wenige Minuten später war die laute Essensglocke auf Johannes Zooks Hof, ihrem Nachbarn im Süden, zu vernehmen. Sie hörte nicht auf zu läuten. Ein Notfall. „Ein Blitz muss in den Stall eingeschlagen sein", sagte Philip zu Rachel.

„Hoffentlich nicht ins Haus", erwiderte Rachel mit einer besorgten Miene auf ihrem hübschen Gesicht. „Wahrscheinlich brennt der Stall. Wenn das der Fall ist, brauchen sie dringend Hilfe, um ihr Vieh und ihre Geräte ins Freie zu schaffen. Geh am besten schnell und versuche, so viel wie möglich zu retten."

Philip hatte noch nie geholfen, einen Brand zu löschen, und wusste nicht, was auf ihn zukam. Er stürmte über das offene Feld, das zu Zooks Milchbauernhof führte. Mit einem Blick zum bedrohlichen Himmel hinauf hoffte er auf Regen. *Gott hat natürliche Mittel, ein*

Feuer zu löschen, dachte er. Als er weiterlief, sah er in weniger Entfernung Rauchsäulen, die sich zum Himmel hinaufschlängelten, während orangegelbe Flammen am Stalldach leckten.

Er eilte in den Hof. Eine Hand voll amischer Bauern hatten ebenfalls schon auf das unablässige Läuten der Glocke reagiert und waren gekommen. Einige kamen auf Maultieren, andere auf Pferden angeritten. Die schnellste Möglichkeit, hierher zu kommen.

„Helft uns, die Kühe herauszuholen!", riefen Zooks Frau und seine Töchter und winkten aufgeregt.

Philip rannte mit mehreren Männern in den Stall. Sie hielten in dem beißenden Rauch den Atem an, während sie eine Kuh nach der anderen losbanden. Die Tiere sprangen durch die Stalltür ins Freie und auf die Weide hinaus, wo sie aufgeregt muhten. Maultiere und Zugpferde kamen als Nächstes an die Reihe.

Zooks halbwüchsige Söhne und ein immer größeres Heer an Helfern packten die kleinen landwirtschaftlichen Geräte, alles, was sie noch retten konnten, und entrissen sie den Flammen. Zooks jüngster Sohn läutete immer noch unaufhörlich die Glocke und rief noch mehr amische Nachbarn zu Hilfe. Ein Dutzend oder mehr kamen zu Fuß. Drei Männer standen bereits auf dem Dach. *Ein gefährliches Unterfangen*, dachte Philip. Jedoch zeigte keiner irgendeine Spur von Angst. Unaufhörlich wurden die Wassereimer mit einem Seil nach oben gezogen. Unten erteilte Großvater Zook lautstark Anweisungen. Er vermittelte den Eindruck, als habe er schon viele Ställe abbrennen sehen und wisse genau, was zu tun sei.

„Hat schon jemand die Feuerwehr angerufen?", fragte Philip, der fieberhaft mit den anderen arbeitete. Mit einem dicken Wasserschlauch konnte ein Feuer dieser Größe binnen kürzester Zeit gelöscht werden.

Moses Raber warf ihm einen ernsten Blick zu. „Die Telefone sind alle lahm gelegt ... in der ganzen Straße."

„Ein Blitz muss in die Telefonleitungen der Engländer eingeschlagen haben", bemerkte ein anderer Bauer.

Inzwischen neigte sich eine ganze Seite des Stalles bedenklich nach innen. Wenn nicht sehr bald die Feuerwehr anrückte, wäre von Zooks Stall nichts mehr übrig.

Philip schleppte in beiden Armen kleine Handgeräte aus dem Stall und ließ sie auf den Rasen fallen. In diesem Augenblick erblickte er einen blauen Lieferwagen neben dem Haus. Er stürmte durch den Hof und warf einen Blick in den kleinen Lieferwagen. Der Zündschlüssel steckte! Er schaute sich um und versuchte herauszufinden, wem dieses Auto wohl gehörte. Damit könnte die Feuerwehr schnell geholt werden.

Er sah nur Amisch. Und das klaffende Loch in der Seite des Stalles. Er fühlte die Hitze und hörte das jämmerliche Schreien der Tiere. Die Bauern kämpften mit eiserner Entschlossenheit. Aber ihr Kampf war aussichtslos. Zooks riesiger Stall wurde bei lebendigem Leib von einem nicht einzudämmenden Flammenmeer aufgefressen.

Ohne nachzudenken, sprang Philip in den Lieferwagen und ließ den Motor an. „Ich hole Hilfe!", rief er, ohne jemand Bestimmten zu meinen.

Moses Raber hörte ihn und warf einen finsteren Blick in seine Richtung.

Philip stieß mit dem Auto zurück und fuhr dann eilig die Auffahrt hinab und auf die Straße. Er raste zur Bundesstraße 340, bog an der Kreuzung nach Westen ab und fuhr geradewegs zur Feuerwache.

* * *

Auf dem Weg zurück zu Zooks Hof ließ das Feuerwehrauto seine laute Sirene ertönen. Die ohrenbetäubende Sirene und das rote Warnlicht auf dem Dach verschafften ihnen freie Fahrt. In dem geborgten Lieferwagen folgte Philip in kurzem Abstand dem Feuerwehrauto, das schnell über die Straße raste.

An der Kreuzung überfuhr das Feuerwehrauto die rote Ampel. Philip musste natürlich stehen bleiben. Während er darauf wartete, dass die Ampel auf Grün schaltete, fiel sein Blick zufällig auf das Auto rechts neben ihm. Der Fahrer und das ganze Auto voller Leute glotzten ihn wie einen Außerirdischen an und deuteten mit dem Finger auf ihn.

Die Feuerwehrsirene hatte sicher die Aufmerksamkeit auf ihn gezogen – einen *Amisch*, der einen Lieferwagen fuhr! Mit einem leisen Stöhnen wurde ihm bewusst, was für eine Sensation er war: Mit seinem Strohhut und dem amischen Haarschnitt am Lenkrad des schnittigen blauen Lieferwagens. Ein gefundenes Fressen für jeden Reporter. Er musste es schließlich wissen. Immerhin war er im Laufe der Jahre Hunderten von Sensationsstories hinterher gejagt.

Er versuchte, nicht auf den Spott aus dem anderen Auto zu achten, und wartete mit zunehmender Ungeduld darauf, dass endlich Grün würde. Als die Ampel schließlich umschaltete, trat er mit voller Kraft auf das Gaspedal.

Aber der spöttische Fahrer blieb dicht an seiner Stoßstange und folgte ihm die lange Straße bis zu Zooks Einfahrt hinab. Das Auto wurde kaum langsamer und rauschte knapp an ihm vorbei, als er abbog. „Bleib doch lieber bei Pferd und Einspänner, Mann!", schrie der Fahrer höhnisch, hupte laut und machte viel Aufsehens. Das Auto raste weiter und wirbelte hohe Staubwolken auf.

Betrübt fuhr Philip zum Haus und stellte den Lieferwagen genau an der Stelle ab, an der er ihn gefunden hatte, und ließ den Zündschlüssel wieder stecken. Die Feuerwehr hatte bereits ihre Schläuche ausgerollt und bekämpfte die Flammen. Philip lief näher, um ihnen zuzusehen, und hoffte gegen alle Hoffnung, der Stall, oder wenigstens ein Teil davon, könnte gerettet werden.

Nach einer Weile schien auch Zook die Hoffnung aufzugeben. Der Bauer trat neben Philip und blieb stehen. Sein Gesicht war rußverschmiert, seine dichten, braunen Haare waren jetzt ganz grau. „Wir können den Stall nicht mehr retten ... auch so nicht." Zook schüttelte ernst den Kopf. „Das war die Hand Gottes."

Nachdem die Feuerwehrleute wieder abgezogen waren, gingen die Männer los, um aus sicherer Entfernung die verkohlten Balken zu betrachten. Dicker, blauschwarzer Rauch stieg immer noch hoch zum Himmel hinauf. „Wir haben getan, was wir konnten", sagte Jakob Stoltzfus schließlich.

„Ja", stimmte Johannes Zook ihm zu und warf einen Blick auf Philip. „Das haben wir."

„Es war der Zorn Gottes auf unserer Gemeinde", sagte ein anderer Bauer düster.

Moses beäugte Philip kritisch, als wollte er mit dem Finger auf ihn deuten. Machte er sich zum Richter über Philip und wollte er unterstellen, dass das Leben des Außenstehenden zu verurteilen sei?

Viele Kirchenmitglieder der Amisch der Alten Ordnung glaubten, ein solches Handeln des allmächtigen Gottes, durch das das Eigentum eines tadellosen Gemeindemitglieds zerstört wurde, sei ein Zeichen dafür, dass Gottes Zorn der ganzen Gemeinde gelte. Folglich war jeder im Gemeindebezirk moralisch verpflichtet, dem unglücklichen Nachbarn seine Hilfe anzubieten.

Jakob rief laut: „Wir helfen unserem Bruder. Wir stellen Johannes Zook wieder eine schöne Scheune auf." Als er von Wiederaufbau sprach, nickten alle Männer zustimmend.

Inmitten der Gespräche kam ein untersetzter dunkelhaariger Mann aus der Menge drohend auf Philip zu. „Haben *Sie* meinen Lieferwagen gefahren?", wollte er wissen.

Philip erkannte den Mann als Vern Eisenberger, einen Futterlieferanten, und antwortete: „Ich sehe ein, dass es vielleicht ein Fehler war. Ich habe mir Ihren Lieferwagen nur geborgt, weil ich ..."

„Sie haben ihn *geborgt*, ohne zu fragen! In meinen Augen ist das Diebstahl." Verns Atem ging schnell, seine Augen funkelten Philip drohend an. „Was ist das überhaupt für ein Amisch, der Auto fährt ... und in einen Wagen steigt, der ihm nicht gehört?" Seine finstere Miene wurde noch bedrohlicher. „Können Sie eigentlich mit einer Kupplung umgehen? Womöglich ist jetzt das ganze Getriebe kaputt!"

Philip hätte Vern am liebsten gesagt, dass er schon einige Autos besessen hatte – mit Schaltgetriebe und mit Automatikgetriebe. Aber das spielte jetzt keine Rolle.

Johannes Zooks jüngster Sohn mischte sich ein. „Philip hat nur versucht, Papas Stall zu retten."

„Ja, und es wäre ihm auch beinahe gelungen", fügte der Freund des Jungen hinzu. „Haben Sie denn nicht gesehen, wie diese

Feuerwehrleute losgelegt haben? Um ein Haar hätten sie einige große Balken gerettet."

In diesem Augenblick mischte sich Moses ein und stellte sich Schulter an Schulter neben Vern, als wolle er zeigen, auf wessen Seite er stehe. „Sie wollen wissen, was das für ein Amisch ist, der alles selbst in die Hand nehmen will?", knurrte er. „Ich kann euch sagen, was das für einer ist!"

Moses wurde, wenn auch nur vorübergehend, von Zook höchstpersönlich unterbrochen, der mit mehreren anderen Männern zu ihnen trat. „Was geht hier vor?" Johannes schaute Vern und Moses an.

Vern knurrte: „Ein Mitglied eurer Kirche ist einfach mit meinem Lieferwagen davongefahren." Er deutete mit anschuldigendem Finger auf Philip, ehe er wutschnaubend das Innere seines Wagens inspizierte.

„Er hat ihn zurückgebracht, nicht wahr?", ließ Johannes nicht locker.

Moses' graue Augen funkelten, und er schimpfte: „Philip hätte überhaupt nicht fahren dürfen. So ist es bei uns Brauch." Philip war verlegen. Durch sein impulsives Handeln hatte er sich – und die ganze Gemeinde – dem Spott ausgesetzt. War alles, was er gern sein wollte, alles, was er in dieser Gemeinschaft von Freunden und Nachbarn tun wollte, jetzt wegen einer einzigen unüberlegten Handlung gefährdet?

Moses hörte nicht auf zu schimpfen und zu toben. Er fragte Philip geradeheraus, ob er überhaupt einen Führerschein habe, und falls nicht, dann sagte er: „Du brichst die Gesetze Gottes und auch die Gesetze der Menschen. Du bist viel zu weltlich!"

Auf diesen Wutausbruch hin nahm Johannes den großen Mann am Ellbogen und führte Moses auf die Seite des Hauses.

Der Futterlieferant klopfte mit dem Finger auf die Motorhaube seines Lieferwagens. „Nur gut, dass er keinen einzigen Kratzer und keine Delle abbekommen hat." Er öffnete auf der Fahrerseite die Tür und schlug sie krachend hinter sich zu. Er ließ den Motor laut aufheulen, stieß viel zu schnell zurück, wobei das Auto von einer

Seite der schmalen Auffahrt auf die andere schaukelte, und raste dann ungehalten und mit quietschenden Reifen wieder auf die Straße am Ende von Zooks Auffahrt.

„Der Mann ist stinksauer", murmelte Philip.

„Zu einem solchen Wutausbruch besteht überhaupt keine Veranlassung", sagte Jakob Stoltzfus und hielt seinen Strohhut fest in der Hand.

„Ja, das ist wirklich nicht nötig", wiederholte Zooks jüngster Sohn. Der Junge drehte sich um und warf einen Blick auf seinen Vater und Moses, die immer noch neben dem Haus standen und hitzig diskutierten.

„Ich kann euch sagen, warum Vern so sauer ist", erklärte Zooks ältester Sohn. „Papa war draußen auf dem Feld und sagte Vern, dass er beschlossen habe, auf eine andere Futtermarke umzusteigen ... Das war nur wenige Minuten, bevor der Blitz einschlug."

„Das erklärt einiges", nickte Philip, den eigentlich mehr interessierte, warum Moses so aufgebracht war. Er schlenderte über den Hof und unterhielt sich mit den Männern, die teilweise einzeln, teilweise in Gruppen herumstanden, und erklärte, aus welchem Motiv heraus er den Lieferwagen gefahren hatte. Sie versicherten ihm, dass ihm niemand etwas Böses unterstelle. Aber an der Art, wie Moses sich benahm, mit den Armen fuchtelte und seine Stimme erhob, wusste Philip, dass er mindestens einen der Brüder beleidigt hatte.

„Wir lernen aus Fehlern und versuchen, sie nicht zu wiederholen", sagte ein gestandener Bauer mit tiefen Falten auf der Stirn.

„Bei Männern wie Vern Eisenberger", bemerkte Jakob Stoltzfus, „ist es am besten, wenn man aufpasst und ihm keinen Anlass bietet, sich aufzuregen."

„Das ist kein so gutes Zeugnis", meinte ein anderer.

„Was Vern angeht, kann ich dir nur sagen: Hunde, die bellen, beißen nicht", beruhigte Jakob Philip und legte ihm die Hand auf die Schulter. „Bete für ihn."

Nicht sonderlich getröstet, marschierte Philip wieder zur Straße und ging zum zweiten Mal an diesem Tag nach Hause.

***

Beim Abendessen erzählte Philip Rachel, was sich auf dem Hof der Zooks zugetragen hatte. Sie schien von der Reaktion des Futterlieferanten nicht sonderlich überrascht zu sein. „Vern war bestimmt nicht gerade glücklich darüber, dass er einen Kunden verloren hat. Wahrscheinlich hat er nur auf einen Grund gewartet, um Dampf abzulassen. Du bist ihm leider zufällig über den Weg gelaufen und hast den Kopf hinhalten müssen."

„Ich hoffe nur, diese Sache hat kein Nachspiel." Philip wusste, dass er die nicht ausgesprochenen Regeln der Amisch um jeden Preis einhalten musste. Er musste dem Beispiel der anderen Männer noch sorgfältiger folgen, besonders der Männer, die fest im Glauben standen. Er musste seine impulsiven Instinkte unterdrücken und so gut er konnte versuchen, sich von Moses Raber fern zu halten, der für einen Amisch richtiggehend grob war. Wirklich eine Seltenheit in seiner friedliebenden Gemeinde.

Philip machte sich nichts vor: Er verstand nicht alles in der amischen Gesellschaft oder wie in bestimmten Situationen gewisse Dinge getan wurden oder welche Reaktion in der jeweiligen Situation von ihm erwartet wurde. Aber er war nicht hierher gekommen, weil er alles vollkommen begriffen hätte.

In der Stille des Wohnzimmers ging er auf die Knie und betete. Zuerst bat er den Herrn um Vergebung für sein unüberlegtes Handeln, außerdem bat er um Weisheit und Barmherzigkeit für künftige Begegnungen mit dem zornigen Futterlieferanten ... und Moses Raber.

***

Am nächsten Tag konnte Zook dank starker Regenfälle in der Nacht schwere Geräte kommen lassen, um damit die Glut unter den Resten seines Stalles, die wie ein schwarzes Skelett vom strahlend blauen Himmel abstachen, endgültig zu löschen. Benachbarte Bauern kamen in Scharen mit Schubkarren und Schaufeln, um beim

Aufräumen zu helfen und um später den Schaden zu begutachten. Einige erzählten von anderen Bränden in der Gegend um Lancaster. Die vielen Brände, besonders in den heißen Sommermonaten, wenn viele Ställe und Scheunen Blitzschlägen zum Opfer fielen, waren das Thema des Tages.

Ein Stall war immerhin etwas, das geachtet werden sollte. Eine sichere Zuflucht für Tiere – Kühe, Maultiere, manchmal Ziegen – und ein Raum, in dem in den Wintermonaten Heu gelagert wurde und auch landwirtschaftliche Geräte und Werkzeuge ordentlich aufbewahrt wurden. Die Scheune war außerdem ein Ort, an dem junge Leute sich kennen lernen konnten, der Ort, an dem sich amische Jugendliche sonntagabends zum Singen trafen, Gemeinschaft erlebten, miteinander sangen und sich in Paaren auf die Heimfahrt begaben.

In den meisten Fällen wurde zuerst ein guter, solider Stall mit Scheune gebaut, bevor das Wohnhaus errichtet wurde. Das amische Sprichwort, dass „eine gut gebaute Scheune viele schöne Wohnhäuser wert sei", war nicht nur ein altes Sprichwort. Es stand auch für eine Lebensphilosophie.

Jakob Stoltzfus starrte zu der Stelle, an der Zooks Scheune gestanden war. „Wird Zeit, dass wir einen Arbeitseinsatz planen", sagte er mit ernstem, bestimmtem Ton. „In ungefähr einer Woche haben wir einen neuen Stall stehen."

Die anderen Männer hielten ihre weitkrempigen Strohhüte fest in der Hand und nickten ernst. Zwei Tage später kam Obadiah King, der Meister der Scheunenbauern, in seinem alten grauen Einspänner und schritt die Maße der neuen Scheune ab. Obadiah schritt das Gelände mehrmals ab. Dann bückte er sich und trommelte mit den Fäusten auf die verkohlten Balken, um festzustellen, ob noch einer davon zu gebrauchen wäre. Eine Scheune mit einem Balkenrahmen war bereits in Arbeit – in Obadiahs Kopf.

„Er hat schon viele Scheunen errichtet", erklärte Zooks Frau, Rebekka. „Er braucht dafür nicht einmal eine Zeichnung."

„Ja, alles ist hier oben", bestätigte Zooks ältester Sohn und deutete auf seinen eigenen Kopf.

Die Scheune bestünde aus Zapfenverbindungen, die mit Holzstiften befestigt wurden, eine alte Bauweise, die aber eine sehr stabile Scheune ergeben würde. Wie es bei den Amisch üblich war.

* * *

„Erzählst du mir, wie das abläuft, wenn eine Scheune aufgestellt wird?", bat Philip Rachel nach dem Abendessen.

Bevor sie ein Wort sagen konnte, gab ihm die kleine Annie mit ihren blonden Haaren und blauen Augen eine Antwort. „Ach, Arbeitseinsätze sind ein Riesenspaß, Papa. Du wirst schon sehen."

„Na ... na", tadelte Rachel ihre kleine Tochter sanft. „Du denkst bestimmt an all die Spiele im Heu mit den anderen Kindern und daran, dass ihr eure kleinen Kusinen mit dem Wagen herumzieht." Dann wandte sie sich an Philip und erklärte mit einem Lächeln: „Wenn eine Scheune errichtet wird, ist das ein langer schwerer Arbeitstag. Für die Männer ist es gewiss sehr anstrengend, aber Obadiah teilt jedem eine bestimmte Aufgabe zu. Niemand wird also übersehen."

Genau das hatte Philip wissen wollen, ob ihm eine konkrete Arbeit zugewiesen würde oder nicht. „Nach dem Können eines Mannes?", fragte er.

Rachel nickte und schaute ihn mit strahlenden Augen an. „Ja, Obadiah wird dich mit einem erfahreneren Mann zusammen einteilen, wahrscheinlich mit einem älteren Mann. Du benutzt dann deine Muskeln und er seinen Verstand. Aber das weiß Obadiah am besten."

Woher der ältere Mann wissen wollte, welche Fähigkeiten Philip besaß, wusste er nicht, aber offenbar sprach sich so etwas in der Gemeinde schnell herum. Die Leute redeten.

Er erinnerte Rachel an seinen Fehler, als er den Lieferwagen des Futterlieferanten ohne Erlaubnis des Besitzers genommen hatte. „Du hast die Dinge ins Reine gebracht, oder?", fragte sie und riet ihm dann, „sein amisches Gewissen sozusagen zu schärfen."

Die Dinge ins Reine gebracht ... Hatte er das? Nein, er hatte sich an jenem Tag bei Vern Eisenberger nicht entschuldigt.

Er dachte an all die Dinge zurück, die er bereitwillig aufgegeben hatte, um amisch zu werden. Computer, Drucker, Scanner, Faxgerät, E-Mail – seine Arbeit. Er schrieb sogar seine Artikel und seine Kurzgeschichtensammlung von Hand. Abends nach ihrer gemeinsamen Zeit als Familie, in der sie in der Bibel lasen und miteinander beteten, saß Philip oft an seinem antiken Schreibtisch und schrieb, während Rachel ihm gern Gesellschaft leistete und dabei häkelte oder den kleinen Gabriel in den Schlaf wiegte. Der Schreibtisch aus dem neunzehnten Jahrhundert war eine seiner schönsten Anschaffungen gewesen – der Schreibtisch und eine elektrische Schreibmaschine für fertige, überarbeitete Manuskripte, die er an verschiedene Verlage schickte. Seinen Computer aufzugeben war ein Schritt in die richtige Richtung gewesen, besonders wenn von seinen amischen Freunden Fragen nach seiner „Arbeit" kamen. Unweigerlich kam immer wieder die Frage auf, wie er seinen Lebensunterhalt verdiene – was er neben der Landwirtschaft tue, um seine Familie zu ernähren. Er erzählte dann, dass er Schriftsteller sei und mit Feder und Papier arbeitete. Aber ein Leben als Schriftsteller konnten sich nicht allzu viele Amisch vorstellen. Dass ein Mensch davon fasziniert war, mit Wörtern und Sprache zu jonglieren, wurde von der Allgemeinheit normalerweise nicht verstanden.

Einige seiner amischen Freunde argwöhnten, dass er Tagebuch über ihr Leben führe und seinen neu gefundenen Glauben als Mittel benutzen wolle, um Profit daraus zu schlagen. Aber daran dachte er nie, er hatte nicht einmal vor, seine neuesten Geschichten zu veröffentlichen. Erst als Rachel eine von ihnen las und darauf bestand, dass er sie einem Verlag schicken sollte. „Es wird höchste Zeit, dass die Engländer die Wahrheit über uns lesen. So viele Märchen gibt es über uns – so viele erfundene Geschichten. Es wäre sehr schön, wenn endlich etwas gedruckt würde, das wahr ist."

Er hatte über ihre Beharrlichkeit gelächelt, sie in die Arme genommen und seine hübsche Frau, die an ihn glaubte, ganz fest gehalten. „Ich werde darüber nachdenken", war seine Antwort. gewesen. Jetzt dachte er wieder über Rachels Idee nach, besonders seit Zooks Scheune niedergebrannt war. „Wie wäre es mit einer Geschichte über den Bau einer Scheune?", fragte er seine Frau.

„Ich sehe nichts, das dagegen spräche", kam ihre begeisterte Antwort. „Viele Leute außerhalb unserer Gemeinde haben wahrscheinlich keine Ahnung, was zu einer solchen Arbeit alles nötig ist."

„Was hältst du davon, wenn ich in der Geschichte von mir selbst erzähle, wenn ich erzähle, dass mein Verhalten zu Unstimmigkeiten unter den Brüdern geführt hat? Wenn ich zeige, dass wir Menschen sind ... dass wir nicht vollkommen sind, wie manche vielleicht denken."

Rachel gefiel dieser Gedanke. So schrieb er weiter. Das reiche Ackerland von Lancaster County bildete die Kulisse für seine Erzählung. Er genoss jede Minute. Er wollte sich jetzt noch nicht den Kopf darüber zerbrechen, welcher seiner Zeitschriftenverlage wohl der Richtige für seine Geschichte wäre. Das hatte Zeit, bis Rachel den endgültigen Entwurf guthieß.

Begeistert erzählte er von den schönen Seiten dieses Lebens, von seinen Fehlern und auch von den lustigen Dingen, die ihm zugestoßen waren, seit er in die amische Kirche eingetreten war. Aber sein letzter Ausrutscher stand ihm immer noch schmerzlich vor Augen.

„Die Brüder sind nicht nachtragend, oder?", fragte er Rachel, als sie sich eines Nachts leise im Bett unterhielten.

Ihre freundliche Miene verzog sich zu einem Stirnrunzeln. „Wie kommst du auf so eine Idee, Schatz?"

„Moses ist hochnäsig, sobald ich in seine Nähe komme. Besonders seit Zooks Scheune abgebrannt ist."

Sie griff nach seiner Hand. „Moses ist ein Amisch der Alten Ordnung, vergiss das nicht. Mach dir keine Sorgen um ihn. Das Letzte, was er wahrscheinlich will, ist mitzuerleben, wie ein moderner Mann in die Gemeinde kommt und alle damit überrascht, dass er sich gut zurechtfindet und ein Leben lang hier bleibt." Rachel machte eine Pause. Ein Lächeln zog jetzt über ihr Gesicht. Dann wurde sie nachdenklicher. „Außerdem denke ich, muss allen Männern inzwischen bewusst geworden sein, dass du anders aufgewachsen bist als sie."

„Ich habe wirklich genug Fehler gemacht, seit ich hierher kam", seufzte Philip.

Rachel legte den Kopf auf seine Schulter. „Denkst du an den Tag, an dem du in Esra Lapps Einspänner mitgefahren bist?"

An diesen speziellen Tag hatte er in letzter Zeit nicht mehr gedacht. Aber jetzt, da seine liebe Frau ihn an diesen Vorfall erinnerte, beschloss er, dass er ihn unbedingt in seine immer größer werdende Kurzgeschichtensammlung aufnehmen sollte ...

Es hatte sich zufällig ergeben. Er hatte Esra Lapps Angebot angenommen, in seinem Einspänner mitzufahren. Als er eines Nachmittag nach Hause ging, nachdem er einem Nachbarn geholfen hatte, Mais zu ernten, hatte Philip Esra und seinen Sohn Amos auf sich zufahren sehen. „Willst du mitfahren?", hatte Esra gefragt.

„Ja, gern. Danke", hatte er geantwortet und sich auf den Rücksitz geschwungen.

„Wir müssen unterwegs noch kurz bei jemandem vorbeifahren", fügte Esra hinzu. „Ich hoffe, das stört dich nicht."

„Ich habe nichts dagegen." Dann lehnte er sich zurück und betrachtete die bunte Herbstlandschaft, die an ihm vorüberzog, und hörte zu, wie sich Vater und Sohn unterhielten. Er spitzte die Ohren, als sie in den abgewandelten mittelhochdeutschen Dialekt wechselten, den die Amisch sprachen. Die Lapps waren sich wahrscheinlich nicht bewusst, dass er von ihrer Sprache das meiste verstand, da Rachel und Annie gute Lehrerinnen waren. „Deutsch ist unsere Muttersprache ... sie ist so tröstlich", hatte Rachel gesagt und ihm erklärt, dass die meisten amischen Kinder es fast ausschließlich sprechen und erst ein Jahr, bevor sie in die Schule kommen, Englisch lernen.

Die Lapps unterhielten sich also auf Deutsch und diskutierten Themen wie die Wahl des neuen Präsidenten. Sie wollten einen Bus besteigen und nach Washington fahren, um bei seiner Amtseinführung dabei zu sein. Und sie tauschten sich darüber aus, welche jungen Paare wahrscheinlich heimlich planten, im kommenden November, zur amischen Hochzeitssaison, den Bund fürs Leben zu schließen.

Philip hörte aufmerksam zu und fand das Interesse der Männer, in die Hauptstadt des Landes zu fahren, um „mit eigenen Augen zu sehen, wie Geschichte gemacht wird", am faszinierendsten. „Ich dachte, wir Amisch halten uns aus der Politik fern", warf er plötzlich ein, ohne daran zu denken, dass den Lapps vielleicht gar nicht bewusst gewesen war, dass er ihre Sprache verstanden hatte.

„Also, ich muss schon sagen ..." Esra drehte sich um und grinste.

„Du lernst sehr schnell", sagte Amos.

„Entschuldigt, ich wollte nicht lauschen."

„Ja, das glaube ich dir!", erwiderte Esra, der immer noch von einem Ohr zum anderen grinste. Sie lachten alle drei kräftig darüber, aber als Philip versuchte, zu der Frage der Politik zurückzukommen, fuhren sie gerade beim Schmied in den Hof – ihrem einzigen Halt. Die beiden Männer sprangen aus dem Wagen und ließen Philip allein zurück. Die Zügel für das Pferd hingen locker vorne über dem Einspänner.

Mit der Absicht, sich vorzusetzen und wenigstens die Zügel zu halten, ehe das Pferd mit einem unerfahrenen Amisch im Wagen lostrabte, kletterte er schnell über den Sitz und setzte sich vorne hin. Er nahm die Zügel. Ohne Vorwarnung begann das Pferd zu traben.

„Hü!", rief er und hoffte, das Tier nicht noch weiter zu erschrecken. Aber das Pferd trabte weiter.

Auf der Straße begann das schwere Vollblut zu galoppieren und bog scharf nach rechts zu der Ampel auf der Bundesstraße 340 ab, die in Richtung Westen nach Lancaster führte.

„Hü!", rief Philip wieder und zog scharf an den Zügeln. „Halt!" Aber das Pferd achtete nicht auf ihn. Autofahrer bemerkten, dass etwas nicht stimmte, und fuhren schnell an den Straßenrand und hupten. Damit machten sie aber alles nur noch schlimmer. „Herr, hilf mir!", betete Philip laut, der jetzt im Einspänner stand und immer noch versuchte, das Pferd zum Stehen zu bringen.

Offenbar völlig außer Kontrolle und aufgeregt lief das Pferd auf einen Briefkasten zu. Der Einspänner schwankte zur Seite und streifte einen Zaun. Der Wagen rutschte nach links und kippte um, während das Pferd sich befreite und ungefähr vierzig Pfund Geschirr hinter sich herzog, während es nach Süden auf die Lynwood Road weitertrabte.

Philip lag ausgestreckt unter dem Einspänner der Lapps. Er war dankbar, dass er sich nicht verletzt hatte, überlegte aber, was er denn nun tun sollte, um das Pferd einzufangen.

Am Ende kamen er und das Pferd in die Schlagzeilen der Zeitung. Lapps Pferd war auf der Bundesstraße 896 fast bis nach Strasburg gelaufen und schließlich auf dem Parkplatz vor der Eldreth-Töpferei zum Stehen gekommen. Es war schweißgebadet, und die Hinterbeine des Tieres waren aufgeschürft und bluteten von dem ständigen Reiben des Geschirrs ...

„Ich hätte einfach hinten sitzen bleiben sollen." *Jetzt* konnte Philip darüber lachen. Er streichelte Rachels lange Haare. „Hinterher ist man immer schlauer."

Sie lachte leise. „Wer hätte auch gedacht, dass Dobbin so durchdrehen würde."

Er wusste, dass er erst lernen musste, einen Wagen mit Pferd zu fahren. Zum Glück hatte Lapp ihn nicht zur Verantwortung gezogen. Philip hatte versucht, es wieder gutzumachen. Er wollte dem Bauern in diesem Jahr bei der Ernte helfen, ohne Geld dafür zu verlangen. Aber Esra hatte davon nichts hören wollen.

Rachel war nicht sonderlich überrascht, als sie von Philips Versuch hörte, seinen Fehler wieder gutzumachen. „Die Amisch sind normalerweise nicht nachtragend ... nicht, wenn es um etwas so Unschuldiges geht."

Dieser Vorfall hatte bei den Bauern viel Gelächter ausgelöst. Jedoch lachten sie nicht auf seine Kosten, obwohl er wusste, dass er in ihren Augen ein *Neuling* war. „Wir lachen nur *mit* dir, Philip", erinnerte sein Schwiegervater, Benjamin Zook, ihn gern. „Aber nicht *über dich.*"

„Hast du eigentlich je herausgefunden, warum Esra Lapp zur Amtseinführung des Präsidenten fahren wollte?", fragte Rachel schläfrig.

Er überlegte, ob er es erzählen sollte. Esra, sein Sohn und ein anderer Amisch aus dem nahe gelegenen Gordonville hofften, sie könnten zur Amtseinführung fahren. Aber nur, wenn ein Republikaner der neue Mann im Amt wäre. Sie setzten große Hoffnungen darauf, dass dann wieder Ehrlichkeit und Respekt in Amerika herrschen würden. „Unser Land verdient das", hatte Esra kürzlich gesagt. Er hoffte außerdem auf bessere Preise in der Landwirtschaft. Zu viele Bauern hatten im Laufe der letzten fünfundzwanzig Jahre die Landwirtschaft aufgegeben. Mehrere tausend Hektar wurden nicht mehr landwirtschaftlich genutzt. Eine traurige Situation.

Esra hatte Philip verraten, dass der Bauer aus Gordonville plante, ein Tagebuch über die Reise zu führen, falls sie nach Washington fahren sollten. „Fahre doch zu ihm hinüber und sprich mit ihm. Vielleicht unterhält er sich mit dir über Politik", grinste Esra.

Aber Philip hatte die Frage fallen gelassen. Er wollte abwarten, wie die Wahlen ausgingen, und dann sehen, welche Bauern tatsächlich nach Washington fuhren.

* * *

Am nächsten Morgen verabschiedete er sich von Rachel und ging, tief in Gedanken versunken, zu Fuß zu Johannes Zook. Er hatte von Außenstehenden gelesen, die sich verschiedenen konservativen Sekten angeschlossen hatten. Die Amisch bezeichneten solche Menschen als „Suchende". Immer gab es anscheinend ein paar Leute von der „alten Schule", die einen Neuankömmling mit Argwohn, ja sogar mit Skepsis beäugten. Im Laufe der letzten Tage hatte er gehört, dass Moses Raber Dinge sagte wie: „Philip muss sich mehr bemühen, wenn er sich wirklich in die Amischgemeinschaft einfügen will. Es ist nicht gut, dass er Verns Lieferwagen gefahren hat ... dass er hinter seinem Haus ein Auto stehen hat und wer weiß, was sonst noch alles."

Über diese Vorwürfe betrübt, hatte Philip seinen und Rachels amischen Pastor der Neuen Ordnung aufgesucht und ihn nach seiner Meinung zu dieser Angelegenheit gefragt. Am Ende des Gesprächs stand Philips Bitte, für ihn zu beten: „Gott möge ihn im Umgang mit Moses führen."

Der Pastor hatte vorgeschlagen, dass Philip Johannes Zook bald einen Besuch abstatten solle. Johannes war ein alteingesessenes und gottesfürchtiges Mitglied der Amisch der Alten Ordnung und dafür bekannt, dass er wenig redete und schnell im Vergeben war. Philip war jetzt unterwegs, um die Sache ins Reine zu bringen. Immerhin hatte sich der Vorfall auf Johannes' Grund zugetragen ... und Zook hatte den Wutausbruch von Vern und Moses selbst miterlebt.

Johannes arbeitete in seinem kleinen Holzschuppen hinter dem Hühnerhaus, als Philip eintraf. Die Werkstatttür stand offen. Philip bückte sich und steckte den Kopf durch den Türrahmen. Johannes lehnte an seiner Werkbank und hielt einen Becher Kaffee in der Hand.

„Guten Morgen."

Er blickte auf. „Guten Morgen. Wie geht's, Philip?"

„Ich dachte, ich komme einmal und rede mit dir." Er fragte sich, ob Johannes gehört hatte, welche Gerüchte im Umlauf waren. Er trat an die Werkbank, nahm ein paar Hobelspäne in die Hand und betrachtete sie nachdenklich.

„Was hast du auf dem Herzen?"

„Es geht das Gerücht um, ich sei ein Unruhestifter."

Johannes schüttelte den Kopf. „Moses redet zu viel ... er hat schon immer zu viel geredet."

„Er beobachtet mich wie ein Falke."

„Mach dir wegen Moses keine Gedanken. Du hast in der Hitze des Gefechts einen kleinen Fehler begangen", sagte Johannes mit einem langsamen Lächeln.

„Es tut mir so Leid." Philip ließ die Holzspäne auf die Werkbank fallen. „Da ist noch etwas." Der Futterlieferant ging ihm einfach nicht aus dem Kopf. Philip wollte mit Johannes alles ins Reine bringen.

„Sprich frei heraus."

„Hast du noch einmal etwas von Vern Eisenberger gehört?"

„Er ist nur sauer. Das ist alles." Johannes atmete hörbar ein. „Ehrlich gesagt: Vern ärgert sich mehr darüber, wenn ein Bauer seine Futtermarke wechselt, als über alles andere." Er schüttelte den Kopf. „Mit diesem Mann ist nicht gut Kirschen essen ... er lästert gern bei seinen englischen Kunden über uns Amisch."

Philip fragte sich, ob Vern vielleicht den Zeitungsbericht über das entlaufene Pferd vor einer Weile gelesen habe. Anscheinend hatte jeder in dieser Gegend die Geschichte gelesen. Denn noch Wochen nach dem Vorfall waren sogar Fremde auf ihn zugekommen und hatten ihn im Kolonialwarenladen oder sonstwo angehalten und ihm allerhand Fragen gestellt. Sie wollten wissen, ob er tatsächlich *der* Philip Bradley sei, dem Esra Lapps Pferd durchgegangen sei.

Vielleicht trug *das* zu Eisenbergers Zorn bei, überlegte er. Ein Name wie Bradley stach hier in der Gegend wie ein wunder Daumen in die Höhe. Sein Name war in konservativen Kreisen alles andere als üblich, wo Beiler, Lapp und Zook die häufigsten Familiennamen waren. Er hatte seinen Namen vorher nie als mögliches Problem gesehen. Rachel hatte gern seinen Namen angenommen, als sie heirateten und kein einziges Mal davon gesprochen, dass sie damit Schwierigkeiten bekommen könnten. Ihr kleiner Sohn, Gabriel Bradley, würde in der amischen Gesellschaft aufwachsen und höchstwahrscheinlich irgendwann ein amisches Mädchen kennen lernen und es heiraten und *ihm* seinen modernen Namen geben. So würde es von einer Generation zur nächsten weitergehen.

„Ich wünschte, ich hätte diesen Lieferwagen nie gesehen", sagte er traurig.

Johannes schlug ihm kräftig auf die Schulter. „Vergiss diesen Eisenbergervorfall doch einfach. Es ist sehr wichtig, dass du dir selbst vergibst. Und dass du lernst, über deine Fehler zu lachen. Ein gutes herzhaftes Lachen hin und wieder und ein Mensch lebt länger."

Philip gab ihm vollkommen Recht. „Aber wie kann ich die Sache mit Vern wieder gutmachen?"

„Das solltest du am besten den allmächtigen Gott fragen." Johannes richtete sich auf, trat an die Tür des Schuppens und schaute hinaus. „In der Heiligen Schrift heißt es bei Matthäus: ‚Lasst euer Licht leuchten vor den Menschen, damit sie eure guten Werke sehen und euren Vater im Himmel preisen.' Habe ich Recht?"

Philip nickte zustimmend und folgte Johannes aus dem Schuppen hinaus ins helle Sonnenlicht.

* * *

Sie kamen vor Tagesanbruch. Zu Fuß, in Einspännern und einige hoch zu Ross. Am letzten Sonntag war es in den Gemeinden in allen Bezirken dieser Gegend bekannt gegeben worden. Fünfundsiebzig Männer kamen mit ihrem Werkzeug und hatten ihre Arbeitsschürzen um den Bauch gebunden. Einige schleppten Bretter, Balken und Holzstifte an, um Zooks Scheune wieder aufzubauen. Frauen und Kinder kamen ebenfalls in Wägen, die mit Essen, heißem Kaffee und Eistee beladen waren.

„Obadiah weiß nie genau, wie viele Arbeiter an einem solchen Tag auftauchen", sagte Johannes zu Philip. „Er überlässt es Gott ... und dem Wetter."

Philip staunte über die vielen Frauen und jungen Kinder, die sich über das ganze Gelände verteilten. Irgendwo in der Masse der Zuschauer und Arbeiter saß seine Rachel und stillte seinen kleinen Sohn, Gabriel. Annie spielte zweifellos schon mit ihren Kusinen, Vettern und Freunden aus der Schule. Die Speisung der Fünftausend aus der Bibel kam ihm in den Sinn, während der Tag mit strahlendem Sonnenschein anbrach.

Zooks halbwüchsige Söhne hatten alle Hände voll zu tun, den Einspännerverkehr zu regeln. Sie banden Pferde an die Bäume, die die Straße säumten, tränkten sie und begrüßten viele Freunde, Verwandte und englische Bauern, die ebenfalls von dem Scheuenaufbau gehört hatten. Ein Bus kam angefahren und hielt am Straßenrand. Amische Männer aus den Nachbarbezirken Hickory Hollow und Summer Hill stiegen aus. Die Männer hatten Strohhüte, schwarze Hosen mit braunen Hosenträgern und langärmelige weiße Hemden an – einige hatten die Ärmel bereits hochgekrempelt. Jeder war auf einen langen Tag mit schwerer körperlicher Arbeit eingestellt.

Einige Tage zuvor hatten erfahrene Männer das alte Fundament renoviert. Die Balken und Pfosten waren ebenfalls vorher schon zugesägt worden, womit der Großteil der Arbeit bereits erledigt war, bevor der Arbeitseinsatz überhaupt begann. Ein großer Teil des Holzes war systematisch aufgestapelt und in der Reihenfolge, in der es gebraucht wurde, gekennzeichnet. Die Teile mussten nur noch so zusammengefügt werden, dass eine neue Scheune entstand – und das war mit viel Schweiß und harter Arbeit verbunden. Jeder einzelne Arbeitsschritt wurde von Hand erledigt, nur mit Hilfe von Werkzeugen wie Sägen und Bohrern. Ein Dieselgenerator lieferte die Energie.

Draußen auf den Wiesen begannen ältere Leute, in Reihen Klappstühle aufzustellen, wie Zuschauer bei einem Sportereignis. Autos reihten sich am Straßenrand. Sensationslüsterne Touristen schauten von der Straße aus zu, Fotografen mit gezückter Kamera tauchten auf. Eine große Scheune an einem einzigen Tag zu errichten, war ein Ereignis, das sich niemand entgehen lassen wollte.

Amische Kinder spielten auf Decken Dame, während andere kleine Geschwister in einem Wagen um den Hof zogen und gelegentlich eine Pause einlegten, um sich an der alten Brunnenpumpe etwas Kaltes zu trinken zu holen. Überall hörte man Gespräche im amischen Dialekt. Einige Bauern trafen sich seit Monaten oder gar Jahren zum ersten Mal wieder, je nachdem wer am letzten Scheunenaufbau teilgenommen hatte.

Obadiahs Assistent teilte, ohne viel Zeit zu verlieren, die Männer in Gruppen ein und wies jeder Gruppe eine konkrete Aufgabe zu. Philip war mit fünf Männern dafür verantwortlich, Bretter und Planken zu bearbeiten, die später den Rahmen der Scheune bilden würden. Moses Raber war der ältere Mann, der Philip anleiten sollte.

Sie gingen sofort an die Arbeit. Hin und wieder versuchte Philip,

Blickkontakt mit dem Zimmermann herzustellen, der sich so lautstark gegen ihn ausgesprochen hatte. Aber es war zwecklos. Offenbar war Moses immer noch verärgert. Er war Mitte Fünfzig und dabei nicht nur kräftig und in ausgezeichneter körperlicher Verfassung, sondern er überragte Philip und die anderen Männer in der Gruppe außerdem um Haupteslänge. Sein von tiefen Falten durchzogenes Gesicht war im Vergleich zu den rötlichen Gesichtern der Bauern blass. Dicke Schwielen und Narben waren auf den stark knöchrigen Händen des Mannes zu sehen. Außerdem war jedes seiner Fingergelenke geschwollen. *Moses leidet unter einer starken Arthritis*, dachte Philip, dem dieser Umstand vorher nie aufgefallen war.

Bei mehreren Gelegenheiten bot er an, beim Tragen eines Balkens zu helfen, damit weniger Gewicht auf Moses' Händen lasten würde. Der kantige Mann lehnte diese Hilfe jedoch kategorisch ab und brummte etwas in seinem amischen Dialekt.

Warum hatten Obadiah und sein Assistent die beiden in dieselbe Gruppe eingeteilt? Es mutete seltsam an. Aber Philip war entschlossen, die abwehrende Haltung seines Gegenübers zu überwinden. Irgendwie wollte er nicht zulassen, dass diese unübersehbare Kluft zwischen ihnen noch größer wurde. Er würde Moses zeigen, dass er wirklich zur Gemeinschaft gehörte.

Gegen sieben Uhr, als die Sonnenstrahlen über die Anhöhe und das Tal kamen, zogen mehrere Dutzend Männer an den Seilen und Balken, um den ersten Rahmen hochzuhieven. Der große Rahmen bestand aus langen Balken, die zu einem Balkenkreuz zusammengefügt waren, und erstreckte sich über die ganze Länge des Gebäudes – zwanzig auf dreißig Meter. Arbeiter mit nackten Füßen kletterten den Rahmen hinauf. Ihre Körper hingen wie Heuschrecken bedrohlich über den riesigen Rahmenteilen. Sorgfältig fügten sie jeden Teil des immer größer werdenden Rahmens Stück für Stück zusammen.

Gegen halb zehn unterbrachen die Männer ihre Arbeit für einen Imbiss. Philip stand in der Schlange an der Pumpe, um sich Hände und Gesicht zu waschen, während Moses in die andere Richtung steuerte. Mit gesenktem Kopf warf er einen Blick hinter sich auf

Philip. Offenbar trug Moses Philip etwas nach, obwohl Rachel erklärt hatte, dass „die Amisch normalerweise nicht nachtragend sind ..."

Normalerweise ...

Er fragte sich, ob es Moses wohl gelungen sei, andere in der Gemeinde gegen ihn aufzuwiegeln. „Führe dein Leben untadelig und in Gottesfurcht vor den Brüdern, egal was kommt", hatte Philips Pastor ihm geraten. Philip beabsichtigte, das auch weiterhin zu tun, egal, wie viele Fehler er als Neuling noch begehen würde. In der ersten Zeit, als er hierher gezogen war, war er sich ein wenig komisch vorgekommen, aber seine Frau hatte liebevoll und zärtlich sein Selbstvertrauen gestärkt, und auch ihre Eltern, Benjamin und Susanna Zook, ebenso Lavina Troyer. Die Amisch scherten nicht alles über einen Kamm, hatte man ihm gesagt. Sie konnten den Geist eines Scharlatans und den Geist eines aufrichtigen Menschen sehr wohl erkennen und voneinander unterscheiden. „Du meinst es von ganzem Herzen aufrichtig", sagte Rachel oft zu ihm. „Wenn dem nicht so wäre, würde meine Mutter dich schnell durchschauen!"

Sie lachten über diese Äußerung, aber Rachel hatte Recht. Seine Schwiegermutter konnte wirklich einen Heuchler aus einem Kilometer Entfernung erkennen.

Lustig, wie manche Leute waren. Als er, frisch aus dem College, eine Stelle als Reporter beim *Family Life Magazine* angetreten hatte, hatten ihm ehrgeizige Journalisten und ältere Redakteure anfangs das Gefühl gegeben, fehl am Platze zu sein. Sie hatten es natürlich nicht so gemeint. Es war einfach das Zusammengehörigkeitsgefühl, das eine Gruppe annimmt, wenn sie tagaus tagein zusammenarbeitet. Das führt, manchmal unabsichtlich, manchmal absichtlich, zu einer Cliquenmentalität, zu kindischem Denken nach dem Motto: „Ätsch, wir waren zuerst hier." Moses Raber erinnerte ihn sehr stark an jene ersten Wochen im Verlagsbüro in Manhattan.

Er wusste, dass er sich nicht darum bemühen *musste*, in Moses Rabers Gunst zu steigen. Was Philip jetzt fühlte, hatte nichts mit den Erwartungen der Amisch zu tun. Es war sein innerer Wunsch, die Intoleranz des älteren Mannes – falls das der Grund für Moses' abweisendes Verhalten war – zu übersehen und weiterhin auf ihn zuzugehen.

„Der Glaube schaut nach oben", hatte er kürzlich irgendwo gelesen. Traurigkeit schaut zurück zu dem, „was hätte sein können", und Sorgen schauen sich um, wo noch mehr Probleme sein könnten. Aber der Glaube sieht Aussichten für die Zukunft und geht voran.

* * *

Philip und die anderen in seiner Mannschaft ruhten sich noch einmal kurz aus, bevor später die große Pause kam, in der das Mittagessen serviert wurde. Sie hatten genug Bretter und Balken vorgearbeitet. In dieser Pause schlurfte Moses zu einem Baum am Rand des Hofes hinüber und setzte sich allein in den Schatten.

Soll ich jetzt zu ihm gehen?, überlegte Philip und bat Gott um Weisheit. Er wollte nicht auffallen und stand bei den anderen Männern aus seiner Gruppe und warf nur gelegentlich einen Blick in Moses' Richtung.

Hoch oben auf den Dachbalken stemmte die Dachmannschaft ihre nackten Füße gegen die breitesten Stellen und nagelte die Bretter für die Wände fest. Junge Burschen durchkämmten den Boden unter ihnen und hoben kleine Gegenstände wie Hämmer und Nägel, Holzstücke und hin und wieder einen Strohhut auf, den der Wind jemandem von seinem verschwitzten Kopf geweht hatte.

Obadiah und sein Assistent sorgten dafür, dass die Männer immer etwas zu arbeiten hatten, und verteilten ihre Anweisungen. Zwei ältere Jugendliche, die besonders geschickt auf den Beinen waren, kletterten über die Bretter und an den Seiten hinauf, um den Männern, die ganz oben an den Dachbalken arbeiteten, Obadiahs wichtige Anweisungen zu überbringen. Der Bau der neuen Scheune kam gut voran. Alles lief präzise wie ein Uhrwerk.

Philip und Moses machten sich nach der kurzen Atempause wieder gemeinsam an die Arbeit. Philip erinnerte sich an seine ersten Arbeiten beim Dachdecken, nachdem er sich hier angesiedelt hatte. Jene Tage und Wochen hatten sehr viel Ähnlichkeit mit dem heutigen

Tag. Auch damals hatte er an der Seite von älteren, erfahreneren Dachdeckern gearbeitet und das Handwerk erlernt, ohne dass viel gesprochen worden wäre. Langsam gewöhnte er sich daran, dass in der amischen Gemeinschaft die meisten Anweisungen ohne Worte erteilt wurden.

Ein Mann in seinem Alter wollte von Anfang an Verantwortung übernehmen, egal, wie umfangreich eine Aufgabe war. Die Stellung eines Neulings in der Gemeinschaft wurde davon bestimmt, was er leisten konnte. Wer schwer körperlich arbeiten konnte, wurde leichter in die Gemeinschaft der Brüder aufgenommen. Mit der Bereitschaft, schwer zu arbeiten, kam das Gefühl, gebraucht zu werden.

Die Zusammenarbeit mit Moses Raber war bis jetzt alles andere als eine angenehme Erfahrung. Der Zimmermann sprach wenig und wenn, dann nur in seinem amischen Dialekt, wie nicht anders zu erwarten war. Aber da Moses wusste, dass Philip noch nicht lange bei den Amisch war, hätte er vielleicht einen Schritt auf ihn zugehen und Englisch sprechen können.

„Wenn du es ernst meinst, dann lernst du unsere Sprache", sagte Moses an einer Stelle. „Wenn du wirklich ein Amisch sein willst."

„Ich meine es vollkommen ernst", beharrte Philip.

Moses hielt in seiner Arbeit inne und zog fest an seinem Bart. „Wenn du unsere Sprache beherrschst, werden wir *alle* wissen, dass du einer von uns bist", sagte er.

Vern Eisenberger und der „geborgte" Lieferwagen wurden mit keiner Silbe erwähnt, aber Philip verstand ganz genau, was Moses ihm zu verstehen geben wollte.

* * *

Zur Mittagszeit stellten die Männer ihre Arbeit komplett ein, setzten sich an lange Tische auf die Kirchenbänke und aßen in mehreren Schichten nacheinander. Philip und seine Gruppe aßen in der „zweiten Schicht". Es gab genug Essen für dreihundert oder mehr Männer und ihre Familien. Große Töpfe mit Makkaroni wurden gekocht, während die ersten Mannschaften Hackbraten und Nudeln, Kirschgrütze und Dattelpudding aßen. Es gab mehrere Strudel und eine Vielzahl weiterer Nachspeisen.

Erst wenn alle Männer mit dem Essen fertig waren und wieder an die Arbeit gingen, setzten sich die Frauen und Kinder und aßen ihrerseits zu Mittag. Ein solcher Tag war keine Gelegenheit, um neue Rezepte auszuprobieren. Der Speiseplan wurde sorgfältig erstellt und von mehreren Verwandten und Freundinnen überwacht, von denen jede bestimmte Dinge mitbrachte wie unzählige Schüsseln Dattelpudding oder Dutzende Bratpfannen mit Hackbraten.

Nach dem Essen setzte sich Moses wieder unter denselben schattigen Baum. Er sah erschöpft aus und rieb sich mit den Händen das Gesicht. Dann begann er, sich langsam mit seinem Strohhut Luft zuzufächern.

Philip überlegte, dass jetzt vielleicht die richtige Gelegenheit sein könnte, um auf ihn zuzugehen. Er lief an einem Busch vorbei und blickte zu dem Mann hinunter, der unter dem Baum ein wenig Schutz vor der Sonne suchte. „Entschuldige bitte, Moses. Kann ich kurz mit dir sprechen?"

„Worte sind leicht gesagt", kam die abweisende Antwort.

Philip ging in die Hocke, bis er auf Augenhöhe mit dem Mann war. „Ich glaube, ich weiß, warum du dich über mich so aufregst."

„So, wirklich?"

Er schwieg. Es war kein Durchkommen bei diesem missmutigen Mann. „Du musst wissen, dass ich mich nur aus einem einzigen Grund hinter das Lenkrad dieses Lieferwagens gesetzt habe", sagte er. „Ich wollte helfen, Zooks Scheune zu retten."

„Du hättest dir so etwas Schwerwiegendes besser überlegen müssen." Moses riss einen langen, dicken Grashalm aus und starrte ihn an. „Es kann nie schaden, wenn man erst denkt, bevor man handelt. Das sollte eigentlich jeder wissen."

Jeder...

Dieser Mann ließ sich nicht erweichen. Das sah Philip. Trotzdem unternahm er noch einen letzten Versuch. „Einige glauben vielleicht, ich wäre nur für kurze Zeit hier. Aber die Sache ist die: Mit Gottes

Hilfe werde ich, wenn ich so alt bin wie du oder noch älter, immer noch hier sein und dem Herrn und meinen Nächsten als Christ helfen, und zwar hier in Bird-in-Hand."

„Sag doch, was du willst", entgegnete Moses.

„Ich sage, was ich *glaube*. Der Herr hat mich von der Eitelkeit dieser Welt befreit, wie es im Galaterbrief heißt. Ich habe diesem armseligen Leben den Rücken zugewandt, um Jesus Christus nachzufolgen." Er schwieg kurz und bemerkte, dass Moses der Grashalm aus seinen verkrüppelten Fingern geglitten und auf sein Hosenbein gefallen war.

Unabsichtlich hatte Philip mit seiner Erklärung etwas ausgelöst. Moses schien registriert zu haben, was er gesagt hatte. Der Mann stand mit einem leisen Knurren auf und nickte. Er begrüßte Philip nicht plötzlich in der Gemeinschaft. Nichts dergleichen. Aber Moses murmelte eine halbherzige Anerkennung. „Wenn du es wirklich ernst meinst ... und einer von uns werden willst ..., dann musst du lernen, unsere Sprache zu sprechen."

Da war es wieder, dieses Beharren darauf, dass Philip den amischen Dialekt sprechen lernen sollte. „Ich *verstehe* eure Sprache ziemlich gut", sagte er. Das verdankte er der Tatsache, dass Rachel und Annie zu Hause fast nur so sprachen.

„*Awwer kannscht du deitsch schwetze?* Aber kannst du deutsch sprechen", fragte Moses offen heraus. „Ich habe dich noch nie sprechen hören."

„*En bissel* – ein bisschen", antwortete Philip ernst. Er hatte oft daran gedacht, dass Rachel ihm beim Erlernen ihrer Sprache helfen könnte. Er würde sich jetzt noch stärker darum bemühen, wenn das Moses und manch andere in der Gemeinde von seinen aufrichtigen Absichten überzeugte. „Bis Weihnachten spreche ich deutsch."

Moses drückte sich den Hut auf den Kopf. Ein Anflug von einem Lächeln zog über sein faltiges Gesicht. Als es Zeit wurde, wieder zu ihrer Arbeitsgruppe zurückzukehren, ging Philip Seite an Seite mit Moses auf den Hof zurück.

* * *

Es war spät am Nachmittag. Mehrere Jungen trugen Eimer mit Trinkwasser zu den Arbeitern. Philip freute sich über eine kalte Erfrischung. Der Tag war ungewöhnlich warm; eine angenehme Überraschung so spät im Herbst. Ihre Arbeit war schweißtreibend, und sie mussten viel trinken, um den Flüssigkeitsverlust in ihrem Körper auszugleichen.

Während Moses aus der Kelle trank, glitt sie ihm aus seiner entstellten Hand. Philip fing sie in Sekundenschnelle auf und half ihm. Er hielt dem Mann die Kelle mit ruhiger Hand hin.

... Einen Schluck kaltes Wasser in meinem Namen ... Diese Worte Jesu gingen ihm durch den Kopf.

Die Blicke der zwei Männer begegneten sich. Es fielen keine Worte, aber Philip hatte das Gefühl, zwischen ihm und dem Mann, der mit seiner Meinung nicht hinter dem Berg hielt, sei eine gemeinsame Ebene gefunden worden.

* * *

Vor Einbruch der Nacht war die Scheune fertig. Nachbarn, Zuschauer und auch die Arbeiter und ihre Familien begaben sich auf den Heimweg. Sie gingen, wie sie gekommen waren. Einige erstaunt darüber, dass Amisch und Engländer in einer solchen Harmonie Seite an Seite arbeiten konnten. Es war ein außergewöhnlicher Tag und eine ungewöhnliche Erfahrung für alle Beteiligten gewesen.

Philip sammelte sein Werkzeug zusammen und ging Rachel, Annie und Gabriel suchen.

Johannes Zook und seine Frau, Rebekka, standen neben der neuen Scheune und sprachen ein Segensgebet. Ihre Söhne und Töchter und Großvater Zook standen ebenfalls neben ihnen. „Wir haben so vieles, für das wir dankbar sein dürfen", sagte Johannes mit gebeugtem Haupt. „Gott hat uns mit freundlichen, hilfsbereiten Nachbarn und Freunden gesegnet. Wir wollen dem Herrn immer für seine Fürsorge und seine Gnade danken."

„So sei es", sagte Großvater Zook.

„Amen", sagte Johannes Zook.

Als sie wieder zu Hause waren, erzählte Philip Rachel von seinen Erfahrungen bei dem Arbeitseinsatz, während sie kalten Braten zum Abendessen auftischte.

Sie nickte. „Wenn man an einem Tag wie heute zusammenarbeitet, kommt bei zwei Menschen entweder das Beste oder das Schlimmste zutage."

„Das stimmt." Er erzählte ihr einiges, das zum „Besten" gehörte.

„Wir unterstehen einem höheren Herrn." Rachels Augen leuchteten.

Er hielt sie von hinten fest, drehte sie zu sich herum und zog sie zärtlich an sich. „Hilfst du mir, deine Sprache zu sprechen?", flüsterte er.

Sie grinste. „Will mein Mann dann auch lernen, ein Pferd und einen Einspänner zu lenken?"

* * *

Eine Woche später bemerkte Philip auf dem Weg zu Lavinas Bruder, dem er auf dem Hof helfen wollte, ein Auto, das mit offener Motorhaube am Straßenrand stand. Drei Männer, von denen keiner ein Amisch war, beugten sich über den Motor und berührten ihn fast mit der Nase.

„Kann ich irgendwie helfen?", rief er ihnen zu.

Vern Eisenberger drehte sich um. Überrascht stellte Philip fest, dass das Auto, das vor ihm stand, der berüchtigte blaue Lieferwagen war. „Na, ist das etwa der nicht ganz so amische Amisch?", spottete Vern an seine Freunde gewandt.

Philip schmunzelte leise. *Lass dein Licht vor den Menschen leuchten* ... „Wo ist das Problem?", fragte er und trat näher, um mit den anderen einen Blick auf den Motor zu werfen.

„Das wissen wir nicht so genau", sagte einer.

Vern meinte: „Es könnte der Keilriemen sein."

Offenbar wollte Vern nur ungern zugeben, dass er nicht allzu viel von Autos verstand. Das begriff Philip sofort. „Stört es Sie, wenn ich auch einen Blick darauf werfe?"

Vern gab ein ungläubiges Knurren von sich und warf einen Seitenblick auf seine Bekannten.

Binnen kürzester Zeit erkannte Philip, wo das Problem lag, und hatte es mit ein paar Handgriffen behoben. Als er die erstaunt hochgezogenen Augenbrauen der Männer sah, als der Lieferwagen wieder ansprang, erklärte er kurz: „Ich bin früher viel Auto gefahren ... und habe meine Autos auch selbst repariert, als ich in New York City wohnte ... bevor ich amisch wurde. Ich war damals weit weg von Gott."

„Das erklärt endlich, warum Sie kürzlich Auto gefahren sind, aber andererseits auch wieder nicht", sagte Vern und beäugte mit einem skeptischen Grinsen Philips äußere Erscheinung. „*Sie* waren früher nicht amisch?" Er glaubte ihm kein Wort.

„Ich war Journalist ... und habe in einem Wolkenkratzer in Manhattan gearbeitet." Philip war nicht stolz darauf. Er wollte lediglich die Sachlage klarstellen.

Darauf brach Vern in schallendes Gelächter aus. Er schloss die Motorhaube seines Lieferwagens mit einem lauten Krachen. „Und nebenbei sind Sie rund um die Welt gereist, nehme ich an?"

„Ich habe mich nie dafür entschuldigt, dass ich mir Ihren Lieferwagen ausgeliehen habe, nicht wahr?"

Vern schüttelte den Kopf. „Für einen Amisch ist das sehr ungewöhnlich."

„Dann will ich es jetzt nachholen." Philip entschuldigte sich höflich und sagte: „Es war falsch von mir. Können Sie mir verzeihen?"

Verns Gesicht lief rot an. „Ach, wer weiß. Unter den gegebenen Umständen hätte ich vielleicht das Gleiche getan."

Philip wandte sich zum Gehen. „Einen schönen Tag noch ... Ihnen und Ihren Freunden."

„Warten Sie noch eine Minute", rief Vern ihm nach. „Wie viel Einfluss haben Sie auf Johannes Zook?"

Philip verstand nicht, worauf er hinaus wollte. „Wie meinen Sie das?"

„Ich finde, Zook sollte es sich noch einmal genau überlegen, ehe er seine Futtermarke wechselt."

„Das müssen Sie schon mit ihm ausmachen."

„Ich denke, ich fahre jetzt einfach zu ihm hinüber und unterbreite ihm ein gutes Angebot. Was halten Sie davon?" Vern reichte ihm die Hand, und Philip schlug ein. „Danke, äh, Mr. ..."

„Nennen Sie mich einfach Philip."

„Einverstanden, Sie Mann aus der großen Stadt." Vern grinste ihn an, stieg in seinen blauen Lieferwagen und fuhr davon.

Philip war froh, dass er zu Fuß unterwegs war und sich nicht über Autoreparaturen den Kopf zerbrechen musste. Er war außerdem dankbar für die Stille auf der Straße und die Gelegenheit, die amische Sprache zu üben. Seine Zeit in der Großstadt lag lange zurück. Er bat um Segen für diesen Tag und marschierte unter dem weiten, blauen Himmel die Straße entlang.

9. Eine gute Tasse Tee

Wie kostbar sind kleine Taten der Liebe und des Mitgefühls.
Wie segensreich, wie leicht zu tun, wie angenehm in der Erinnerung.

Louisa May Alcott

Ach, es ist doch immer die gleiche Geschichte. Jedes Mal, wenn ich
Mama nach einem ihrer köstlichen Rezepte frage (eines dieser
Rezepte, die in keinem Kochbuch stehen), fängt sie an, eine lange
Liste mit Zutaten aufzuzählen. Sie durchsetzt sie mit Bemerkungen
wie: „Mische eine Hand voll gehackter Zwiebeln darunter, je nach
ihrer Größe, und rühre eine großzügige Menge getrockneter
Sellerieblätter darunter" oder „gib einen Schuss Mayonnaise in der
Größe von einem Ei dazu."

Ich unterbreche sie immer wieder und bemühe mich, alles schnell
aufzuschreiben, damit ich es mir für immer merken kann.

„Nein, nein, Rachel." Mamas Augen leuchteten. „Du darfst nicht
so sehr auf das Rezept achten ... nicht so sehr auf die *Worte.*"

„Worauf denn dann?"

„Kochen und Backen hängt von so vielen Dingen ab, wie zum
Beispiel davon, wie warm oder kalt deine Küche ist", sprach sie
weiter. „Und von welcher Qualität die Zutaten sind. Und in welcher
Stimmung die Köchin ist, weißt du."

Mir ist das alles sehr deutlich bewusst. Immerhin habe ich den
kreativen Vorgang der Essenzubereitung viele hundert Mal erlebt,
als ich in einem Haushalt der Alten Ordnung aufwuchs. Trotzdem
ist es mir zur Zeit wichtig, solche Köstlichkeiten wie *Lattwarick*
(Apfelbutter), *Siesseraahmkuche* (Schlagrahmkuchen) und andere
jahrhundertealte Rezepte schriftlich festzuhalten.

Jetzt, da ich auf dem besten Weg bin, ein Haus voller Kinder zu
bekommen – das dritte ist unterwegs – und für Philip kochen will,
der nach einem langen Tag auf dem Feld einen recht kräftigen Appetit
hat, habe ich in der Küche viel zu tun. Manchmal gesellen sich auch
Lavina Troyer und Adele Herr, die mit Lavina drüben im

Großvaterhaus wohnt, zum Abendessen zu uns. Wenn man die zwei Frauen reden hört, könnte man meinen, sie wüssten von meinem Bestreben, die Rezepte der Amisch aufzuschreiben. Lavina sagte neulich aus heiterem Himmel auf ihre schlichte Art: „Unsere Rezepte müssen genauso weitergegeben werden wie die Ordnung." (Die Ordnung ist der ungeschriebene Verhaltenskodex der Amisch.) „Sie sind nirgends aufgeschrieben ... die Amisch kennen sie einfach. Das ist alles", sagte Lavina und strahlte über ihr dünnes Gesicht.

Natürlich hat sie Recht. Es gibt viele andere Dinge, die nicht für die Nachwelt aufgeschrieben werden, und sie werden trotzdem von einer Generation an die andere weitergegeben. Aber ohne viele Worte. Nehmen wir zum Beispiel das Quiltnähen. Ich könnte meiner Tochter, Annie, ein paar Stoffstücke zum Nähen geben und auch einer ihrer Kusinen ein paar Stücke geben. Ehe man sich versieht, näht Annie ein „Neunermuster" und ihre Kusine einen „Diamant". Die gleichen Stoffstücke ergeben zwei völlig verschiedene Muster, die unterschiedlicher nicht sein könnten.

Niemand hier schreibt auf, wie eine Quiltdecke genäht werden muss, um diese Kunst an Töchter und Enkeltöchter weiterzugeben. Ebensowenig geschieht das beim Pflügen und Pflanzen. Amische junge Leute *wissen* es einfach, indem sie zuhören und zuschauen, was ihre Eltern machen. Es ist ein „Verstehen", wie ein Pastor es formulierte. Sie saugen es mit der Muttermilch ein.

Die Amisch geben die Melodien der Lieder weiter, die im Gottesdienst aus dem Ausbund gesungen werden. In diesem amischen Gesangbuch stehen keine Noten, nur der Text. Eines Tages lehren wir unsere jungen Männer, wie man eine Scheune baut, eine Arbeit, bei der nicht viele Worte gemacht werden. Das Wissen wird von erfahrenen älteren Männern an die Jüngeren weitergegeben. Die Jüngeren schauen einfach zu, wie die Alten es machen, genauso wie mein Philip neulich beim Aufstellen der Scheune.

Aber um zu den wunderbaren Rezepten zurückzukommen, die ich für die nächste Generation gern erhalten würde: Neulich hatte ich eine seltene Gelegenheit, am frühen Nachmittag aus dem Haus zu kommen. Lavina machte es nichts aus, auf den schlafenden

Gabriel aufzupassen, und Annie war noch in der Schule. Solange ich frei hatte – wenn auch nur für kurze Zeit – fuhr ich meine Mutter im Gästehaus am Obstgarten besuchen, in dem Philip früher einmal ein Zimmer gemietet hatte. Damals hatte er als Journalist den Auftrag, eine Geschichte über amische Weihnachtsbräuche zu schreiben.

Ich fuhr mit der Absicht zu meiner Mutter, sie zu bitten, mir ihr Rezept für Fleischklößchensuppe zu geben und, falls sie genug Zeit hätte, mir noch ein paar weitere Rezepte zu diktieren. Ich war noch keine halbe Minute im Haus, als sie sich bei mir unterhakte und mich in die Küche führte, wo sie darauf bestand, dass wir eine Tasse süßen Kamillentee tranken und ein paar dünne, leichte Sandtörtchen aßen, die noch ofenwarm waren.

Ich setzte mich gern und trank mit meiner Mutter Tee. Obwohl sie und Papa keine drei Kilometer von Philip und mir entfernt wohnen, hat Mama nicht oft Gelegenheit, aus dem Haus zu kommen. Sie führt eine Pension, in der reger Gästebetrieb herrscht. Besonders in der Hauptsaison ist ihr Haus ständig ausgebucht, im Herbst, wenn das Laub bunt wird. Nach den dunklen Ringen um ihre normalerweise strahlenden Augen zu urteilen, brauchte Mama dringend ein bisschen Ruhe.

„Was würdest du davon halten, wenn ich ein paar deiner guten Rezepte aufschreibe?", fragte ich, als ich mich in ihre sonnendurchflutete Küche setzte.

„Philip hat doch nicht die Absicht, sie in seine Geschichtensammlung aufzunehmen, hoffe ich?"

Ich biss mir auf die Zunge. Wie in aller Welt kam sie auf eine solche Idee? „Mama ..."

„Ich will nicht, dass Leute mit meinen Rezepten reich werden. Sie sind schon in unserer Familie, seit deine Ururururgroßmutter aus der Schweiz hierher kam."

„Aber, Mama, die Rezepte sind nicht für Philip", versicherte ich ihr. „*Ich* will sie. Und eines Tages wird auch Annie sie wollen, wenn sie erwachsen ist und für *ihre* Familie kocht und backt."

Meine Mutter verschränkte die Arme vor der Brust und lehnte

sich an die Arbeitsplatte. Sie starrte mich forschend an. „Ehrlich, Rachel?"

Sie wusste, dass ich nicht lügen würde. „Ich will nicht, dass deine Rezepte ..." Ich war klug genug, nicht zu sagen: *mit dir sterben, Mama.* Obwohl ich genau das dachte. „Es wäre einfach furchtbar, wenn sie im Laufe der Jahre verloren gingen, weißt du."

Mamas Augenlider zuckten ein wenig, während sie immer noch dastand und sich wahrscheinlich meine Bitte durch den Kopf gehen ließ. Ohne ein Wort zu sagen, kam sie dann und setzte sich mir gegenüber an den Tisch. Aus ihren Augen sprach immer noch eine Spur Zweifel.

„Es ist in Ordnung", vergewisserte ich ihr noch einmal. „Sie bleiben in der Familie."

„Philip wird nicht kommen und ein amisches Kochbuch herausbringen und dann steinreich damit werden?"

„Nein, Mama ... es ist nur für mich." Ich fragte mich, warum sie sich überhaupt den Kopf darüber zerbrach, dass Philip zusätzliches Geld verdienen könnte. Die Artikel und Geschichten, die mein Mann schrieb, brachten bei weitem nicht das Geld ein, das er früher verdient hatte, als er für eine New Yorker Zeitschrift gearbeitet hatte. Nein, er hatte ein Leben im Wohlstand aufgegeben, um mich zu heiraten und sich unserer Kirche hier anzuschließen.

Ich schaute Mama immer noch an und fragte mich, was ihr im Moment so starkes Kopfzerbrechen bereitete. Hatten sie und mein Vater Geldsorgen? Wohl kaum. Ich wusste genau, wie viel sie für ein Zimmer mit Bad für eine Nacht verlangten ... und auch bekamen. Es gab immer genügend Touristen, die es nicht erwarten konnten, in einer „echten" amischen Pension zu übernachten. Gut sieben Monate im Jahr waren sie ausgebucht. Nein, das konnte nicht der Grund für ihre Sorgenfalten sein.

„Noch Tee?", fragte sie und stand auf, bevor ich überhaupt antworten konnte.

„Ja, ein bisschen."

„Hast du Papier und Bleistift mitgebracht?" Mama schien ihre Frage an die Wand zu richten. Sie wartete nicht auf meine Antwort.

„Benjamin denkt daran, die Pension zu verkaufen, dieses Haus und alles."

„Ist ... ist Papa denn krank?" In meinem Magen verkrampfte sich alles.

„Nur müde, glaube ich. Obwohl es ja nicht so ist, dass er die meiste Arbeit hier tut."

Ich konnte sehen, dass meine Mutter mehr als nur ein bisschen aufgebracht war. Ihr vorgeschobenes Kinn und ihre finstere Miene verrieten das sehr deutlich. Der eigensinnige Blick in ihren Augen erinnerte mich an den Tag vor vielen Jahren, an dem ich ihr eröffnete, dass Jakob Yoder und ich heiraten wollten. Jakob hatte sich damals gerade den amischen Mennoniten angeschlossen. Einige Jahre später wurde er bei einem Unfall mit dem Einspänner getötet. Mit ihm starb an jenem traurigen Sommertag auch unser kleiner Sohn.

Es war unübersehbar, dass Mama nicht besonders glücklich darüber war, alles zu verkaufen und sich zur Ruhe zu setzen. Genauso wie es ihr damals nicht gefallen hatte, dass ich einen Mann außerhalb unseres Gemeindebezirks heiraten wollte. Sie hatte damals alles versucht, um dem Ganzen Einhalt zu gebieten, womit sie bei Jakob jedoch auf Granit gebissen hatte. Sie war eine starke Frau, die mit ihrer Meinung nicht hinter dem Berg hielt. Sie war bei weitem nicht so unterwürfig wie viele andere Frauen in der Gemeinde.

„Wann will Papa denn die Pension verkaufen?", fragte ich schließlich.

„Sobald er einen Immobilienmakler findet, der alles schätzt und einen Käufer sucht, nehme ich an."

Ich seufzte. War es nicht erst gestern gewesen, als sie alles packten und den Familienhof verließen, auf dem ich in meiner Kindheit zu Hause gewesen war, und alles meinem Bruder und seiner Frau überließen? Sie waren in dieses geräumige, zweistöckige Haus gezogen und hatten das Schild „Gästehaus am Obstgarten" aufgestellt, um Touristen auf sich aufmerksam zu machen.

„Wo werdet ihr dann wohnen?", fragte ich.

„In unserem eigenen Großvaterhaus, wenn es nach deinem Vater geht."

Zurück auf den Bauernhof, dachte ich.

„Bist du sicher, dass Papa das wirklich will?"

Mama runzelte die Stirn. „Ich würde es dir nicht erzählen, wenn es anders wäre. Glaube mir: Ich habe viele Tränen geweint ... und auch gebetet."

Ich freute mich, Letzteres zu hören. „Beten hilft, Mama. Sprich mit dem Herrn über deine Angst."

„Wer hat denn etwas von Angst gesagt?" Sie kam und schenkte mir noch einen Tee ein. Dabei zitterte sie und verschüttete ein wenig in die Untertasse.

Ich wusste, ich sollte meine Meinung für mich behalten. Es tat weh, mit anzusehen, dass Mama so sehr litt. „Vielleicht ist es der Herbst, der Papa auf solche Gedanken bringt", ergriff ich das Wort. „Der Winter kommt sehr bald. Könnte das nicht der Grund sein?"

„Der Winter und sein Alter, um es so hart auszudrücken." Mama trug den Teekessel zurück und stellte ihn wieder auf die Herdplatte. „Dein Vater ist viel älter als ich ... Wenigstens innerlich. Wenn du weißt, was ich meine."

„Ja." Ich hatte es die ganze Zeit gespürt, als Annie und ich bei ihnen wohnten. Damals, nachdem Jakob und unser kleiner Aaron bei jenem Unfall ums Leben kamen. Etwas war in Benjamin Zook an dem Tag gestorben, an dem sein lebenslustiger Enkel in zwei Meter Tiefe beerdigt worden war. Genauso wie auch ein Teil von mir gestorben war.

„Papa trauert doch nicht immer noch, oder?", fragte ich vorsichtig.

„Ach, nicht mehr so viel." Sie trat ans Fenster und schaute hinaus. „Ehrlich gesagt, glaube ich, er ist lebenssatt. Wahrscheinlich kommen wir alle irgendwann an diesen Punkt. Früher oder später."

„Fügst du dich seinen Plänen?", wollte ich wissen.

Sie drehte sich um und lächelte. „Du kennst mich gut, Rachel. Ich muss dir eines sagen ..." Sie stützte sich auf das Fensterbrett. „Ich habe es aufgegeben, mich über alles so aufzuregen. Das Leben ist zu kurz, um darauf zu beharren, dass ich immer meinen Kopf durchsetze. Das bringt nur ständig Schwierigkeiten."

Ich vermutete, dass sie, als sie vor einiger Zeit Jesus Christus als ihren persönlichen Herrn und Erlöser kennen lernte, dadurch von innen heraus verändert wurde. Sie hatte der Sehnsucht in ihrem Herzen nach einer Beziehung zu Gott nachgegeben. Ja, Mama war viel weicher geworden, konnte man sagen. Wenigstens meistens.

„Ich werde für dich beten ... wegen dieser Sache", sagte ich leise. Ihre Augen glänzten jetzt feucht. Sie nickte nur. Sie konnte nichts sagen.

„Gott weiß, wo deine Zukunft ... und Papas Zukunft ... sein soll." Sie zog einen Küchenstuhl heraus und setzte sich dieses Mal neben mich. Wir lächelten einander schweigend an. Mit zitternder Unterlippe griff sie nach ihrer Teetasse.

Ich nahm noch ein Sandtörtchen und staunte darüber, wie köstlich und dünn es war. *Meine* waren nie so perfekt. „*Dieses* Rezept muss ich auch haben." Ich erklärte ihr, dass ich zwar schon seit Jahren Sandtörtchen backte, aber einem Vergleich mit ihren könnten sie nicht standhalten.

Leise begann sie, die Zutaten aufzuzählen – und erklärte, was sie tat und wie sie es tat – einfach alles. Kein einziges Mal beschwerte sie sich oder hinderte mich daran, mir Notizen zu machen. Dieses Mal nicht. Meine Feder kratzte über das Papier, wie ein Huhn, das in der guten, sauberen Erde scharrt. Ich war so froh über diesen Besuch. Mamas Bereitschaft, mir ihre Rezepte zu verraten ... ihre Offenheit, mir ihr Herz auszuschütten. Wir beide hatten einen weiten Weg zurückgelegt, gemeinsam *und* unabhängig voneinander. Ich konnte nur hoffen und beten, dass Annie und ich auch eine solche gute Mutter-Tochter-Beziehung haben würden, wenn sie eines Tages erwachsen und verheiratet war.

Ja, so hatte ich mir das immer gewünscht. Hier zu sitzen, während die Sonnenstrahlen um uns tanzten und draußen die knisternden bunten Blätter still von den Bäumen fielen und Mama mir ein Familienrezept nach dem anderen diktierte.

Als nicht zu übersehen war, dass sie zu müde war, um noch weiterzumachen, ging ich meinen Vater suchen.

Ich fand ihn im Salon. Die Jalousien waren nach unten gezogen. „Trinkst du mit uns einen Nachmittagstee?", fragte ich ihn.

Er lächelte zustimmend. Mit einem leichten Seufzen stand er von seinem Sessel auf, kam mit mir und gesellte sich zu uns in die lichtdurchflutete Küche. Dort bot ich ihm einige von Mamas wunderbaren Sandtörtchen an und goss ihm eine Tasse Kamillentee mit Honig ein.

Teil 3

Grasshopper Level

Viele Hektar reiches Ackerland erstrecken sich ins Tal hinab. Ein wunderschöner Anblick, so weit das Auge reicht. Und ein verheißungsvolles Panorama. Die Blätter an den Eichen strahlten in Gold- und Bronzetönen. Die Ahornblätter waren in leuchtendes Rot getaucht. Die stämmigen Ahornzweige ragten über die Straße ...

aus *Die Erlösung der Sarah Cain*

10. Lydia Cottrells Verlobung

Mein Freund ist mein, und ich bin sein ...
Hoheslied Salomos 6,3

Lydia liebte Levi King von ganzem Herzen. Aber in letzter Zeit hatte es Tage gegeben, in denen Lydia sich ehrlich fragte, ob sie die richtige Frau für Levi sei. Außerdem mussten sich ihre jüngeren Geschwister – Caleb, Anna Mae, Josiah und Hannah – immer noch daran gewöhnen, dass Tante Sarah zu ihnen ins Haus gezogen und ihre neue Mama geworden war. Ganz zu schweigen davon, dass Onkel Bryan fast über Nacht ihre neue Vaterfigur geworden war, nachdem er erst im Mai die moderne „englische" Schwester ihrer verstorbenen Mama, Sarah Cain, geheiratet hatte.

Was sollte nur aus ihnen werden, wenn sie Levi im nächsten Monat heiratete und ihre Geschwister verließ, die sie so sehr liebte und um die sie sich gekümmert hatte, seit ihre Mutter in den Himmel gegangen war? *Werden sie sich im Stich gelassen fühlen?*, fragte sie sich oft. Sie lag nachts manchmal noch lange wach, wenn Tante Sarah und Onkel Bryan schon die Lichter ausgeschaltet hatten und zu Bett gegangen waren. Manchmal starrte sie auf das Fenster am anderen Ende ihres Schlafzimmers und zerbrach sich über die Zukunft ihrer Geschwister den Kopf. Und sie dachte auch über ihre eigene Zukunft nach.

Seit ungefähr einem Monat war ihre siebenjährige Schwester Hannah ziemlich unsicher. Richtig anhänglich war sie geworden. Es war nicht so, dass Hannah Tante Sarah nicht mochte; Lydia glaubte nicht, dass hier das Problem lag. Hannahs Unsicherheit hatte mehr damit zu tun, dass so oft von Lydias Hochzeit mit Levi die Rede war.

Erst letzte Woche hatten Lydia und Tante Sarah miteinander das Geschirr abgetrocknet und sich beiläufig über das Hochzeitsmenü unterhalten, als – ohne dass eine der beiden Frauen es bemerkt hätte – Hannah im Türrahmen stand und jedes ihrer Worte hörte.

Lydia erblickte ihre jüngste Schwester und sah sofort, dass sie die Unterlippe traurig vorgeschoben hatte. „Ja, was ist denn das?", fragte sie, trat zu Hannah und ging neben ihr in die Hocke.

Hannah sagte nichts. Schweigend vergrub sie den Kopf an Lydias Schulter und klammerte sich ganz fest an sie. Später an diesem Abend hatte Hannah darauf bestanden, dass Lydia sie ins Bett bringe, und ihr zugeflüstert, dass Lydia nicht von zu Hause ausziehen solle, um „diesen Levi King" zu heiraten.

„Dir wird es hier bei Tante Sarah und Onkel Bryan bestens gehen. Sie haben dich sehr lieb", hatte sie versucht, Hannah ihre Ängste zu nehmen. Hannahs Kopf lag auf dem kleinen Kopfkissen und ihre dünnen Arme hingen schwach auf der Decke. „Caleb, Josiah und Anna Mae sind doch auch bei dir. Vergiss das nicht."

Egal, was Lydia sagte oder tat, um ihre Schwester zu beruhigen, das kleine Mädchen blieb untröstlich. Je trauriger Hannah wurde, umso schwerer war es für Lydia, ihre Verlobungszeit zu genießen. Wenn sie ehrlich war, musste sie zugeben, dass nicht nur Hannah sich wegen Lydias bevorstehender Hochzeit Sorgen machte. Lydia kämpfte selbst auch mit Ängsten und Sorgen, wenn auch auf ganz andere Art.

Als sie mit ihrer besten Freundin über alles reden wollte, schien Fannie sie überhaupt nicht zu verstehen. „Das klingt ganz so, als bekämst du kalte Füße", sagte Fannie. Das war ihr ganzer Kommentar. Und das, nachdem Lydia so weit gegangen war, Fannie ihre geheimsten Ängste zu verraten, weil sie das Gefühl hatte, sich jemandem anvertrauen zu müssen, da sie sonst platzen würde.

Sie waren spazieren gegangen und hatten den würzigen Herbstduft eingeatmet, der von der Erde aufstieg und in der Luft lag. Grasshopper Level – die Gegend, in der Lydias Elternhaus stand – leuchtete in dieser Jahreszeit in einer ganz besonderen Farbenpracht. Das war ihr schon aufgefallen, als sie noch viel jünger gewesen war. Zehn oder elf Jahre ungefähr. Damals, als Mama noch lebte und gesund war und am Morgen die Kinder gern zum Schulhaus begleitet hatte. In die Schule an der Peach Lane. Dasselbe Schulhaus, in dem Lydia jetzt selbst Lehrerin war.

Das würde sich natürlich alles bald ändern, da die Amisch jungen Frauen nicht erlaubten, weiterhin zu unterrichten, sobald sie verheiratet waren. Dahinter steckte der Gedanke, dass die junge Ehefrau sich so bald wie möglich auf ihren Mann, ihren Haushalt und ihre Kinder konzentrieren sollte.

„Bin ich denn die einzige Braut, die Fragen hat? Oder Ängste, wenn man es so nennen will", fragte sie Fannie.

„Das kann ich dir natürlich nicht aus eigener Erfahrung sagen, aber nach allem, was ich von meinen älteren Schwestern gehört habe, gibt es tatsächlich Augenblicke, in denen ein Mensch die Entscheidung zu heiraten in Frage stellt, egal, wie lange diese Entscheidung zurückliegt."

Lydia dachte darüber nach. Sie hatte im letzten Februar versprochen, den gut aussehenden und klugen Levi King zu heiraten. Sie hatte versprochen, ihn nie wieder zu verletzen, was sie leider vorher einmal getan hatte. „Levi hat keine Ahnung von dem, was ich dir gerade erzählt habe", gestand sie.

Die groß gewachsene und schlanke Fannie warf ihrer Freundin einen Blick von der Seite zu. „Ob du jetzt Angst hast oder nicht, Levi ist der richtige Mann für dich. Schon als ich das erste Mal hörte, dass ihr beide nach dem Singen miteinander nach Hause gefahren seid, war ich sicher, dass du und Levi eines Tages ein Paar werdet. Er ist so gut wie Gold. Das sagt auch der Bischof."

Gut wie Gold ...

Ja, sie hatte das selbst auch schon über ihren Verlobten sagen hören. „Ich wünschte nur, ich könnte mit ihm so über alles sprechen wie mit dir."

Fannie seufzte so laut, dass Lydia sich fragte, was das nun wieder bedeuten sollte. „Wenn ich du wäre, würde ich nicht so sehr versuchen, jetzt alles zu bereden, was du auf dem Herzen hast. Hebe dir noch etwas davon bis *nach* der Hochzeit auf."

Sie hielten inne und standen jetzt in der vollen Sonne und genossen ihre Wärme. Einen Augenblick lang wünschte sich Lydia, sie wäre barfüßig. Sie schaute an Fannie vorbei zu den rollenden Hügeln hinter ihnen und sagte: „Ich denke so oft an Mama, weißt du.

Wahrscheinlich in letzter Zeit zu oft. Als Papa starb, ging irgendetwas in Mama kaputt, glaube ich. Ihr Herz muss an jenem Tag aufgehört haben, richtig zu arbeiten. Es dauerte eben nur mehrere Jahre, bis sie sich ihrem schwachen Herz beugen musste ... und schließlich starb."

„Ach, Lyddie, meine Güte. Was redest du denn da?"

„Ich habe gesehen, wie sehr Mama litt, als Papa in den Himmel ging. Niemand weiß ..."

„Was hat das damit zu tun, ob du Levi heiratest oder nicht?" Fannie schaute sie ernst an.

„Was ist, wenn *ich* ein schwaches Herz habe wie Mama und es erst merke, wenn es zu spät ist?" Lydia schwieg, als ihr bewusst wurde, dass sie ihre tiefste Angst ausgesprochen hatte. Hier mitten auf der Straße unter dem blauen Himmel.

„Ich zähle zwei und zwei zusammen und bekomme vier", erwiderte Fannie. „Aber ich verstehe immer noch nicht, worüber du dir solche Sorgen machst."

„Mama starb sehr jung ... vielleicht sterbe *ich* auch sehr jung. Das würde Levi und unseren Kindern das Herz brechen, genauso wie es meinen Geschwistern das Herz brach ... und mir."

„Du kannst heute einfach nicht klar denken", bemerkte Fannie.

„Vielleicht nicht." Lydia war verletzt. Ihre Freundin verstand sie einfach nicht.

Sie gingen in tiefes Schweigen versunken die Straße hinab und zu ihrem Bauernhof zurück, wo der Wagen von Fannies Eltern im Hof stand und die Stute im Stall wartete.

Ich hätte meine Sorgen und Fragen für mich behalten sollen, dachte Lydia. Andererseits wusste sie, dass Fannie vertrauenswürdig war. Ja, es war in Ordnung, dass sie ihrer Freundin ihr Leid klagte – ob ihre Sorgen nun begründet waren oder nicht.

„Ich werde für dich beten, Lyddie", versprach Fannie, als sie am Ende der Straße ankamen.

„Danke. Das tut mir gut." Die Mädchen umarmten sich kurz und dann eilte Fannie zum Stall, um ihr Pferd zu holen.

Lydia stand neben dem Einspänner und wartete, um Fannie zu

helfen, das Pferd anzuspannen. Während sie wartete, bemerkte sie, dass Tante Sarah durch das Fenster in den Hof spähte. Wahrscheinlich fragte sie sich, wo die Mädchen so lange blieben. Lydia musste jemandem ihr Herz ausschütten. Sie konnte die Erinnerung an den Tod ihrer Mutter nicht vergessen. Wie würde sich *Levi* fühlen, wenn er *sie* aufgrund eines Herzversagens verlieren würde? Wie würde er sich vorkommen, wenn sie ihm nicht erzählte, dass eine solche Krankheit vielleicht erblich war? Es erschien ihr fast besser, wenn Levi sie nie heiratete, obwohl er sie so sehr liebte, als dass er seine Frau frühzeitig wieder verlor. Je mehr sie darüber nachdachte, umso mehr fragte sich, ob Levi sich selbst auch schon solche Fragen gestellt hatte. Aber ihr Verlobter hatte nie irgendetwas in dieser Richtung geäußert, wenn sie in seinem Einspänner miteinander ausfuhren. Kein einziges Mal.

„Ach, was ist nur mit mir los?", flüsterte sie und schaute zu, wie Fannie das Pferd durch den Hof zu ihrem Einspänner führte. „Warum muss ich mir nur so viele Sorgen machen?"

* * *

„Belastet dich irgendetwas, Lydia?", fragte Tante Sarah am nächsten Tag, bevor die Kinder und Onkel Bryan zum Frühstück nach unten kamen.

Die Sonne schickte bereits ihre hellgelben Strahlen durch die Bäume.

Lydia stand am Fenster und blickte nachdenklich über die Landschaft. „Wir werden bald die Decken und die dicken Strümpfe für den Winter auspacken, nicht wahr?", sagte sie.

Tante Sarah sprach kein Wort. Dafür war Lydia sehr dankbar. Von dem, was zur Zeit über ihre Lippen kam, ergab nicht vieles einen Sinn. Was hatten dicke Strümpfe und Decken – und dass sie aus den Truhen auf dem Dachboden geholt wurden – mit ihrer Stimmung zu tun? Sie spürte, dass der Zeitdruck immer stärker auf ihr lastete. Ihr Hochzeitstag mit Levi rückte rasch näher. Er war jetzt nur noch wenige Wochen entfernt.

„Ich bin durcheinander", gestand sie. „Mama würde sagen, ich habe Lampenfieber. Das ist alles. Aber ... ich glaube, es ist mehr."

Tante Sarah trat neben sie ans Fenster. „Es ist schwer zu wissen, was ein anderer dir sagen würde. Aber ich erinnere mich sehr deutlich daran, wie schwer es mir fiel, Ja zur Ehe zu sagen."

Überrascht drehte sich Lydia um und schaute ihrer Tante ins Gesicht. „Wirklich?"

„Niemand hat eine Ahnung, wie sehr ich mit mir gerungen habe." Ihre Tante schwieg kurz und legte den Arm um Lydias Schulter. „Ich wusste in meinem Herzen, dass Bryan der richtige Mann für mich ist, aber ich kämpfte viele Jahre dagegen an."

Sie würde ihre Tante nicht fragen, wie dieser Kampf ausgesehen hatte. Das ging Lydia nichts an. Sie brauchte auch nicht zu fragen. Der mitfühlende Blick in Sarahs schönem Gesicht genügte. Die zwei Frauen verband eine gemeinsame Erfahrung.

Tante Sarah fragte: „Wenn du an Levi denkst, stellst du dir dann jemals die Frage, wie dein Leben ohne ihn aussähe ... oder seines ohne dich? Wenn du nicht verlobt wärst und planen würdest, Levis Frau zu werden, wie würdest du dich dann jetzt fühlen?"

„Manchmal stelle ich mir diese Fragen." Lydia würde nicht verraten, aus welchem Grund sie sich diese Fragen stellte.

Wie Tante Sarah überhaupt etwas von dem Kampf wissen konnte, der sich in ihr abspielte, wusste Lydia nicht. Die moderne Schwester ihrer Mama, immer geschminkt und mit lockigen Haaren und englischer Kleidung ... nun ja, Tante Sarah hatte irgendwie Lydias Zweifel erkannt.

„Du weißt, dass ich hier bin, um euch zu helfen", sagte Tante Sarah, bevor sie beide in die Küche gingen und das Frühstück vorbereiteten.

Einen besseren Mutterersatz hätte sich Lydia nicht vorstellen können. Trotzdem war diese Ähnlichkeit irgendwie ungewöhnlich, die sie mit der Schwester ihrer Mutter hatte, einer Außenstehenden, die kein Interesse daran zeigte, in ihre Kirche zu gehen oder ein amisches Leben zu führen. Sie und Bryan führten ihr Leben als moderne „Engländer". Tante Sarah arbeitete tagsüber als

Immobilienmaklerin, und Onkel Bryan war Computerspezialist, der manchmal auf Dienstreisen unterwegs war. Sie sorgten dafür, dass Lydia und ihre Geschwister die amische Kirche der Neuen Ordnung besuchten. Aber nachdem sie die Kinder beim Gemeindehaus abgesetzt hatten, fuhren Onkel Bryan und Tante Sarah zu einer Gemeinde bei Strasburg weiter, wo sie einen anderen Gottesdienst besuchten. Sie kamen wieder rechtzeitig zurück, um Lydia und die Kinder zum Sonntagsessen abzuholen. Bislang funktionierte diese Methode recht gut, auch wenn Lydia sich ein wenig unwohl dabei fühlte, dass sie ausgerechnet am Tag des Herrn in einem Auto fuhren. Aber es gab nicht viel, das sie und ihre Geschwister daran hätten ändern können. Manchmal musste man die Dinge einfach so hinnehmen, wie sie waren. Mama hätte sich darüber nicht allzu sehr den Kopf zerbrochen. Ihre Mutter war eine praktische Frau gewesen, die ihre Kinder immer an die erste Stelle gesetzt hatte, gleich nach Gott, aber erst danach kamen die Bestimmungen des Bischofs und die Ermahnungen des Predigers. Das war einer der Gründe, warum Tante Sarah jetzt ihre Stiefmutter war: Ihre Mutter hatte gewusst, dass ihre Schwester ihre Nichten und Neffen von ganzem Herzen lieben und sich mit aller Hingabe um sie kümmern würde.

„Lass es mich wissen, wenn du wieder darüber sprechen willst", sagte Tante Sarah in der Küche, während sie Waffeln machte und Eier in die Pfanne schlug.

„Ich wünschte, Levi und ich könnten über alles reden", entgegnete sie.

„Aber warum könnt ihr das denn nicht?"

Sie erzählte Tante Sarah nicht, was Fannie gesagt hatte. Dass es am besten sei, vor der Hochzeit *nicht* alles mit einem Mann zu besprechen. Außerdem würde Levi am Sonntagabend nach dem Abendessen zu ihr kommen.

Am letzten Sonntagabend hatten sie nebeneinander auf dem Sofa gesessen und sich abwechselnd gegenseitig vorgelesen. Lydia mochte das Buch der Psalmen sehr gern, und sie hatte besonders viel Betonung in ihre Stimme gelegt. „Groß ist der Herr, und hoch zu rühmen in der Stadt unseres Gottes, auf seinem heiligen Berge. Schön ragt empor der Berg Zion, daran sich freut die ganze Welt, der Gottesberg fern im Norden, die Stadt des großen Königs."

„Das klingt wie ein Gedicht", hatte Levi gesagt. „Aus deinem Mund klingt der Text so ... nun ja, so schön." Bei diesem Kompliment wurde Levis und nicht Lydias Gesicht ganz rot.

„Danke." Sie freute sich, dass sie ihm damit eine Freude machen konnte. „Möchtest du noch einen Psalm hören?"

Er hatte genickt und sie angelächelt. Aus seinen Augen hatte seine ganze Liebe zu ihr geleuchtet.

* * *

Am nächsten Sonntag fuhr Levi nach dem Abendessen mit seinem glänzenden schwarzen Einspänner und seinem schnellsten Hengst vor. „Da kommt jemand, der unsere Lyddie sehen will", grinste Caleb, ihr vierzehnjähriger Bruder, und lugte aus dem Fenster.

Unsere Lyddie ...

Sie legte ihr Tuch ordentlich über ihren Arm und wartete mit Tante Sarah im Wohnzimmer, bis Levi zur Tür käme. „Bete für mich, während ich weg bin", flüsterte sie ihrer Tante zu.

„Wenn ich dir einen Rat geben darf ...", bemerkte Tante Sarah. „Redet heute Abend ... küsst nicht so viel."

„Also ... wirklich!" Lydia schaute in das Gesicht ihrer Tante und musste kichern. Woher wusste sie solche Dinge?

„Hab keine Angst, ihm zu sagen, was du denkst und was dich beschäftigt." Tante Sarahs Worte waren gut und richtig. Das wusste Lydia.

„Du sagst genau das, was Mama mir wahrscheinlich auch raten würde." Mit diesen Worten stellte sie sich auf Zehenspitzen und verpasste Tante Sarah einen leichten Kuss auf ihre Wange.

„Einen schönen Abend, Lydia."

„Danke ... den werde ich haben." In diesem Augenblick klopfte Levi an die Hintertür. Caleb und Josiah stürmten aus der Küche und die Treppe hinauf.

„Wartet, Jungs!", rief Onkel Bryan ihnen nach und folgte ihnen dicht auf den Fersen.

Sie musste lächeln, als sie in die plötzlich verlassene Küche trat. Was für eine Familie sie hatte! Wie sehr sie alle liebte, jeden Einzelnen! Sie öffnete die Tür und sah Levi vor sich stehen. In seiner guten Sonntagshose, dem langärmeligen Hemd und mit seinen braunen Hosenträgern sah er umwerfend gut aus. Er hatte heute keinen Hut auf. Sie konnte sehen, wie glänzend sauber seine Haare waren, unter denen seine Ohren vortraten. „Hallo, Lyddie."

„Levi ... schön, dich zu sehen." Sie ging auf seine ausgestreckten Arme zu.

„Bist du fertig?", fragte er und lächelte sie an.

„Ja."

Der Abend wurde ein bisschen kühl, merkte sie, als er ihr zur linken Seite des offenen Einspänners half. „Hast du einen Pullover mitgebracht oder ..."

„Mein Tuch", fiel ihm Lydia, ohne nachzudenken, ins Wort und hielt das Tuch hoch. Sie hätte warten sollen, bis Levi zu Ende gesprochen hatte, dachte sie, und hatte leichte Schuldgefühle. Mama hatte sie durch ihr eigenes Vorbild gelehrt, langsam zum Sprechen zu sein, sich in Geduld, Demut und Unterordnung zu üben, wenn es um den wichtigsten Mann ihres Lebens ging. Ihr Vater war bestimmt ein gottesfürchtiger Mann gewesen, und Mamas Achtung und Unterordnung ihm gegenüber waren nie ein Problem gewesen.

Levi war ebenfalls ein gottesfürchtiger junger Mann und interessierte sich für geistliche Dinge. Wenigstens die meiste Zeit. Sie wusste, dass sie ihn manchmal davon ablenkte, so verliebt war er in sie.

Der Abendhimmel bot ein herrliches Farbenspiel – dunkelblau, leichte Rosa- und Gelbschattierungen – während das Pferd den Wagen die Auffahrt hinab auf die Straße zog. Das Klappern der Pferdehufe auf der Straße unterbrach die Stille, aber der gleichmäßige Rhythmus bildete einen angenehmen, gemütlichen Hintergrund.

Sie hörten andere Geräusche im Zwielicht – Laubheuschrecken, Grillen und schreiende Ziegenmelker. Auf den Straßen waren noch einige andere Einspänner mit Liebespaaren unterwegs, aber nicht viele. Die meisten Paare fuhren um diese Zeit zu dem einen oder anderen Singen. Nach dem Singen und dem Spaß in der Scheune stiegen sie wieder in ihre Einspänner und fuhren bis spät in die Nacht mit ihren Verehrern spazieren und raubten den Müttern einiger Mädchen den Schlaf.

„Wollen wir eine größere Fahrt unternehmen?", fragte Levi.

Tante Sarah hatte ihr geraten, mit ihm zu reden. Eine größere Fahrt war also eine gute Idee. „Ja, das ist gut." Ihre Nervosität meldete sich erneut, als sie daran dachte, dem gut aussehenden Mann an ihrer Seite ihr Herz auszuschütten.

„Bis nach Strasburg?", fragte er.

„Das ist ziemlich weit." Sie war mit Tante Sarah im letzten Monat mehrere Male mit dem Auto nach Strasburg gefahren, aber mit Pferd und Einspänner dauerte die Fahrt mindestens eine Stunde.

Levi legte einen Arm um sie und hielt in der anderen Hand die Zügel. „Wir haben die ganze Nacht", sagte er.

Sie widersprach ihm nicht. Aber sie hatten nicht die *ganze* Nacht. Onkel Bryan erwartete sie vor Mitternacht wieder zu Hause. „*Weit* vor Mitternacht", hatte ihr Onkel gesagt, und Lydia hatte schnell eingewilligt.

Levi hatte vieles im Sinn, aber das hatte nichts mit Reden zu tun. „Rutsch ein wenig näher, Liebes. Ich habe mich so nach dir gesehnt", flüsterte er ihr ins Ohr und jagte ihr damit eine Gänsehaut über den Rücken.

Ach, wie gern hätte sie sich an ihn gekuschelt. Wie sehr ersehnte sie einen Kuss von ihm, aber zu viele ungeklärte Fragen schwirrten ihr durch den Kopf. Sobald er anfing, zärtlich zu ihr zu werden, wäre es schwer, andere als romantische Gedanken zu hegen. Das wusste sie sehr wohl.

„Levi ... ich ..." Sie brach ab. „Würde es dich sehr stören, wenn wir uns ein wenig unterhalten könnten?", fragte sie und setzte sich aufrecht auf ihren Sitz.

„Aber natürlich nicht, Lyddie."

Sie atmete tief ein und betrachtete die Ahornbäume, deren Umrisse vor ihnen vom Himmel abstachen. Konnte sie sagen, was ihr auf dem Herzen lag? Wagte sie es?

„Lyddie, Liebes, was ist denn?" Er hatte sich jetzt zu ihr umgedreht und zog sie mit beiden Armen zu sich heran. Die Zügel hatte er locker auf den Knien liegen.

Sie wusste, wenn sie sich in seinen Armen entspannte und zuließ, dass seine Lippen ihren Mund fanden, würde wieder ein Abend vergehen und die Dinge, die sie bereits mit Fannie und Tante Sarah besprochen hatte, würden ungesagt und ungeklärt bleiben. Wichtige Dinge. Immerhin rückte der Sonntag, an dem ihre Verlobung bekannt gegeben wurde und die Kirchenmitglieder und die ganze Gemeinde offiziell von ihren Hochzeitsplänen erfahren würden, mit Riesenschritten näher. Sie konnte nicht länger damit warten, ihrem geliebten Freund von ihrer Angst zu erzählen. Sie *durfte* nicht länger warten.

„Hast du dir je überlegt, was geschehen würde, wenn ..." Ihre Worte klangen selbst in ihren eigenen Ohren ziemlich seltsam, deshalb brach sie ab.

„Wenn *was* passieren würde?", fragte er und lauschte aufmerksam jedem ihrer Atemzüge.

„Erinnerst du dich daran, wie mein Vater bei dem Unfall getötet wurde?"

Levi nickte. „Ja. Mein Onkel und mein Vetter waren die Ersten, die ihn auf dem Feld fanden."

„Hast du dir je Gedanken darüber gemacht, dass meine Mutter vielleicht an einem gebrochenen Herzen starb?" Sie lehnte sich auf ihrem Sitz zurück. Ihre Frage raubte ihr fast selbst die Luft zum Atmen.

„Das würde mich nicht überraschen." Seine ernste Stimme war ein dünner Hauch in der Abendluft. „Jeder wusste, wie sehr deine Eltern einander geliebt haben."

„Jeder?" Seine Worte überraschten sie.

„Ja, meine Mama und meine Tanten sprachen immer über die große Liebe, die die Cottrells zueinander hatten. Und wie furchtbar traurig alles sei." Er nahm ihre Hand und drückte sie auf sein eigenes

Herz. „Deine Mutter war ihrer ersten und einzigen Liebe so treu. Sie dachte nicht einmal daran, wieder zu heiraten ..." Er legte ihre Hand auf sein Gesicht und küsste sie leicht. „Eine solche Liebe werden du und ich auch nach vielen Jahren zueinander haben, Lyddie, mein Liebes."

„Ja, das wünsche ich mir auch", flüsterte sie und erstickte fast an ihren eigenen Worten. „Aber was ist, wenn meine Mutter *nicht* an einem gebrochenen Herzen starb ... was ist, wenn sie ein schwaches Herz hatte, weil das in unserer Familie erblich ist?"

„Was willst du damit sagen?"

Sie schluckte schwer und kämpfte mit dem Kloß in ihrem Hals. „Nun ja, ich ... ich würde einfach nicht wollen, dass du so sehr leiden und trauern müsstest, wenn ... wenn ich jung sterben würde wie meine Mutter."

Er schwieg eine Weile, dann sagte er: „Lyddie, *keiner* von uns weiß, was die Zukunft bringt. Bei einigen Menschen hält Gott es für richtig, sie lange, bevor wir anderen es als nötig ansehen, heimzuholen. Aber der Wille unseres Herrn steht über allem. Darauf müssen wir vertrauen."

Sie wusste, dass das, was er sagte, stimmte. Das drängte sie zu der Frage, ob er schon vorher über dieses Problem nachgedacht hatte. „Ich möchte dir nur ungern solches Leid zufügen und dich als jungen Witwer hinterlassen ... und unsere Kinder ohne Mutter."

„Du denkst an deine Geschwister, nicht wahr?"

„Ja." Hauptsächlich dachte sie an die kleine Hannah.

„Ich bin so froh, dass du dieses Thema angesprochen hast." Er ließ ihre Hand los und nahm ihr Kinn in beide Hände. „Wir vertrauen ganz auf den Herrn, genauso wie es deine Eltern getan haben."

„Ja, ich muss meine Ängste dem Herrn übergeben."

„Wir werden jede Minute genießen, die wir miteinander haben, ja?" Er küsste sie. Sein Kuss versprach ihr ein ganzes Leben voll Liebe. Er hätte sagen können, dass sie sich zu viele Sorgen mache. Aber stattdessen redete er von den vielen Verwandten und Freunden, die er bitten wollte, bei ihrer Hochzeit zu helfen – Einspänner zu parken und die Pferde zu tränken und zu füttern. Seine Begeisterung beruhigte sie ein wenig und verstrickte sie in eine lebhafte Unterhaltung.

Nach ungefähr einer Stunde hatten sie alles geplant: Welcher Prediger den ersten Teil des Gottesdienstes leiten würde, wer die Hauptpredigt halten sollte und welche der Freundinnen von Lydias Mutter die Aufsicht über das Kochen für diesen Tag in die Hand nähme. Es gäbe ein Festessen, bestehend aus gebratenen Enten und Hühnchen, Kartoffelbrei, Soße, Krautsalat, kaltem Schinken, rohem und gekochtem Sellerie, Backpflaumen, gemischtem Obst, Pfirsich, Brot und Butter, verschiedensten Marmeladen, Kirschstrudel, Tee, Kekse und jede Menge Kuchen.

„Oh, Lyddie, das wird ein herrlicher Tag werden!" Levi drehte sich um, nahm die Zügel wieder in die Hand und schnalzte mit der Zunge, um die Stute dazu zu bewegen, ein wenig schneller zu traben.

Sie lehnte den Kopf an die Schulter ihres künftigen Bräutigams und war genauso aufgeregt wie er, fragte sich aber gleichzeitig, wie sie ihren jungen Geschwistern, besonders Hannah, in die Augen schauen sollte, wenn sie die Kinder ganz der Fürsorge ihrer englischen Tante und ihres englischen Onkels überließe.

Aber darüber wollte sie jetzt nicht sprechen. Für einen Abend hatte sie genug gesagt. Sie wollte den Rest der Fahrt genießen und hoffte, Levi würde weiterreden. „Willst du beim alten Matthias Beiler vorbeifahren?", fragte er. „Und seine Serenade hören?"

Sie sagte, das würde ihr gefallen. Matthias saß immer auf der Veranda und spielte für die Liebespaare, die an seinem Haus vorbeifuhren, auf seiner Harmonika.

„Es dauert höchstens noch eine Minute, dann hören wir eine schöne Melodie", sagte Levi und grinste sie an. Sie konnte sein Gesicht ganz deutlich sehen, denn der Mond tauchte in diesem Augenblick am Himmel auf.

„Mein Onkel will, dass ich vor Mitternacht zu Hause bin", flüsterte sie.

Er drehte sich zu ihr um und verzog das Gesicht. „Bist du dir da sicher?"

„Ganz sicher."

„Dann werde ich dich vor Mitternacht nach Hause bringen", sagte er etwas ernster.

Bald vernahmen sie die musikalischen Klänge, die von Matthias Beilers Veranda zu ihnen herüber drangen. Die Melodie war schön, aber traurig.

„Warum, meinst du, macht er Musik, egal ob es regnet oder schön ist?", fragte sie leise.

„Wahrscheinlich ist er einsam ... und freut sich, wenn Liebespaare vorbeikommen", erwiderte Levi.

„Einsam, weil er seine Frau vermisst?" Der Schmerz berührte erneut ihr Herz.

„Nach all diesen Jahren ..."

Sie begegneten einem Einspänner, der in die andere Richtung unterwegs war. „Hallo, Levi und Lydia!", rief der Fahrer ihnen zu.

„Wer war das?", erkundigte sie sich bei Levi.

„Mein Vetter Josua und seine Freundin. Sie geben nächsten Sonntag ihre Verlobung bekannt."

„Wohin fahren sie wohl?"

„Sie kaufen sich bestimmt ein Eis. Willst du, dass wir umkehren und uns ihnen anschließen?"

Sie zitterte bei dem Gedanken, in dieser kalten Nacht ein Eis zu essen. „Willst du?"

„Warum nicht?" Es war klar, dass Levi gern ein Eis wollte. Also nickte sie und war fast erleichtert über diese angenehme Ablenkung. Trotz des kalten Eises an einem Herbstabend. Auf diese Weise würde sie wenigstens nicht versucht, noch mehr Sorgen anzusprechen. Levi würde bestimmt sagen, sie mache sich viel zu viele Sorgen.

* * *

Tante Sarah war am nächsten Tag überhaupt nicht neugierig. Sie stellte keine einzige Frage über Lydias Abend mit Levi. Die zwei Frauen hängten gemeinsam die Montagswäsche auf die Leine, bevor Lydia in das amische Schulhaus eilen musste, um den Holzofen anzuheizen. Als gute Lehrerin wollte sie, dass es im Raum schon ein wenig warm wäre, wenn die Kinder eintrafen.

In der Schule bereitete Hannah ihr in den Vormittagsstunden einiges Kopfzerbrechen. Es war nicht so, dass das kleine Mädchen ungehorsam gewesen wäre. Nein, das war es nicht. Hannah, deren lange braune Zöpfe um ihren Kopf gewickelt waren, schniefte unaufhörlich. So auffällig, als leide sie unter einer starken Erkältung oder habe geweint. Lydia vermutete das Letztere. Hannah war seit Wochen nicht mehr sie selbst. Aber in der Schule weinen?

Sie winkte Hannah zu sich ans Lehrerpult. „Bist du heute sehr traurig?", flüsterte sie.

Hannah nickte. „Ja, sehr traurig."

Lydia legte den Arm um ihre Schwester. Hannah würde sie nicht nur zu Hause vermissen, sie würde ihre große Schwester auch als Lehrerin verlieren. „Hast du das ABC fertig gelernt?", fragte sie leise.

„Ich habe alles sauber geschrieben."

Lydia hatte eine Idee. „Was hältst du davon, wenn du in der Pause im Klassenzimmer bleibst und mir hilfst?"

Bei diesem Vorschlag wurde das Gesicht des Mädchens ein wenig fröhlicher. „Ja, ich helfe dir, Lydia."

„Vergiss nicht, mich in der Schule ‚Frau Lehrerin' zu nennen, ja?"

„Ja, Frau Lehrerin", sagte Hannah und ging an ihren Tisch zurück und setzte sich mit einem Lächeln auf ihren Platz.

* * *

Nach dem Essen, als der letzte Schüler das Schulhaus verlassen hatte und in den Hof gegangen war, stellte Lydia für ihre Schwester einen Stuhl neben ihr Pult. „Stell dir nur einmal vor, Hannah: Du kannst jederzeit kommen und deinen neuen Bruder, Levi, und mich besuchen ... wenn wir verheiratet sind. Das wird bestimmt lustig."

Hannahs Augen wurden ganz groß. „Levi wird *mein* Bruder?"

„Ja, natürlich." Daran hatte ihre Schwester offensichtlich noch nie gedacht: Dass Levi King ein Verwandter von *ihr* werden würde.

Lydia erzählte Hannah deshalb, was das bedeuten würde. „Unsere Familie wird noch größer. Das ist alles. Sonntags und an Feiertagen sind wir oft zum Essen zusammen. Du wirst schon sehen." Sie machte eine Pause. „Ich werde dir auch weiterhin beim Lesen und Schreiben helfen. Nur eben nicht hier in der Schule."

„Oh." Hannahs Mund war immer noch traurig.

„Du wirst mich nicht als Schwester verlieren. Du wirst einen neuen Bruder bekommen."

„Weiß Caleb das auch?"

Lydia musste ein wenig schmunzeln. „Caleb und Josiah sind sehr froh, dass noch ein dritter Junge in die Cottrellfamilie kommt." Sie erklärte weiter, dass sie dann genauso viele Jungen wie Mädchen in der Familie hätten.

„Aber vielleicht nicht lange", sagte Hannah. „Wenn Onkel Bryan und Tante Sarah eines Tages ein kleines Mädchen bekommen, dann sind wir *vier* Mädchen."

„Das stimmt!" Sie drückte Hannah fest an sich.

Als sie aufblickte, sah sie Levi im Türrahmen zum Schulhaus stehen. Sie ließ Hannah nur ungern allein sitzen, deren Augen jetzt bei weitem nicht mehr so geschwollen und rot waren. „Ich komme gleich wieder", sagte sie zu ihrer kleinen Schwester und ging auf ihren zukünftigen Bräutigam zu.

Draußen auf der weißen Veranda erklärte sie Levi, dass sie Hannah nicht lang allein lassen wolle.

„Warum? Was ist mit ihr?", fragte er und schaute sie besorgt an.

Sie wollte jetzt nicht über dieses Thema sprechen. Nicht hier, nicht wenn sie für einen ganzen Schulhof voller Kinder verantwortlich war und ihre eigene Schwester dringend ihrer Aufmerksamkeit bedurfte. „Ich erzähle es dir ein anderes Mal", sagte sie und hoffte, nicht zu kurz angebunden zu klingen.

„Hannah ist doch nicht krank, oder?"

„Nein ... sie ist nicht krank."

„*Was* ist dann?" Levi trat näher und schaute ihr forschend in die Augen.

Sie warf einen Blick über ihre Schulter auf ihre kleine Schwester, die sie beide nicht aus den Augen ließ. „Ich denke, wir sollten lieber später darüber sprechen."

Levi ließ nicht locker. „Ist es ... hat Hannah vielleicht Probleme damit, dass ihre große Schwester bald heiraten wird?"

Er war so einfühlsam. Lydia staunte, als ihr das bewusst wurde. Sie senkte die Stimme und flüsterte: „Hannah hat den ganzen Vormittag geweint."

Mit immer noch gerunzelter Stirn berichtete Levi, er habe etwas in seinem Wagen für sie. „Es ist von meiner Mama. Ich hole es schnell. In einer Minute bin ich wieder da."

Sie schaute ihm nach, wie er durch den Hof zu seinem Einspänner lief und mit einem großen Korb voll Süßigkeiten zurückkehrte.

„Naschereien für dich und die Kinder", sagte er und reichte ihr den Korb. „Mama weiß, dass du Popcornkugeln gern magst. Sie hat genug für die ganze Schule gemacht."

„Hmmm, lecker!", sagte Lydia und winkte Hannah, sie solle kommen und sehen, was in dem Korb war. „Levis Mama hat uns eine Überraschung gemacht."

Hannah kam zuerst scheu näher, dann spähte sie in den Korb auf die vielen eingewickelten, runden Bonbons.

Levi grinste Lydia und Hannah an. Dann bückte er sich ohne Vorwarnung und hob Hannah in die Höhe. „Willst du Reiten spielen?" Er setzte sie auf seine Schultern und lief im Galopp hinaus, durch den Schulhof, an den Schaukeln vorbei und weiter um die Jungen- und Mädchentoilette herum.

Hannah kreischte vor Vergnügen und übertönte damit sogar die Schreie der älteren Jungen, die im Hof spielten. Lydia schaute ihnen zu. Vor Staunen und Freude ganz überwältigt.

Sie konnte sich ihre Zukunft mit einem liebevollen Mann wie Levi gut vorstellen. Er würde eines Tages ihren Kindern ein wunderbarer Vater sein. Und an dem begeisterten Strahlen auf Hannahs Gesicht, die auf Levis starken Schultern auf und ab wippte, konnte sie sehen, dass ihre Sorgen völlig unbegründet gewesen waren. Ihr geliebter Freund gewann Hannah für sich. Jetzt in dieser Minute. Er wurde ein dritter Bruder für sie. Ein richtiger Bruder.

11. In der Dämmerung

Der aufwirbelnde Klang deiner kräftigen Melodien
ist erfüllt von einem tiefen, herbstlichen Ton,
süß und traurig.

Percy Bysshe Shelley

Matthias Beiler spielte inzwischen schon seit fast zwanzig Jahren auf seiner Harmonika jungen amischen Liebespaaren seine Serenaden vor. Die schwermütige Melodie einer Mundharmonika ist für einen jungen Mann und sein Mädchen ein angenehmer Klang, wenn sie mit Pferd und Einspänner vor seinem Bauernhaus vorbeifahren. Matthias stellt sich gern vor, seine Harmonika klinge wie das Singen der Meervögel, wenn sie im Frühling über eine stille Bucht schweben. Genau dieses Bild stellt er sich vor, wenn er gefühlvoll in sein Instrument bläst und hauptsächlich geistliche Lieder spielt. Langsam und schön. Es spielt für ihn keine große Rolle, welche Melodie er seinem Instrument entlockt; es geht mehr darum, *was* er den jungen Leuten schenkt. Die Freude darüber gibt Matthias den nötigen Atem, um jeden Abend gut eine Stunde Musik zu spielen.

Seine Augen sind zwar nicht mehr besonders gut – immerhin wird er bald fünfundneunzig – aber Matthias muss trotzdem leise schmunzeln, wenn er daran denkt, dass er genau sagen kann, welchen Yoders, Lapps oder Kings ein stolzes Pferd gehört. Er erkennt es am Rhythmus der Pferdehufe auf dem Teer, sagt er. Natürlich glaubt seine unverheiratete Tochter kein Wort davon. Sie wohnt bei ihm und kommt immer wieder hinaus und sieht nach, ob er etwas Wasser braucht, um seine Lippen anzufeuchten, oder vielleicht einen heißen Kaffee, um sich aufzuwärmen. „Versuche nicht, mich für dumm zu verkaufen, Papa", sagt sie dann und stemmt die Hände in ihre kräftigen Hüften. „Es geht nicht, dass jemand ein Pferd an seinem Hufeklappern erkennen kann." Damit dreht sie sich um, geht wieder ins Haus und lässt ihn auf der Veranda sitzen. Genau das mag er, besonders heute Abend.

Allein. Wenn er an die Zeit zurückdenken kann, in der er selbst jung verliebt war. Das ist so lange her, dass er die Hilfe seiner Mundharmonika, die Stille der Nacht und das Klappern der Pferdehufe braucht, um sich an frühere Zeiten zu erinnern, als er hier in Grasshopper Level aufwuchs und eines der hübschesten Mädchen, das Gott je geschaffen hatte, kennen lernte und heiratete. Seine geliebte Frau, Mattie Sue, die jetzt schon seit über zwanzig Jahren tot ist. Trotzdem erscheint es ihm, als wäre es erst gestern gewesen, als er versprach, „sie nie zu verlassen", und vor dem amischen Bischof und den vielen Zeugen, die im Haus zusammengekommen waren, schwor, dass er sie lieben und achten wollte, bis der gute Gott sie durch den Tod wieder voneinander trennen würde.

Er hatte seine Mattie geliebt und geachtet. Besonders in ihren letzten Jahren auf Gottes grüner Erde, als ihr schmächtiger Körper so viele Schmerzen litt, dass sie überhaupt nicht mehr gehen konnte. Aber Matthias sorgte dafür, dass sie überall hinkam, wohin sie wollte. Er trug sie auf seinen großen, starken Armen von einem Zimmer ins andere und weiter ins nächste, als wäre sie ein kleines Kind. In lauen Nächten fuhr er mit ihr in seinem Einspänner aus, damit sie die Lilien im Tal riechen konnte, ihren Lieblingsduft. Sie fuhren immer wieder die gleiche Strecke, die sie damals gefahren waren, als sie frisch verliebt gewesen waren. Meine Güte, wie sehr sie es liebte, den Abend zu sehen. Ihr Gehör hatte ihr schon Jahre zuvor seinen Dienst versagt, nachdem sie einen schlimmen Schlaganfall erlitten hatte, aber sie machte diesen Verlust wett, indem sie den Himmel und die Bäume und das Patchworkmuster auf dem Land und die ganze Landschaft mit ihren leuchtenden blauen Augen förmlich aufsog.

Er hoffte, dass die jungen Männer, die mit ihren Freundinnen heute Abend unterwegs waren, so viel gesunden Menschenverstand besaßen, dass sie *ihr* Mädchen fanden und heirateten, genauso wie er es vor vielen Jahren getan hatte.

In Gedanken bei angenehmen Erinnerungen spielt er seine Musik. Tränen rollen ihm über die Wangen. Er hofft, Mattie höre ihm zu, und ist sich dessen ziemlich sicher. Sie haben einander immer sehr nahe gestanden. Es ist für ihn keine Frage, dass der gute Herr im Himmel dafür sorgt, dass Mattie Sue die eine oder andere Melodie von der Musik hört, die ihr geliebter Mann aus tiefstem Herzen spielt.

Zwischen den Liedern glaubt er das Klappern des Pferdes von Levi King zu hören. Ja, er richtet sein Ohr konzentriert zur Straße hin und lauscht. Er weiß, dass der junge Levi wahrscheinlich da draußen ist und mit seinem besten Pferd dem jungen Cottrellmädchen imponieren will. Es geht das Gerücht um, dass Lydia und Levi sich seit dem letzten Frühling oft sehen. Es heißt sogar, dass die beiden planen, in nächster Zeit die Sache festzumachen und zu heiraten. Nach allem, was Matthias über Levi weiß, gibt es keinen einfühlsameren, klügeren jungen Mann hier in der Gegend. Was Lydia angeht, haben ihre Eltern wunderbare Arbeit geleistet und sie im Glauben erzogen – in der Furcht des Herrn –, auch wenn sie ein wenig liberaler gewesen waren und sich den Amisch der Neuen Ordnung zugewandt haben.

Aber das macht nichts. Er wünscht Lydia ein langes, glückliches Leben mit ihrem Levi. Lydia verdient wirklich einen guten jungen Mann. Sie hat in ihrem Leben schon so viel Schweres durchmachen müssen. Zuerst hat sie ihren Vater durch einen furchtbaren Unfall verloren, dann im letzten Jahr ihre Mutter durch Herzversagen. Dann musste sie mit ihrer Tante zurechtkommen – moderne englische Leute –, die in ihr Elternhaus zog und jetzt ihr Vormund und der Vormund ihrer Geschwister war. Einfach nicht so, wie man es bei einer Familie mit einem Herz aus reinem Gold erwarten würde.

Schnell hebt er seine Mundharmonika an seine Lippen, atmet tief ein und beginnt dann, sein schönstes Lied für Lydia zu spielen. Das arme, liebe Mädchen ...

Er könnte eine lange Liste mit wirklich verwirrenden Dingen aufzählen, schmerzliche Dinge, für die er einfach keine Erklärung findet. Er hat in seinem Leben viele solche Dinge gesehen. Trotzdem lässt er sich nicht entmutigen und von seinem Glauben abbringen und von seinem Vertrauen zu dem guten Herrn im Himmel. Er käme nie auf die Idee, dem Herrn zu grollen.

Er bläst laut in seine Mundharmonika und betet in seinem Herzen, dass die Liebespaare auf seiner Straße den Frieden ihres himmlischen Erlösers finden, falls sie diese heilige Sache noch nicht getan haben: sich in die Kirche hineintaufen zu lassen. Einige von ihnen, so fürchtet er, haben das unterlassen. Sie streben nach anderen Dingen, die ihnen wichtiger sind: ein wenig Liebesgeflüster, heiraten und so schnell wie möglich Kinder bekommen. Ach, er weiß, dass sie im Laufe der Jahre weiser werden. Genauso wie er.

Weiser und stärker im Glauben ihrer Väter ...

Er schaukelt in der Abenddämmerung gemütlich mit seinem Schaukelstuhl und wünscht ihnen alles Gute, jedem Einzelnen, und spielt seine Melodien. Das ist das Mindeste, was der alte Matthias tun kann, während die Sonne am Horizont hinter Grasshopper Level untergeht.

Als es allmählich Zeit wird, schlafen zu gehen, als er weiß, dass er aus seinem bequemen Schaukelstuhl aufstehen und ins Haus gehen sollte, ungefähr um diese Zeit hört er ein anderes Pferd und einen anderen Wagen ganz langsam die Straße heraufkommen. Er lauscht auf den Rhythmus des Pferdes, der ihm irgendwie vertraut ist, aber ... nein, er kommt einfach nicht darauf, wessen Pferd *dieses* Tier sein könnte. Gleichwohl wird es immer langsamer ... und hält schließlich vor seinem alten Bauernhaus an.

Seine Augen sehen jetzt plötzlich ganz klar. Er hört auf zu spielen. „Wer ist denn das?", flüstert er in die Nacht hinein.

* * *

Als seine Tochter kam, um ihm ins Haus zu helfen, bemerkte sie, dass seine Mundharmonika unter dem Schaukelstuhl lag. „Papa", flüsterte sie. „Es wird Zeit, für heute Schluss zu machen."

Er sprach kein Wort. Ein Lächeln lag auf seinem faltigen Gesicht. Seine Augen waren geschlossen und sein Kopf war auf seine Brust gesunken. Sie bückte sich nach unten, um das geliebte Musikinstrument aufzuheben. Ein ungewohnter, zarter Duft nach den süßen Lilien im Tal umgab ihn.

12. Eine tüchtige Frau

Der leichte, sanfte und abfallende Weg...
ist nicht der Weg zu wahrer Tugend.
Sie findet man auf steinigen und dornigen Wegen.
Michel de Montaigne

Sarah erwachte zu ihrer üblichen Zeit am frühen Morgen lange vor fünf Uhr. Sie musste nicht nur das Frühstück kochen und Bryan, Lydia und den jüngeren Kindern Lunchpakete packen, es gab bestimmt auch mehrere E-Mails, die sie lesen und beantworten musste, bevor sie das Haus verließ und zu einem arbeitsreichen Vormittag ins Immobilienbüro in der Innenstadt von Lancaster fuhr.

Eines nach dem anderen. Sie eilte durch den schmalen Gang zu Calebs Schlafzimmer und klopfte kräftig an die Tür. „Caleb! Bist du schon wach?"

„Ja, Josiah ist auch schon auf", antwortete ihr Neffe durch die Tür. „Danke, Tante Sarah."

Die Kühe mussten gemolken werden, jeden Tag zweimal. Sie war dankbar, dass sich *dieser* speziellen Arbeit Caleb, Josiah und meistens Bryan annahmen. Jetzt musste sie sich darum kümmern, dass Lydia pünktlich zur Schule kam, wo ihre siebzehnjährige Nichte – Lehrerin und bald Ehefrau – jetzt, da es morgens kühler wurde, lange vor ihren Schülern im Schulhaus sein musste, um im Holzofen ein Feuer zu schüren. „Ich kann mich noch gut erinnern, wie ich als Mädchen in ein eiskaltes Schulhaus kam und den ganzen Vormittag vor Kälte zitterte", hatte Lydia ihr kürzlich erzählt. „In einer solchen Umgebung kann man nicht gut lernen."

Bryan war jetzt auch auf und packte seinen Koffer für eine kurze Geschäftsreise nach Boston. Er hatte vor, unmittelbar nach dem Frühstück loszufahren. „Je früher ich fortkomme, umso schneller bin ich wieder zurück", sagte er mit einem sanften Kuss und einer leidenschaftlichen Umarmung.

Schließlich mussten Caleb, Anna Mae, Josiah und Hannah zur

Schule an der Peach Lane aufbrechen. So früh, dass sie noch genug Zeit hatten, zu Fuß zum Schulhaus zu gehen. Caleb, das älteste der Schulkinder, hatte gestern erklärt: „Es hat keinen Sinn, dass wir mit dir im Auto fahren, Tante Sarah. Das Gehen tut uns allen gut!" Worauf Anna Mae hinzufügte: „Ja, und außerdem fahren wir sonntags schon mit dem *Auto* zum Gottesdienst. Dann sollten wir vielleicht die übrige Woche zu Fuß gehen oder mit Pferd und Einspänner fahren."

Wollten die Kinder Buße tun? Sarah hielt sich jedoch nicht unnötig lange mit solchen Fragen auf. Heute hatte sie viel zu tun. Der große Weidenkorb mit Flickwäsche war inzwischen so voll, dass die Kleidungsstücke schon auf den Fußboden im Wäschekeller fielen und man nur schwer unterscheiden konnte, welche Kleidungsstücke sauber waren und geflickt werden mussten, und welche nur schmutzig und zu waschen waren.

Hannah war für ihre sieben Jahre ungewöhnlich groß. Sie wuchs schnell und trug bereits die Kleider, die Anna Mae zu klein waren, auch wenn sie darin noch ein wenig Platz hatte. Josiah mit seinen fast neun Jahren wuchs nicht nur in die Höhe, sondern auch in die Breite.

„Die Jüngsten bekommen immer das, was übrig bleibt", sagte Lydia neulich zu Sarah, als Hannah sich wegen ihrer langen Ärmel und wegen ihres nach unten hängenden Saums beklagte. „Vielleicht kann ich ihr ein paar neue Kleider und Schürzen nähen, wenn ich Zeit habe."

„Ach, Lydia, das kann ich nicht zulassen", hatte Sarah beharrt. Lydia hatte immerhin alle Hände voll zu tun mit ihrer Arbeit als Lehrerin. Außerdem nähte sie sich zur Zeit ein schönes blaues Kleid und einen weißen Umhang und eine Schürze für ihre Hochzeit und organisierte mehrere Frauen – enge Freundinnen der Familie –, die sich um die Essensvorbereitungen für den Empfang im Gemeindesaal kümmern sollten, wo gut zweihundert Gäste erwartet wurden.

Sarah hatte Lydia selbstverständlich auch bei verschiedenen Hochzeitsvorbereitungen geholfen: Sie hatte die Adressen auf die handgeschriebenen Einladungen geschrieben – jeden Abend ungefähr dreißig oder noch mehr – und verschiedenen Frauen in der Nachbarschaft das Menü für den Empfang abgeschrieben: kalter Aufschnitt, verschiedene Käsesorten, selbst gebackenes Brot aller Art, frisches Gemüse, Obst und Nachspeisen – Strudel, Kuchen und Kekse. Sarah würde selbstverständlich die Hochzeitstorte backen und die Obstbowle zubereiten.

In ihrem Haushalt versuchte sie, sich über Wasser zu halten, was sich zunehmend zu einem aussichtslosen Kampf entwickelte. Erst gestern Abend hatten sie und Bryan darüber gesprochen, ob sie mehr Arbeiten untereinander aufteilen sollten, aber Bryan hatte mit seinen Pflichten als Haupternährer der ganzen Familie alle Hände voll zu tun, und Sarah hatte den starken Eindruck, dass es *ihre* Aufgabe sei, dafür zu sorgen, dass die Kinder saubere und ordentliche Kleidung zum Anziehen hatten, zu kochen, ihre Kontakte als Immobilienmaklerin nicht zu verlieren und alles dafür zu tun, dass jeder im Haus glücklich war. Kurz gesagt: „Super-Tante-Mama" zu sein.

Nachdem sie seit vielen Monaten versuchte, alle Aufgaben zu erledigen, einschließlich Haushalt und Arbeiten auf dem Bauernhof, fragte sie sich allmählich, wie die tüchtige Frau, die im Buch der Sprüche beschrieben wird, es geschafft hatte, so viel zu bewältigen. Was das Nähen anging, so konnte sich Sarah hier kaum helfen, ganz zu schweigen davon, „Decken ... und feines Leinen zu weben". Die Flickarbeit wäre zu bewältigen, wenn sie regelmäßig jede Woche einen halben Vormittag dafür reservieren könnte, aber in letzter Zeit war das Leben für sie ein ständiges Kommen und Gehen. Sie lief sprichwörtlich zwischen ihren Pflichten zu Hause und den Erwartungen in ihrem Beruf im Kreis.

Was kann ich von meinem Zeitplan streichen?, fragte sie sich, während sie ihre Hände einfettete und anfing, den Brotteig zu kneten.

Ihr Blick fiel auf den Kalender, der an der Kellertür hing. Sie sah, dass Lydia neben das heutige Datum eine Notiz geschrieben hatte – ein Arbeitseinsatz bei Miriam Esh. „Geh doch hin und schau zu, wie sie Gemüse einmachen", hatte Lydia Sarah letzte Woche vorgeschlagen. „Du wirst das im Handumdrehen lernen."

Sarah war versucht gewesen, zu Miriam Esh zu fahren und diese Kunst zu lernen von ihren amischen Nachbarinnen. Aber der Manager des Immobilienbüros, in dem sie arbeitete, hatte für neun Uhr an diesem Morgen eine Besprechung angesetzt. Sie hatte kaum genug Zeit, um zwei Laibe Brot zu backen, die Küche aufzuräumen, ein paar Sachen zu flicken, sich zu duschen und ein modernes Kostüm für die Arbeit anzuziehen. So viel zum Einmachen bei Miriam!

Sie seufzte. *Auch gut.* Manchmal war es am besten, einen gewissen Abstand zu den vielen amischen Frauen in der Gemeinde zu halten. Sie und Bryan hatten keine Pläne, ihr „eitles" Leben aufzugeben, wie Lydia ihren Lebensstil oft bezeichnete. „Es hat keinen Sinn, irgendjemandem etwas vorzumachen, nicht wahr?", sagte Lydia dann und ihr ernster Blick verwandelte sich schnell in ein Grinsen.

Lydia war die kluge älteste Tochter ihrer Mutter. Zugleich war sie Sarahs Rettung. Oft hatte sie dieses Bild von ihrer Nichte – das Bild einer Retterin. Lydia hatte vor über einem Jahr ihr Herz gewonnen, nachdem sie Sarah „in ihr Haus gebetet hatte." Die fröhliche junge Frau war ein einziges Energiebündel, sowohl körperlich als auch geistlich. An manchen Tagen fragte sich Sarah, was sie wohl ohne Lydia tun würde. Sie konnte ihre Nichte immer zu Rate ziehen, wenn sie Fragen zu der amischen Lebensweise hatte, die ihr immer noch sehr fremd war ... Lydia half ihr, den großen Schritt von der fern stehenden Tante zur Stiefmutter und zum Vormund zu schaffen. Jetzt, da Lydias Hochzeit nur wenige Wochen entfernt war, begann Sarah bereits, ihre „rechte Hand" zu vermissen, denn genau das war Lydia für sie geworden.

„Der Herr wird für alles sorgen, was du brauchst – an Leib, Seele und Geist. Daran darfst du nicht zweifeln", versicherte Lydia ihr mit einem fröhlichen Funkeln in ihren goldbraunen Augen. „Außerdem wohne ich nur ein Stück weiter unten in der Straße, höchstens anderthalb Kilometer von euch entfernt. Du kannst mich immer anrufen oder zu Besuch vorbeikommen. Jederzeit."

„Wir werden schon irgendwie zurechtkommen, aber das heißt

nicht, dass wir dich nicht furchtbar vermissen werden. Wir alle werden dich sehr vermissen", hatte Sarah geantwortet.

Jetzt ging sie daran, ein großes Frühstück zu kochen. Sie stellte eine Schüssel mit frischem Obst auf den Tisch – Himbeeren, Weintrauben und Orangenscheiben. Dabei musste sie die ganze Zeit an eine Bibelstelle denken, die ihr Mann den Kindern gestern Abend vor dem Schlafengehen vorgelesen hatte. Sie war froh, dass sie die „Abendandachten", die ihre verstorbene Schwester und ihr Mann in diesem Haus eingeführt hatten, beibehalten hatten. Nicht nur um der Kinder willen, sondern auch um ihrer selbst willen. Bryan, der noch ziemlich neu im Glauben war, und Sarah, die erst nach ihm zu Jesus gefunden hatte, lasen eifrig und begeistert Gottes Wort und lernten immer mehr über Gottes Willen. In vielerlei Hinsicht genossen sie die amischen Familienrituale wie zum Beispiel das Lesen in der Bibel. Besonders ihre morgendlichen Gespräche mit Gott ließen Sarah aufleben. Ihre verstorbene Schwester hatte diese gute Gewohnheit ebenfalls gepflegt, wie sie aus Ivys Tagebüchern wusste. Dank Lydia hatte Sarah fast alle Tagebücher und Briefe ihrer Schwester lesen dürfen. Das war in mehr als nur einer Hinsicht ein Segen, denn Ivy und ihr Mann waren erst in die amische Gemeinschaft gekommen, nachdem sie vorher nur den modernen Lebensstil gekannt hatten, wie Sarah und Bryan, wenn auch aus völlig verschiedenen Gründen.

Wenn sie an ihre ganzen Kämpfe zurückdachte, die sie mit sich ausgefochten hatte, bis sie ein volles Ja zu ihrer jetzigen Lebenssituation gefunden hatte, war sie dankbar für die Gelegenheit, im Leben der verwaisten Kinder ihrer Schwester Spuren hinterlassen zu dürfen. Ironie des Ganzen war, dass Lydia, Caleb, Anna Mae, Josiah und die kleine Hannah eindrücklich den Lauf *ihres* Lebens verändert hatten ... zum Besseren. So sehr sie auch wünschte, eine liebevolle Ehefrau und Mutterfigur zu sein, wollte sie doch gleichzeitig den Haushalt, in den Gott sie gestellt hatte, ordentlich führen.

Ihre früheren Freunde und Kollegen in Oregon waren entsetzt gewesen, als sie im letzten Winter erklärt hatte, sie wolle nach

Pennsylvania mitten in eine amische Gegend umziehen, um sich um ihre Nichten und Neffen zu kümmern. Als Krönung des Ganzen hatte sie ihren langjährigen Freund aus der Studienzeit, Bryan Ford, geheiratet. „Was ist nur mit Sarah Cain passiert?", wurde im ganzen Immobilienbüro geflüstert. „Wie soll sie nur als moderne Geschäftsfrau in dieser Welt zurechtkommen?"

Es war wirklich eine große Herausforderung gewesen, hier zurechtzukommen. Es war immer noch eine Herausforderung. Aber es war nicht so, dass sie ihren ganzen Lebensstil hätte umkrempeln müssen. Dankbar genoss sie ihre CD-Sammlung mit klassischer Musik und verfolgte auf ihrem Fernsehgerät aufmerksam das Auf und Ab an der Börse. Das „einäugige Ungeheuer", wie die Kinder es bezeichneten, stand in ihrem Schlafzimmer. Ihre Zeitschriftenabonnements fanden weiterhin jeden Monat den Weg zu ihr, und ihr Handy war im Einsatz, sooft es nötig war, ebenso ihr Laptop mit Fax- und E-Mail-Anschluss. Amische Kleidung war weder für sie noch für Bryan je in Frage gekommen; ebenso wenig wollten sie ihre schönen Autos aufgeben.

Manchmal fragte sie sich, was wohl die Kinder über sie und Bryan dachten. Waren sie Außenstehende? Gewiss keine „Suchenden" in dem Sinn, dass sie an einer Mitgliedschaft in der amischen Kirche Interesse gezeigt hätten. Hatten ihre Nichten und Neffen den Verdacht, dass sie ihre Pflichten als Mutter nur als vorübergehende Beschäftigung betrachtete und plante, von hier fortzugehen, sobald sie verheiratet waren und auf eigenen Füßen standen?

Weit gefehlt? Sarah hatte Ivys Kinder ins Herz geschlossen und dachte nie daran, die Familie zu verlassen, die in jeder Hinsicht zu ihrer eigenen Familie geworden war. Und Bryan? Er mochte sie auch alle sehr gern und konnte es nicht erwarten, die Familie noch größer werden zu sehen, wenn Gott sie mit einem weiteren Kind segnete.

„Kennst du eine Frau, die gegen Bezahlung Näharbeiten erledigt?", erkundigte sich Sarah bei Lydia, als sie alle am Frühstückstisch saßen.

„Es gibt viele Frauen, die das machen", erwiderte Lydia. „Im Eingang zu unserem Gemeindesaal hängt zum Beispiel ein Zettel mit einer Telefonnummer. Ich kümmere mich für dich darum und rufe Prediger Esh an."

Sarah warf einen Blick auf die Kinder, die auf beiden Seiten des Tisches saßen. Sie hatten strahlende Augen und schauten glücklich aus. „Ich würde gern jemanden dafür bezahlen, dass er für Hannah und Josiah näht. Und auch für jeden anderen in der Familie, wenn es nötig ist."

Bryan war einverstanden und nickte zustimmend. „Schatz, vielleicht haben die Jungen nichts dagegen, wenn *ich* mir auch etwas zum Anziehen nähen lasse."

Josiah ging sofort auf diese Bemerkung ein und beugte sich mit großen Augen über seinen Teller. „*Du*, Onkel Bryan? Willst du amische Kleidung anziehen wie Caleb und ich?"

Sarah mischte sich schnell ein. „Onkel Bryan nimmt dich nur auf den Arm, Josiah."

Josiah schaute fragend auf Bryans Arm. „Das schafft er nicht … ich bin viel größer wie Hannah!"

„*Als* Hannah", verbesserte ihn Lydia. „Es heißt: größer als. Hast du das vergessen?"

Aber Josiah wandte den Blick nicht von Bryans Armen ab. „Ich warte immer noch darauf, dass Onkel Bryan mich auf den Arm nimmt."

Sarah, die wusste, dass ihnen die Zeit davonlief, faltete die Hände und wartete darauf, dass ihr Mann das Tischgebet sprach. „Wir unterhalten uns nach dem Tischgebet weiter", sagte sie. Schlagartig waren alle in der Küche still.

* * *

Ungefähr eine halbe Stunde, bevor die Kinder Schulschluss hatten und sich auf den Nachhauseweg begaben, hatte Sarah in ihrem Immobilienbüro alles für diesen Tag erledigt. Sie beendete ihr Telefongespräch mit einem interessierten Kunden und verabschiedete sich von der Sekretärin. Etwas enttäuscht, dass es ihr nicht gelungen war, „den Vertrag unter Dach und Fach zu bringen".

192

Morgen oder am Wochenende, dachte sie und hoffte, sie hätte später Zeit, um noch einmal anzurufen.

Als sie zu Hause ankam, telefonierte Lydia gerade mit Prediger Esh und erkundigte sich nach einer Schneiderin.

„Ich glaube, von dieser Frau habe ich schon gehört", sagte Lydia, nachdem sie aufgelegt hatte. Sie betrachtete nachdenklich den Zettel, auf dem sie den Namen und die Telefonnummer notiert hatte. „Prediger Esh sagt, er kenne sie und ihren Mann persönlich. Sie sind konservative Mennoniten, ‚gute, standhafte Christen', sagt er, die in der Nähe von Hickory Hollow wohnen." Lydia reichte ihr die Informationen.

„Danke für deine Hilfe." Dann nahm sie den Hörer ab und wählte die Nummer einer gewissen Katie Fischer.

Das Telefon klingelte zweimal, dann meldete sich jemand. „Hallo, Fischer."

„Könnte ich bitte Mrs. Katie Fischer sprechen?"

„Am Apparat."

„Ich heiße Sarah Ford. Ich wohne in der Nähe von Strasburg ... und ich rufe wegen meiner jungen Nichte und meines Neffen an. Ich möchte für die beiden traditionelle amische Kleidung nähen lassen."

„Darf ich fragen, woher Sie meinen Namen haben?"

Sarah erzählte ihr schnell von dem Zettel, der in Lydias Gemeinde aushing. „Prediger Esh hat Sie wärmstens empfohlen."

„Ja, ich kenne Bruder Esh gut ... durch meinen Mann", sagte die Frau. „Und ich habe diese Woche noch Zeit. Wann möchten Sie denn kommen?"

Sarah entschied sich für den nächsten Nachmittag. Das wäre ideal. Hannah und Josiah bekämen zur Hochzeit ihrer großen Schwester etwas Neues anzuziehen. Etwas, das ihnen wirklich passte. „Ich würde gern morgen bei Ihnen vorbeikommen."

„Gut, bringen Sie bitte die Kinder mit."

„Aber ja, natürlich." Sie war froh, dass Katie Fischer daran gedacht hatte, sie an diese wichtige Kleinigkeit zu erinnern. Mit verlegen geröteten Wangen eilte sie in die Küche zurück, um das Abendessen vorzubereiten. Das Wissen, dass sie Lydia ein wenig Arbeit abnehmen konnte, weil ihre Nichte nun doch nicht für die Kinder nähen müsste, erfüllte Sarah mit Erleichterung. Und Freude. Vielleicht fände sie heute Abend nach dem Essen und dem Abendgebet, nachdem sie den Rest von Lydias Hochzeitseinladungen adressiert hätte, nachdem sie ihren Kunden noch einmal angerufen hätte ... sobald alle Kinder im Bett waren, Zeit, ihren Flickkorb in Angriff zu nehmen.

Sarah wusch grünen Salat, Gurken, Karotten und Tomaten für einen Salat, während Lydia am Küchentisch Schularbeiten korrigierte. Sarah fragte sich, worin wohl das Geheimnis einer tüchtigen Frau lag. Sie dachte an eine erstaunliche Frau, die durch das Fernsehen bekannt war. Sie stand vor der Kamera und schrieb außerdem Bücher und Zeitungsartikel. Sie besaß die Fähigkeit, andere an ihrem persönlichen Leben teilnehmen zu lassen. War das nicht die Grundlage der Gastfreundschaft, dass man sich selbst anderen öffnete?

Lydia schaute von ihrem Stoß Hefte auf und bot an, ihr beim Kartoffelschälen zu helfen, „sobald ich diese Hefte fertig korrigiert habe."

Sarah bekam sofort Schuldgefühle. „Du hast so viel zu tun, Lydia. Überlass das Kochen heute einfach mir. Ich bestehe darauf."

„Ehrlich, es macht mir nichts aus, Tante Sarah."

Sie lächelte. „Ich weiß, dass es dir nichts ausmacht. Genau das ist ja das Besondere an dir."

Auf diese Bemerkung hin stand Lydia vom Tisch auf und trat auf ihre Tante zu. Sie gab ihr einen Kuss auf die Wange. „Ich gehe Anna Mae suchen. Es wird Zeit, dass sie in der Küche ein wenig mehr hilft."

Sarah hatte das Gleiche gedacht. „Anna Mae könnte lernen, Kartoffeln zu schälen. Das ist eine gute Idee", sagte sie.

„Lass dir von ihr ja nicht einreden, sie könnte im Haus nicht helfen. Anna Mae kann manchmal sehr hartnäckig sein, wenn sie sich um eine Arbeit drücken will", sagte Lydia über die Schulter zurück, während sie zur Tür hinaushuschte, um ihre jüngere Schwester zu suchen.

Sarah lachte leise und musste an ihre Freunde an der Westküste denken. Wenn sie Sarah jetzt sehen könnten ...

* * *

„Morgen hole ich dich und Josiah nach Schulschluss von der Schule ab", erklärte Sarah Hannah kurz vor dem Abendessen. „Caleb und Anna Mae können mit Lydia im Einspänner nach Hause fahren, wenn sie wollen."

Hannahs Augen leuchteten auf. „Wohin fahren ich und Josiah?"

„Josiah und ich", korrigierte Lydia ihre kleine Schwester, während sie den Tisch deckte.

Sarah beugte sich vor und küsste Hannahs kleinen Kopf. „Du und dein Bruder bekommt etwas Neues zum Anziehen."

Diese Ankündigung entlockte Hannahs Gesicht ein Strahlen. „Soll das heißen, dass ich nicht mehr Anna Maes Kleider anziehen muss?"

„Ja, genau das heißt es." Sarah deutete zum Waschbecken. Hannah gehorchte und wusch sich schnell die Hände.

„Ach, ich kann es kaum erwarten", rief Hannah begeistert.

Sarah freute sich über die Reaktion des kleinen Mädchens und hoffte, Josiah wäre, wenn er mit Caleb vom Melken ins Haus käme, genauso froh.

Die Nachricht erreichte Josiah sehr schnell. Hannah musste es ihm erzählt haben, während Sarah und Lydia die Teller mit dem Essen auf den Tisch stellten. Es dauerte keine zwei Sekunden, nachdem das „Amen" gesagt worden war, als Josiah mit finsterer Miene allen verkündete: „Ich hoffe bloß, ich muss mich morgen nicht ganz nackt ausziehen!"

„Aber Josiah", tadelte Lydia ihn sofort.

Sarah unterdrückte ein Lachen. „Wie kommst du denn auf die Idee, du müsstest deine alten Kleider ausziehen, damit man ausmessen kann, wie groß deine neuen sein müssen?"

„Mein Freund Esra muss das, wenn *er* etwas Neues bekommt", sagte Josiah.

„Ich kann dir versichern, dass du dir deshalb keine Sorgen zu machen brauchst." Sie reichte Caleb die Kartoffeln und dann die Hühnchensoße.

„Woher willst du so genau wissen, *was* diese Schneiderin machen wird?", ließ Caleb sich vernehmen. Seine Stimme war tiefer, als Sarah sie je zuvor gehört hatte.

Josiahs Augen wurden ganz groß. „Ach, was erzählt Caleb da?" Sarah wandte sich direkt an Caleb. „Warum versuchst du, deinem Bruder Angst zu machen?"

Das Gesicht des älteren Jungen war jetzt noch ernster als vorher. „Hast du eigentlich eine Ahnung, zu wem du da fährst ... und von wem du Kleider für diese Familie nähen lässt?"

Sarah warf Caleb mit gerunzelter Stirn einen Blick von der Seite zu. „Ich denke, du solltest lieber sagen, was du damit meinst."

Der junge Mann zog die Augen ein wenig zusammen und beugte sich vor. „Einige meiner älteren Freunde haben Gerüchte über Katie Fischer und ihren Mann – Daniel Fischer – gehört. Dieser Mann verschwand vor Jahren am Meer und galt fünf Jahre lang als tot."

„Wovon in aller Welt redest du da?", mischte sich Lydia ein.

„Hör nur gut zu: Katie Fischer ist eine Frau, die mit dem Gemeindebann belegt wurde, eine Ausgestoßene aus ihrer Gemeinde."

„Das mag sein, aber Prediger Esh hätte sie Tante Sarah nie vorgeschlagen, wenn er wüsste, dass es ein Problem gäbe", sagte Lydia. „Außerdem hat die Art und Weise, wie eine Gemeinde ein Mitglied züchtigt, nichts damit zu tun, wie eine andere diesen Menschen behandeln sollte, oder?"

Sarah fragte sich, was es mit diesem mysteriösen Daniel Fischer wohl auf sich hatte. Warum hatte Lydia von alledem nichts gehört? „Warum wurde diese Frau mit dem Bann belegt?", fragte sie.

Caleb zuckte die Achseln. „Das weiß ich nicht genau. Es heißt, sie habe den Bischof verärgert, den sie hätte heiraten sollen, und er hat sie angeblich mit einem strengen Gemeindebann belegt. Danach suchte sie ihre leibliche Mutter und verließ die Amisch. Später kam sie dann zurück und schloss sich den Mennoniten an."

Anna Mae hatte eine Frage: „Was wurde aus dem Mann, der beinahe ertrunken wäre?"

„Katie hat *ihn* geheiratet und nicht den Bischof", antwortete Caleb.

Josiah klatschte begeistert in die Hände. „Das klingt ja ganz nach der Geschichte von dem großen Fisch ... Jona und der Wal!"

Sarah sorgte dafür, dass sich alles wieder ein wenig beruhigte, indem sie den Kartoffelbrei und die Soße ein zweites Mal herumgehen ließ.

Dann sagte Lydia: „Prediger Esh hat mir erzählt, dass Katie Fischer und ihr Mann gute Christen sind. Ich glaube *seinem* Wort mehr als deinen Freunden."

„Wie du willst", brummte Caleb kurz angebunden. „Aber sage nicht, ich hätte dich nicht gewarnt."

Josiah starrte nervös auf die Soße mitten in seinem Kartoffelbrei. „Muss ich wirklich mitfahren? Ich kann doch weiterhin meine alten Sachen anziehen."

Sarah streckte den Arm über den Tisch und berührte seine Hand. „Ich glaube, die Hosen, die Mrs. Fischer dir näht, werden dir viel besser gefallen als eine Hose, die *ich* dir nähen könnte." Damit entlockte sie dem Jungen ein leichtes Lächeln. Das Thema war beendet. Als die Kinder im Bett lagen, kam das Gespräch jedoch wieder darauf zurück. Sarah und Lydia arbeiteten gemeinsam am Küchentisch. Sarah adressierte die Einladungen so schnell und so sauber wie möglich und Lydia fasste von Hand die Ärmel ihres Hochzeitskleides ein.

„Was für eine Sünde muss eine amische Frau begehen, damit sie mit dem Bann belegt wird?" Sarah hatte über diese Praxis bislang nur sehr wenig gehört. Calebs Bemerkung beim Abendessen hatte sie ziemlich neugierig gemacht.

„Bei den Amisch der Alten Ordnung gibt es sehr viele Dinge, für die eine Frau mit dem Gemeindebann belegt werden kann", erklärte Lydia. „Zum Beispiel ein zu kurzes Kleid; wenn sie ihre Haare schneidet oder in Locken legt, wenn sie mit einem Außenstehenden ausgeht oder ihn gar heiratet, der Besitz eines Fernsehgeräts oder eines Autos ..." Als sie das Fernsehen und die

Autos erwähnte, wurde Lydia ein wenig unsicher. „Aber meine Kirche – die Amisch der Neuen Ordnung – üben diese Praxis nicht aus", fügte sie schnell hinzu. „Trotzdem sind wir in anderen Dingen ziemlich streng."

Lydias Kirche verlangte im täglichen Leben völlige Heiligung: sittsame Kleidung, züchtiges Reden und gute Taten. Aber sie predigte ebenfalls, dass man durch den Glauben an Jesus Christus Heilsgewissheit haben könne. Das Gleiche, was auch Sarah und Bryan glaubten.

„Einige Gemeinden in Lancaster County sind strenger, als du dir vorstellen kannst. Das bricht einem fast das Herz. Andere hingegen sind sehr nachsichtig. Es hängt alles vom Bischof und der Kirche ab."

„Wenn man einen Mennoniten heiratet und selbst in der amischen Kirche aufwuchs, ist das ein Grund für einen Gemeindebann?", fragte sie in dem Bemühen, sich einen Reim auf die ganze Sache zu machen.

„Wenn dieser Mensch in die Kirche der Alten Ordnung getauft wurde, dann ja, dann muss er hundertprozentig mit dem Gemeindebann rechnen."

Lydias Antwort machte Sarah noch neugieriger. Wer war diese mennonitische Schneiderin namens Katie Fischer?

* * *

Bevor Sarah an diesem Abend zu Bett ging, las sie in ihrer Bibel. Sie schlug das zweite Kapitel des ersten Thessalonicherbriefes auf und las laut die Verse sechs bis acht. „'Wir haben aber nicht Ehre gesucht bei den Leuten, weder bei euch noch bei andern – obwohl wir unser Gewicht als Christi Apostel hätten einsetzen können –, sondern wir sind unter euch mütterlich gewesen: Wie eine Mutter ihre Kinder pflegt, so hatten wir Herzenslust an euch und waren bereit, euch nicht allein am Evangelium Gottes teil zu geben, sondern auch an unserm Leben; denn wir hatten euch lieb gewonnen.'"

Sie staunte über die Schönheit dieser Worte, die sanfte

Ermutigung, die der Apostel Paulus geschrieben hatte. Würde sie sich morgen noch daran erinnern? Sie seufzte schläfrig und spürte eine gewisse Überzeugung – ein Ziehen in ihrem Herzen. Mutter zu sein verlangte jedes Gramm Energie und Weisheit, die sie aufbringen konnte.

Sie war so müde …

Vor ihrem geistigen Auge war sie wieder ein junges Mädchen, das mit seinem Vater Meermuscheln sammelte, den klebrigen, nassen Sand von seinen Fingern wusch und die Zartheit der Muschel mit den Fingern nachfuhr und ihr zerbrechliches Gebilde – die faszinierende Form – und ihre Farbenpracht genoss. In dieser Zeit ließ ihr Vater sie nicht nur an seinem Glauben teilhaben, sondern auch an seinem Leben. Aber dazu war eine Unterbrechung ihres Spaziergangs am Meeresufer nötig. *„Bleib einen Augenblick stehen und nimm dir die Zeit, diesen Schatz zu genießen"*, hörte sie ihren Vater sagen.

Ja, genau das musste sie als Ehefrau, Mutter und Tante, Geschäftsfrau und Christin tun. *Diesen Schatz genießen …*

Der ferne Klang der Worte aus dem Mund ihres Vaters berührte sie zutiefst. Auch jetzt, da sie müde und besorgt in ihrem Bett lag, Bryan vermisste, dafür betete, dass sie ohne Lydia gut zurechtkäme und Caleb, Anna Mae, Josiah und Hannah eine gute Mutter wäre. Sich wünschte … nein, *sich danach sehnte*, eine Frau nach Gottes Willen zu sein.

Die Dinge zu vereinfachen war der Schlüssel zu Frieden und Glück. Aber wie sollte das bei einem so komplizierten, viel beschäftigten Leben möglich sein? Musste sie ihre Stelle aufgeben, ihren Beruf, den sie sich so schwer erkämpft hatte?

Ohne eine Antwort zu haben, schlief sie müde ein.

* * *

Lange, bevor am nächsten Morgen der Wecker klingelte, wachte Sarah auf. Bei ihrem vollen Terminkalender war das nicht schlecht. Sie streckte sich und tastete nach Bryan. Als sie nur sein leeres Kissen berührte, fiel ihr schlagartig ein, dass ihr Mann dienstlich in Boston war.

Sie gähnte und setzte sich auf. Wenn sie sich beeilte, könnte sie ein paar Kleidungsstücke flicken, Lydias und Levis Hochzeitseinladungen fertig adressieren, zwei Laibe Brot aus Haferteig backen, ihr morgendliches Gespräch mit Gott führen, sich baden und für diesen Tag anziehen, bevor es Zeit war, den Kindern ein gutes Frühstück zu kochen.

Ich werde heute besser zurechtkommen, dachte sie fest entschlossen. *Und ich werde den Schatz genießen.*

Sie schlüpfte in ihren Bademantel und eilte zum Gang, beschloss aber, Caleb und Josiah noch eine halbe Stunde schlafen zu lassen. Es war immer noch sehr früh. Auf Zehenspitzen schlich sie in den Wäschekeller und zum Korb mit der Flickwäsche hinab. Ihre Gedanken drehten sich dabei um die Frau, die mit dem Gemeindebann belegt worden war. Die Schneiderin, die Lydia für sie ausfindig gemacht hatte. Sie wusste zwar nicht warum, aber Sarah konnte es kaum erwarten, Katie Fischer kennen zu lernen.

* * *

Sarah erlaubte sich nicht, sich zum Mittagessen hinzusetzen, obwohl Gesundheitsexperten davon abrieten, beim Essen herumzulaufen. Sie nahm kleine Bissen von ihrem Rindfleisch-Sandwich, dann rief sie im Stehen ihre E-Mails ab, sah nach, ob Nachrichten aus ihrem Büro gekommen waren, beantwortete Telefonanrufe und machte in einem Gespräch mit einem Kunden große Fortschritte und versprach, ihm eine gute Auswahl an Häusern zu zeigen. Am kommenden Samstag, wenn Bryan wieder zu Hause war und dafür sorgte, dass mit den Kindern alles in Ordnung war.

Zwischen weiteren Bissen räumte sie eine Ladung Wäsche in die Waschmaschine, auch wenn der amische Waschtag schon zwei Tage zurücklag. Sie fegte den Fußboden in der Küche und in der Abstellkammer, holte ein großes Hähnchen aus der Gefriertruhe und ließ es auftauen – wie praktisch wäre jetzt eine Mikrowelle! –, eilte dann los, um die Hochzeitseinladungen zu holen, klebte auf jede eine Briefmarke und kontrollierte noch einmal die Adressen und den Absender.

Als die Einladungen alle im Briefkasten waren, der am Nachmittag geleert würde, hatte die Waschmaschine ihren letzten Spül- und Schleudergang beendet. Sarah warf die feuchte Wäsche, von der ein großer Teil erst an diesem Morgen vor Tagesanbruch geflickt worden war, in den großen Weidenkorb und obwohl es schon nach Mittag war, störte es sie nicht, die Wäsche zum Trocknen hinauszuhängen, da ein herrlicher warmer Tag war. Ideal, um Wäsche zu trocknen. Neugierige Nachbarinnen, die von ihren Häusern aus die Wäscheleine sehen konnten, fragten sich vielleicht, warum sie erst so spät am Tag ihre Wäsche aufhängte, oder warum sie überhaupt an einem Mittwoch gewaschen hatte. Aber ehrlich gesagt, störte es sie nicht, was die anderen dachten. Sarah konzentrierte sich darauf, den Schatz des heutigen Tages zu genießen, sich für das Wohl von fünf kostbaren jungen Menschen einzusetzen. Ihre Familie, ihr eigenes Fleisch und Blut. Ihre von Gott gegebene Aufgabe.

* * *

Katie Fischers Zuhause lag mitten in der ländlichen Gegend, in der viele Amisch wohnten, einige Kilometer südwestlich von dem Ort Intercourse, an der Cattail Road. Sarah entschied sich, die Nebenstraßen zu nehmen, die schmale Straße, die sich zwischen den Feldern und Wiesen dahinschlängelte. An den Eichen bewegte sich kein Zweig, während die Sonne ihre Strahlen durch die rotbraunen Blätter schickte und der Himmel so blau wie das Meer über ihnen leuchtete. Die Erntearbeiten waren fast abgeschlossen und nur ein paar Bauern arbeiteten noch draußen. Die Felder hatten reiche Frucht getragen.

Hannah und Josiah saßen auf dem Rücksitz des Autos und plauderten über ihren Tag an der Schule. Sarah spitzte erst die Ohren, als Lydias Name fiel und die beiden darüber sprachen, was sie heute im Unterricht gelernt hatten.

„Wir haben heute gelernt, dass man teilen muss", sagte Josiah. „Das *mussten* wir."

„So?", entgegnete Sarah und fragte sich, was wohl der Anlass für *diese* Stunde gewesen sein mochte.

„Ja, einige Jungen waren zu den Mädchen gemein", erklärte Hannah schnell.

Josiah stellte die Sachlage aus seiner Sicht dar. „Das sagst *du*!"

„Es stimmt doch. Die Jungen waren nicht nett, und das weißt du ganz genau", beharrte Hannah.

„Aber, Kinder", mischte sich Sarah ein. „Hat eure Lehrerin euch bei dieser Situation nicht geholfen?"

„Doch, natürlich. Lydia hat uns allen erzählt, dass wir teilen müssten ... und sie hat aus der Bibel die Goldene Regel vorgelesen", erklärte Hannah.

„Lydia ließ uns diese Regel laut aufsagen", brummte Josiah.

Sarah sah mit einem kurzen Blick in den Rückspiegel, dass Josiah seiner Schwester einen finsteren Blick zuwarf. „Hat *jeder* von euch etwas daraus gelernt?", fragte sie nach.

Josiah antwortete schnell, *er* schon.

„Was ist mit dir, Hannah?", fragte sie.

„Lydia ist eine sehr gute Lehrerin, Tante Sarah. Wir werden sie vermissen, wenn sie verheiratet ist", sagte Hannah. „Wir lernen so viel von ihr, weil sie uns so sehr liebt."

„Wer wird uns unterrichten, wenn Lydia verheiratet ist, was meint ihr?", erkundigte sich Josiah.

„Wir werden für eure neue Lehrerin beten. Gott weiß bereits, wer sie sein wird", versicherte Sarah ihnen.

Josiah und Hannah beruhigten sich ein wenig, und Josiah hörte auf, seiner Schwester finstere Blicke zuzuwerfen.

Weil sie uns so sehr liebt ...

Sarah musste trotz der Zankereien der Kinder lächeln. Genauso wie Lydia liebte sie diese Kinder von ganzem Herzen. So sehr, dass sie bereit war, ihre Arbeit aufzugeben und zu Hause bei den Kindern zu bleiben. Ja, sie würde ihren Beruf als Immobilienmaklerin aufgeben. Wenigstens für die jetzige Phase ihres Lebens. Bryan wäre damit vollkommen einverstanden, das wusste sie.

* * *

Als sie die richtige Adresse gefunden hatte, stellte Sarah das Auto vor dem Schindelhaus am Straßenrand ab. Hellgelbe Tagetes blühten farbenfroh entlang einer gepflasterten Einfahrt, die zur Haustür führte. Auf der Veranda hing eine einladende Schaukel für zwei Personen. Dunkelrote Geranien, die unter dem Dach geschützt waren, blühten immer noch neben mehreren Korbstühlen.

Katie Fischer hat einen grünen Daumen, stellte sie bewundernd fest.

„Bitte benehmt euch gut", sagte sie zu Hannah und Josiah, bevor sie aus dem Auto stieg.

„Das werden wir, Tante Sarah", versprach Hannah.

Josiah nickte und öffnete die Autotür. „Ja ..."

Katie Fischer öffnete die Haustür und trat auf die Veranda. Sie trug ein langes Kleid mit hoch geschlossenem Kragen. Der Stoff war gelb und mit kleinen Blumen durchzogen. Ihre rotbraunen Haare waren in der Mitte gescheitelt und zu einem weichen Knoten nach hinten gesteckt und unter einer kleinen, weißen Kopfbedeckung versteckt.

Gemeinsam gingen Sarah und die Kinder den von Blumen gesäumten Gehweg zu dem kleinen, sauberen Haus hinauf. „Hallo", begrüßte Sarah die Mennonitin und stellte sich vor. „Ich habe gestern angerufen."

Die junge Frau stand oben auf den Verandastufen und bückte sich, um die Kinder zu begrüßen. „Hallo, ihr beiden", sagte Katie Fischer, deren ehrliche Zuneigung zu den Kindern nicht zu übersehen war.

„Das ist meine Nichte, Hannah, und das ist mein Neffe, Josiah", stellte Sarah die beiden vor.

„Ich freue mich sehr, euch kennen zu lernen. Ich heiße Katie Fischer. Kommt doch bitte herein." Ein Lächeln zog über ihr Gesicht.

„Danke", sagte Hannah. Josiah sagte nichts.

In der Küche roch es nach frisch gebackenen Zimtplätzchen. Katie bot ihnen die süßen Naschereien auf einem ovalen Teller an.

„Kommt, setzt euch an den Tisch", lud sie die Kinder ein und zog für Hannah einen Stuhl unter dem Tisch hervor.

Das Zimmer war klein, aber gemütlich. Es war sonnig und hell und setzte kühne Akzente: Die offenen Regale auf einer Seite zeigten leuchtend grüne und gelbe Kaffee-, Tee- und Untertassen, die nicht ganz zusammenpassten. Ein uralter, runder Toaster auf der Arbeitsplatte stach Sarah ins Auge, ebenso wie der Salz- und Pfefferstreuer mit rotem Deckel. Ein kleiner Stoß grünweißkarierter Stoffservietten lag neben einer Blumenvase mit rosa Wildblumen. In einer Ecke erblickte Sarah zwei gleich aussehende Gitarrenkoffer. Für eine „konservative Mennonitin", wie Prediger Esh Katie Fischer beschrieben hatte, war ihre Küche überraschend farbenfroh eingerichtet.

„Wie viele Kleider wollen Sie für Hannah nähen lassen?", fragte Katie.

„Sagen wir: drei."

Katie nickte. „Und Josiah ... er braucht Hosen und Sonntagshemden?"

„Zwei Hosen und zwei Hemden", erwiderte Sarah.

Während sie über traditionellen amischen Stoff und die Farben für die neuen Kleider der Kinder sprachen, erwähnte Katie, dass sie eine Liste mit den Kosten für den Stoff, die Nähutensilien und natürlich über ihre Zeit führen würde. „Aber machen Sie sich keine Sorgen. *Mich* können Sie sich leisten", lächelte sie.

Nachdem sie sich die Hände gewaschen hatten, kam zuerst Hannah an die Reihe. Sie stellte sich auf einen Stuhl. Katie maß sie von den Schultern zur Taille und von der Taille zum Knie, von der Schulter zum Handgelenk, sowie ihren Brustumfang, ihren Taillenumfang und ihren Hüftumfang und von Schulter zu Schulter. „Du bist ein braves Mädchen", sagte Katie, als sie fertig war.

Hannah lächelte und zeigte eine Zahnlücke.

„Sie ist ein sehr liebes Mädchen", sagte Sarah und bedeutete Josiah, dass er jetzt an die Reihe käme. Sein Gesicht war plötzlich ganz bleich geworden. „Geht es dir gut?"

„Ich ... äh", stammelte er. „Mir geht es im Augenblick gar nicht gut."

Katies Lächeln verschwand. „Er kann hinausgehen und sich ein wenig auf die Schaukel auf der Veranda setzen. Die frische Luft wird ihm hoffentlich gut tun."

„Ich gehe mit ihm", sagte Hannah und folgte ihrem Bruder.

Sarah ging ebenfalls schnell auf die Veranda. „Bist du krank?", fragte sie Josiah.

„Ich weiß nicht."

Sie hielt es für möglich, dass er sich vielleicht nur genierte. „Ruh dich hier mit Hannah ein wenig aus. Ich komme in ein paar Minuten wieder zu dir."

Sie konnte es nicht erwarten, Katie besser kennen zu lernen, und ging deshalb wieder in die Küche zurück. „Ich denke, Josiah ist vielleicht ein wenig unsicher."

„Ja, den Eindruck habe ich auch. Immerhin sind wir Frauen deutlich in der Überzahl." Katie stellte Wasser zum Kochen auf. „Trinken Sie vielleicht eine Tasse Tee mit mir?"

„Das klingt ausgezeichnet. Danke."

Sie unterhielten sich eine Weile über das schöne Wetter, den ungewöhnlich blauen Himmel, über die Ernte, die fast vorbei war. Gewöhnliche Dinge.

Dann fragte Katie vorsichtig: „Ihre Nichte und Ihr Neffe tragen amische Kleidung, aber Sie sind keine Amisch. Habe ich Recht?" Ihre Augen musterten Sarah interessiert.

Sarah lachte leise. „Das ist eine ziemlich lange Geschichte ... und auch kaum zu glauben."

„Eine gute Geschichte, hoffe ich."

„Die meisten verziehen das Gesicht, wenn sie hören, dass eine Frau und ihr Mann, die beide nicht amisch sind, ein Haus voller amischer Kinder übernimmt."

„Meine Freundin Maria, die zu den Amisch der Alten Ordnung gehört, hat das auch getan", berichtete Katie. „Und ich ... nun ja, ich hätte fast das Gleiche getan. Nur wenige Monate, bevor Maria es tat."

„Wirklich?" Sarah war ganz Ohr. „Was geschah dann?"

„Ich konnte nicht ... habe es nicht geschafft, ... den Witwer zu heiraten."

„Einen Witwer mit mehreren Kindern?" Sarah wollte nicht weiter drängen. Sie wollte vorsichtig sein und diese freundliche, offene Frau, die mit ihr am Tisch saß, nicht ausfragen.

„Mit fünf lieben Kindern", sagte Katie.

„Fünf?" Ihr Herz war voll Mitgefühl. „Genauso viele Nichten und Neffen stehen unter meiner Obhut, wenigstens so lange, bis das älteste Mädchen heiratet ... und das ist in ein paar Wochen der Fall."

Mit feuchten Augen nickte Katie. „Ach, wie sehr ich diese Kinder geliebt hatte." Sie schwieg kurz. „Aber ich konnte einfach ihren Vater, den Bischof, nicht heiraten."

Sarah war einen Moment sprachlos. Was hatte Caleb von einem strengen Gemeindebann erzählt, den ein verschmähter Bischof verhängt hatte? Wagte sie es, weiter zu fragen?

Vorsichtig unterhielten sie sich und machten einen Bogen um diese schmerzlichen Fragen. Sarah erzählte ein wenig mehr aus ihrer Vergangenheit, wie sie nach Lancaster County gekommen war und wie sich ihr Herz verändert hatte und sie aus einer materialistischen Geschäftsfrau zum Vormund für die Kinder ihrer verstorbenen Schwester geworden war.

Katie schien ihr zu vertrauen, denn sie erzählte ebenfalls ihre Geschichte. Eine faszinierende Geschichte voll Herzeleid und vielen Enttäuschungen. Ein verwaistes englisches Baby, von amischen Eltern adoptiert, ein Mädchen, das über das „Geheimnis" seiner Geburt im Dunkeln gelassen wurde und erst am Abend vor seiner geplanten Hochzeit davon erfuhr. Sie sollte einen älteren Mann heiraten – einen verwitweten Bischof mit fünf kleinen Kindern. Als sie zu Ende erzählt hatte, seufzte sie schwer.

Sarah empfand Mitgefühl mit dem tiefen Schmerz, den Katie in den letzten Jahren durchgemacht hatte, und betrachtete es als große

Ehre, mit der mutigen Frau Tee zu trinken und Zimtplätzchen zu knabbern. Als sie ihr ebenfalls ihr Herz ausschüttete, stellte sie mit großem Erstaunen fest, dass ihr Leben und Katies Leben gewisse Ähnlichkeiten aufwies, auch wenn Sarah nicht adoptiert worden war oder in einer amischen Familie aufgewachsen war. Aber beide Frauen hatten sich nach etwas gesehnt, das für sie unerreichbar gewesen war – jenseits ihrer Grenzen –, und beide hatten nur eine große Leere gefunden, als sie diese Grenzen überschritten hatten. „Die moderne Welt hat für mich keinen Reiz mehr", sagte Sarah schließlich.

„Ja, sie ist so oberflächlich", stimmte Katie ihr zu.

„Der Telefonanruf von Lydia ... als sie mir sagte, dass meine Schwester gestorben sei, war, im Nachhinein betrachtet, der Anfang eines besseren, fröhlicheren Lebens."

„Gottes Erbarmen hat Sie eingeholt, glaube ich", sagte Katie leise.

Diese mennonitische Frau hatte eine einmalige Art, Dinge in Worte zu fassen. Sarah mochte Katie sehr gern. „Ich glaube, ich sollte nach Josiah sehen", stellte sie mit einem kurzen Blick auf die Uhr fest. Sie stand auf und ging auf die Veranda hinaus. „Wie fühlst du dich jetzt?" Sie legte ihrem Neffen die Hand auf die Stirn.

Er schaute zu ihr auf. „Ich dachte, ich würde bewusstlos werden."

Katie kam heraus und setzte sich gegenüber von Josiah auf einen der Korbstühle. „Ich nähe für ziemlich viele Jungen in deinem Alter", erzählte sie. „Ich dachte, wenn du das weißt, fühlst du dich vielleicht besser."

Josiahs Augen schauten sie groß an. „Nähen Sie auch für Esra Hess?"

„Nein, wie kommst du ausgerechnet auf ihn? Aber ich kann dir sagen, wer für ihn näht."

Josiahs Augen funkelten neugierig.

Katie lächelte ihn wissend an. „Esras *Mama* näht seine ganzen Sachen, so viel ich weiß."

Josiah zog die Nase kraus. „Das ist aber komisch", murmelte er.

„Warum denn?", fragte Katie.

Er schüttelte den Kopf. „Das sage ich lieber nicht."

Sarah fragte schmunzelnd: „Könnte es sein, dass du dich geirrt hast wegen ... na ja, du weißt schon, weswegen?"

Josiah wusste genau, wovon sie sprach: Dass Esra Hess sich ausziehen müsse, wenn er gemessen wurde. „Geirrt ... ja, wahrscheinlich", gestand er. „Esra hat mich wohl auf den Arm genommen. Genauso wie Onkel Bryan." Die Spannung wich aus seinem Gesicht, und ein Grinsen zog über seinen Mund.

Hannah kicherte.

„Das ist ein Familienwitz, oder?", lächelte Katie verstehend.

Sarah legte den Arm um Josiah und kitzelte ihn unter dem Arm. „Ich glaube, du fühlst dich jetzt viel besser, oder?"

Er setzte sich auf und grinste. „Wenn Esra das kann, dann kann ich es auch." Mit diesen Worten stand er auf und ging vor Hannah, Katie und Sarah ins Haus zurück.

* * *

Als bei beiden Kindern Maß für neue Kleidung genommen worden war, verließ Sarah nur ungern dieses friedliche Haus. Und Katies Gesellschaft. „Sie müssen mit Ihrem Mann irgendwann zum Abendessen zu uns kommen", sagte sie. „Dann können Sie den Rest unserer Familie kennen lernen."

„Vielleicht kann sie auch zu Lydias und Levis Hochzeit kommen", mischte sich Josiah ein.

„Levi?", fragte Katie mit leuchtenden Augen. „Vielleicht zufällig Levi King?"

Sarah nickte. „Kennen Sie ihn?"

„Mein Mann arbeitet mit Levis Vetter zusammen ... er überlegt zur Zeit, ob er Levi eine Stelle anbieten soll."

„Wirklich?" Sarah staunte. „Wir schicken Ihnen eine Einladung zur Hochzeit."

Katie nickte. „Ich würde gern kommen."

„Wenn Sie kommen, können Sie Josiah und mich in unseren neuen Sachen sehen", mischte sich Hannah ein.

„Ja, das wird bestimmt schön", sagte Katie, beugte sich vor und streichelte Hannahs Hand. Sie begleitete sie zur Haustür und wandte sich noch einmal an Sarah. „Ihre Nichte und Ihr Neffe sind so lieb. Es war ein wunderbarer Nachmittag."

„Danke für alles." Sarah reichte Katie die Hand.

„Ich habe das Gefühl, Sie schon immer zu kennen", sagte Katie und drückte ihr leicht die Hand.

Sarah nickte. „Gott wusste, dass ich eine Freundin brauchte."

„Der Herr hat wunderbare Wege, Menschen zusammenzuführen."

Danke, Herr, dachte sie. Als sie sich verabschiedet hatten, gingen Sarah und die Kinder den gepflasterten Weg zu ihrem Auto zurück.

Katie folgte ihnen und wartete, während Sarah den Kindern auf den Rücksitz half. „Ich rufe Sie wahrscheinlich nächste Woche an. Es wird nicht lange dauern, bis die Kleider fertig sind."

Sarah lächelte Katie dankbar an. „Sie sind wirklich ein Geschenk des Himmels." *In mehrerlei Hinsicht,* dachte sie.

„Der Herr segne Sie und Ihre Familie."

„Gott segne *Sie*, Katie."

Katie stand mit strahlendem Gesicht im Hof und winkte ihnen nach. „Eine gute Heimfahrt!", rief sie.

Als Sarah davonfuhr, ertappte sie sich dabei, wie sie wehmütig in den Rückspiegel schaute, bis die mennonitische Frau in dem langen Kleid und mit dem weißen Gebetstuch, das einen Teil, aber nicht alles von Katies schönen roten Haaren verbarg, nicht mehr zu sehen war.

Oh, Junisonne und Himmel und Wolken,
und alle Juniblumen zusammen,
ihr könnt es keine Stunde aufnehmen
mit dem strahlend blauen Oktoberwetter.

Helen Hunt Jackson

Alle Leser, für die *Ein Lied im Oktober* der erste Roman von Beverly Lewis ist, den sie gelesen haben, können auf den folgenden Seiten einen kurzen Einblick in die vorangegangenen Romane gewinnen, die den Geschichten in diesem Buch vorausgehen.

Die Geschichte von Katie Lapp

Was auch geschehen mag
ISBN 3-86122-382-1
gebunden, 227 Seiten

Die Geschichte von Katie Lapp erzählt von der Suche einer jungen Frau nach der eigenen Herkunft, von ihrer Amischgemeinschaft und von der Frage, wohin sie wirklich gehört. Gleichzeitig bekommt der Leser einen faszinierenden, unverfälschten Einblick in das amische Leben.

In der ruhigen Amischgemeinschaft von Hickory Hollow im US-Bundesstaat Pennsylvania ist die Zeit stehen geblieben. In dieser Umgebung können lieb gewordene Traditionen und ein tiefer Glaube wachsen und gedeihen. Aber inmitten dieser Gemeinde ist ein Geheimnis begraben, das die Ruhe, die seine Bewohner so sehr schätzen, erschüttern könnte.

Als Katie Lapp durch Zufall auf dem Dachboden ihrer Eltern in einer alten Truhe ein Taufkleid aus Satin entdeckt, weiß sie, dass dieses Kleid eine Geschichte erzählen will, die sie unbedingt kennen lernen muss. Warum sonst sollte ihre amische Mutter, eine einfache und schlichte Frau, die sich streng an die Gesetze der Alten Ordnung hält, das schöne Babykleid auf dem Speicher verstecken?

So beginnt die Geschichte von Katies schmerzlicher Suche nach der Wahrheit, die sie am Ende zu einer ewigen Wahrheit führt. Aber auf dem Weg dorthin muss sie es ertragen, dass sie mit dem Gemeindebann belegt wird, der sie weit weg von ihrem Zuhause und ihrer Familie führt ...

Sie hat bereits ihre große Liebe, Daniel, verloren, und am Abend vor ihrer Heirat mit dem verwitweten Bischof Johannes erfährt sie aus dem Mund ihrer Eltern die bestürzende Wahrheit. Katie fühlt sich verraten und muss mi ansehen, wie ihr Leben als junge Amisch, das einzige Leben, das sie kennt, in seine Einzelteile zerfällt. Weit fort von Lancaster County in einer völlig fremden Welt ist Katie erneut gezwungen, sich dem Erbe ihrer Vergangenheit zu stellen ... und findet schließlich eine Zukunft voll neuer Hoffnung.

Zweiteiler um das Geheimnis einer Postkarte

Postkarte zum Glück
ISBN 3-86122-485-2
gebunden, 300 Seiten

Rachel Yoder wächst als amisches Mädchen auf und träumt davon, ein Mensch voll Selbstvertrauen und Glauben zu sein wie ihre Vorfahren. Aber im Gegensatz zu ihrem leidenschaftlichen Großonkel, der sich gegen die überholten Praktiken in seiner Gemeinde aussprach und dafür mit dem Gemeindebann belegt wurde, war Rachel „von Geburt an schüchtern". Dann kam die Tragödie, die ihr in sehr jungem Alter ihren geliebten Mann raubte. Allein mit ihrem Töchterchen, verfällt sie der Trauer, zieht sich immer mehr in sich zurück und erblindet vor Kummer.

Philip Bradleys Ankunft im Gästehaus am Obstgarten würden manche in Lancaster County bestimmt als schicksalhaft bezeichnen. In einem antiken Schreibtisch findet Philip eine vergessene Postkarte. Philip ist Journalist und der modernen Welt mit ihrer Hektik müde. Die Herausforderung, vor die ihn diese Postkarte stellt, weckt in ihm neue Lebensgeister. Die Karte ist in der Sprache der Amish verfasst und trägt die Handschrift eines berüchtigten amischen Verwandten. Die vergilbte Botschaft führt Philip an das Krankenbett einer Frau, die ihm eine Geschichte von dunklen Geheimnissen und von einer verlorenen Liebe erzählt.

Von der alten Geschichte fasziniert, stellen Philip und Rachel fest, dass ihr eigenes Leben untrennbar damit verbunden ist. Werden ihre Entdeckungen Rachel den Mut geben, auf Heilung und eine neue Liebe zu hoffen?

Dem Glück entgegen
ISBN 3-86122-502-6
gebunden, 272 Seiten

Nach dem dramatischen Ausgang, zu dem seine Entdeckung einer längst vergessenen Postkarte geführt hatte, kann der Journalist Philip Bradley die Amisch, die er während seines beruflichen Aufenthalts in Pennsylvania kennen gelernt hatte, einfach nicht vergessen. Besonders Rachel Yoder und ihre junge Tochter Annie. Rachels sanftes Wesen trotz ihrer Blindheit und ihr faszinierender, unkomplizierter Lebensstil locken Philip aus der Hektik seiner New Yorker High-Tech-Welt heraus.

Philips neue Erkenntnisse über den wahren Grund von Rachels Erblindung treiben ihn an, so viel wie möglich über ihre Heilungschancen in Erfahrung zu bringen. In Lancaster County hat Rachel ihre eigenen Vorstellungen, wie sie ihr Augenlicht zurückbekommen könnte. Dazu gehört allerdings nicht der Zauberdoktor mit seinem schwarzen Beutel mit Zaubertränken. Nein, Rachel glaubt fest daran, dass der Gott, dem sie dient, der Einzige ist, der ihr das Augenlicht wieder schenken kann. Aber als die Erinnerungen an das Trauma, das sie erlitten hat, wieder an die Oberfläche kommen, weiß Rachel nicht, ob sie den schmerzlichen Weg zu ihrer Genesung ertragen kann.

Philip zieht es für die Weihnachtsfeiertage wieder nach Lancaster County, wo er sich vor eine tiefe Kluft gestellt sieht, die ihn von der schönen amischen Frau trennt. Rachel hat unvorstellbares Leid ertragen müssen. Wird Philips wachsende Zuneigung zu dieser schönen Witwe ihr nur neues Leid bringen? Oder müssen Philip und Rachel um all der Dinge willen, die sie kennen und lieben, auf eine gemeinsame Zukunft verzichten?

Ein moderner Lebensstil und uralte, lieb gewordene Traditionen prallen aufeinander

Die Erlösung der Sarah Cain
ISBN 3-86122-526-3
gebunden, 290 Seiten

Lydia Cottrell, das älteste von fünf amischen Waisenkindern, gab ihrer Mutter auf deren Sterbebett das Versprechen, „die Familie zusammenzuhalten." Bald erfährt sie jedoch, dass die Vormundschaft über sie und ihre Geschwister praktisch einer Fremden übertragen wurde – einer reichen Tante aus Portland im Bundesstaat Oregon, die sich wenig um den letzten Wunsch ihrer Mutter kümmert. Lydias Bemühen, ihr Versprechen zu halten, kann sie einen hohen Preis kosten. Möglicherweise verliert sie dadurch sogar den „nettesten, freundlichsten und am besten aussehenden amischen jungen Mann in ganz Lancaster County", Levi King.

Durch und durch eine moderne Frau, hatte Sarah Cain sich über den freiwilligen amischen Lebensstil ihrer Schwester lustig gemacht, was die lebenslange Kluft zwischen ihnen nur noch mehr vertieft hatte. Jetzt, zwölf Jahre später, wird Sarah von der Nachricht, dass ihre Schwester gestorben ist und sie zum Vormund ihrer Kinder bestimmt hat, völlig überrumpelt. Wer kann von Sarah verlangen, ihre erfolgreiche Karriere und ein Leben voller Spaß aufzugeben, um fünf amische Waisen aufzuziehen? Und was wird aus Bryan Ford, dem Mann an ihrer Seite?

Bei ihrer Ankunft in Lancaster County trägt Sarah schwer an einem Kummer, der so ganz anders ist als das Leid ihrer kleinen Nichten und Neffen. Kann die Trauer, die sie trennt, sie am Ende als neue Familie vereinen? Wird Sarah entdecken, dass die Amischgemeinschaft in Lancaster County nicht nur ein ruhiger Ort mit einem einfachen Lebensstil ist, sondern auch ein Ort, an dem sie Heilung finden kann?

Leseprobe zu:

Was auch geschehen mag?
ISBN 3-86122-382-1
gebunden, 227 Seiten

Um die Wahrheit zu sagen, war ich spitzbübischer als meine drei Brüder zusammen. Und auch dickköpfiger.

Alles in allem muss Papa mir in meinen wilden Jahren seine „Was-du-heute-tust-damit-musst-du-morgen-schlafen"-Predigt wohl jeden zweiten Tag gehalten haben. Ich war darauf nicht stolz, aber als ich neunzehn wurde, war ich bereit, mein böses Wesen abzulegen und den „geraden, schmalen Weg" zu gehen. Mit dem Herzen voll guter Absichten kniete ich also an einem strahlenden September-Sonntag nach einer zweistündigen Predigt nieder und ließ mich taufen.

Die Scheune war an jenem Tag vor drei Jahren, an dem fünf Mädchen und sechs Jungen getauft wurden, mit Verwandten und Freunden bis auf den letzten Platz besetzt. Eines der Mädchen war Maria Stoltzfus, die mir so nahe stand wie eine Schwester. Sie war damals erst siebzehn, jünger als die meisten, die als vollwertiges Mitglied in die Gemeinschaft aufgenommen werden, aber von Grund auf ehrlich und liebenswürdig. Sie sah keine Veranlassung, etwas, das sie schon immer gewollt hatte, noch länger hinauszuschieben.

Nach dem dritten Loblied hörte man ein leises Schniefen. Als jüngstes Kind und einzige Tochter meiner Eltern hätte ich nicht allzu überrascht zu sein brauchen, als ich sah, dass es von Mama kam.

Als die Frau des Ältesten die Bänder meiner Haube löste, schlugen einige Tauben in den Dachsparren der Scheune über mir mit den Flügeln. Ich fragte mich, ob das wohl irgendwie ein Zeichen sein könnte.

Dann war es Zeit für die bekannten Worte des Bischofs: „Aufgrund deines Glaubens, den du vor Gott und vielen Zeugen bekannt hast, wirst du im Namen des Vaters, des Sohnes und des Heiligen Geistes getauft. Amen." Er legte mir die Hände auf den Kopf, und der Älteste goss aus einer Blechtasse Wasser über mich. Ich blieb regungslos knien, während es über meine Haare und mein Gesicht lief.

Nachdem der Bischof noch einige Worte gesagt hatte, ließ man mich „aufstehen". Ich bekam den heiligen Kuss von der Frau des Ältesten, und mit neuer Hoffnung glaubte ich, dieser öffentliche Akt der Unterordnung würde mich in eine ehrliche, demütige Amischfrau verwandeln, genauso wie Mama eine war.

Meine liebe Mama.

Aus ihren haselnussbraunen Augen strahlte das ganze Licht des Himmels. Sie waren himmlisch braun, sagte ich immer. Und das waren sie auch, besonders wenn sie eine ihrer fröhlichen Geschichten erzählte. Wir waren gewöhnlich draußen und schälten Erbsen oder Mais, wenn solche Geschichten über ihre Lippen sprudelten.

Es waren immer dieselben Geschichten – bei Mama wurde die Wahrheit nicht verdreht, so weit ich das beurteilen konnte. Sie legte großen Wert auf Ehrlichkeit; und auch auf Gerechtigkeit. Sie ging sogar soweit, dass sie von den Touristen für ihre mit viel Liebe gekochten Marmeladen und Gelees, bei denen einem das Wasser im Mund zusammenlief, nie überhöhte Preise verlangte. – Ihre Geschichten, ach, wie gern sie Geschichten erzählte – nur um des Erzählens willen. Und die Frauen, die zu einem fröhlichen Nähtag oder einem gemeinsamen Einmachtag zusammenkamen, lauschten immer gern, egal, wie oft sie sich wiederholte.

Es waren Geschichten aus ihrer Kindheit und Jugend – wie die Pferde eines Tages mit ihr durchgebrannt waren, wie ungeschickt sie im Nähen war und wie anstrengend es war, drei schier unzähmbare Jungen großzuziehen. Dann wurde ihre Stimme ganz sanft, und sie sagte immer: „Das war alles, bevor wir unsere Katie bekamen" – als wäre mein Kommen etwas ganz Wunderbares gewesen. Mamas Liebe war unbestreitbar himmlisch. Sie schien direkt aus ihr heraus und in mich hineinzufließen.

Lange nachdem die Frauen die Pferde angespannt hatten und

wieder nach Hause gefahren waren, schlenderte ich dann immer in die Scheune, kletterte auf den Heuschober hinauf und dachte nach. Dachte lang und angestrengt darüber nach, wie Mama immer alles anpackte. Es gab wahrscheinlich wirklich keinen Grund, mir Gedanken darüber zu machen, wie sie von mir sprach – wenigstens sagte das Maria Stoltzfus immer. Und sie musste es schließlich wissen. Soweit ich zurückdenken kann, hatte Maria immer Recht. Ich war jedoch nie jemand, der sich allzu sehr nach ihrer Meinung richtete. Trotzdem haben wir alles gemeinsam getan. Manchml mochten wir sogar dieselben Jungen. Maria war sehr klug und bekam in allen acht Klassen in unserem Schulhaus, das aus einem einzigen Zimmer bestand, die besten Noten.

Nach der achten Klasse hörte Maria auf, aus Büchern zu lesen, und konzentrierte sich darauf, eines Tages eine gute Ehefrau und Mutter zu werden. Da ich zwei Jahre älter war als sie, war ich ihr einen Schritt voraus. Wir wandten also unserer Kindheit den Rücken zu und ließen alles Spielerische hinter uns – wir blieben zu Hause bei unseren Müttern, kochten Seife und putzten das Haus, arbeiteten im Garten und gingen jeden zweiten Sonntagabend zum Singen. Immer miteinander. So war es bei uns, und ich hoffte, es würde immer so bleiben.

Maria und Katie.

Manchmal neckte mein Bruder Eli uns. „*Quälen* kommt der Sache schon näher", verbesserte Maria mich dann immer, was die Wahrheit und nichts als die Wahrheit war. Eli war draußen in der Scheune, striegelte die Kühe und bereitete alles zum Melken vor. Er rief laut, um unsere Aufmerksamkeit auf sich zu lenken, und sprach die Worte in einem Atemzug, als hätten wir einen gemeinsamen Namen. „Maria un' Katie, kommt in den Stall und helft mir! Maria un' Katie!"

Wir beschwerten uns nie darüber. Die Leute wussten, dass wir ganz verschieden waren. Ja, wir zogen gern unsere guten roten Kleider zum Abendessen und zum Singen an, aber wenn man der Sache auf den Grund ging, waren Maria und ich so unterschiedlich wie eine Kartoffel und eine Zuckererbse.

Selbst Mama sagte das. Allerdings kam Maria nie in einer ihrer

Geschichten vor. Vermutlich musste man zur Familie gehören, um in Mamas Geschichten vorzukommen, denn die Familie bedeutete ihr alles.

Trotzdem sollte kein Mädchen so verwöhnt werden wie ich. Mamas Lieblingskind zu sein war Segen und Fluch zugleich.

In ihren jüngeren Jahren waren meine drei Brüder – Elam, Eli und Benjamin – dickköpfiger als alle gottlosen Könige in der Bibel zusammengenommen – ein regelrechtes Verbrechertrio. Besonders Eli und Benjamin. Elam hat sich letztes Jahr um das Erntedankfest herum etwas gebessert, ungefähr in der Zeit, in der er Annie Fischer aus der Hickory Lane heiratete. Die Verantwortung, einen Hof zu leiten und eine Frau und ein kleines Kind, das nicht mehr lange auf sich warten ließ, zu versorgen, macht wahrscheinlich fast jeden Mann ruhiger.

Aber wenn ich je einen Lieblingsbruder benennen müsste, wäre das wahrscheinlich Benjamin, was aber nicht viel heißt, außer dass er mich von den dreien am wenigsten ärgerte. Er und die weichherzige Art, die bei ihm manchmal an die Oberfläche kam.

Nehmen wir zum Beispiel den letzten Sonntag: Beim Mittagessen, zu dem Bischof Beiler und seine fünf Kinder eingeladen waren, hatte Benjamin richtig verzweifelt ausgesehen. Der Bischof hatte an jenem Tag nach dem Gottesdienst unsere bevorstehende Heirat verkündigt. Wir waren jetzt also offiziell verlobt. Unsere Beziehung war kein Geheimnis mehr, und die Leute konnten die Nachricht nach Herzenslust in unserem Gemeindedistrikt verbreiten, genauso wie das schon seit dreihundert Jahren geschah.

Die Gerüchte über den vielen Sellerie, den Mama und ich im letzten Mai gepflanzt hatten, würden aufhören. Ich würde am Donnerstag, dem einundzwanzigsten November, Johannes Beiler Und ja, es gäbe Hunderte von Sellerieknollen bei unserem Hochzeitsessen – genung für die rund zweihundert Gäste.

Bei der Bekanntgabe der bevorstehenden Hochzeit legte Benjamin mir gegenüber einen sanften Ton an den Tag. Heute hatte er mir sogar geholfen, auf den Dachboden zu steigen, um Mamas Hochzeitskleid zu suchen, das ich einfach mit eigenen Augen sehen musste, bevor ich mein eigenes fertignähen würde. Ben blieb bei mir und beugte sich über mich, als wäre ich ein kleines Kind, während ich das lange Kleid aus der großen, schwarzen Truhe zog. Es war in einem dunklen Blau und hatte eine weiße Schürze und einen weißen Umhang als Zeichen der Reinheit und Unschuld. Das Kleid war das schönste Hochzeitskleid, das ich mir vorstellen konnte.

Bens Worte kamen ohne Vorwarnung – sie purzelten einfach in die feuchte, kalte Luft hinaus. „Hast du es dir wirklich gut überlegt, ob du einen Witwer mit fünf Kindern heiraten willst?"

Ich starrte ihn überrascht an. „Also weißt du, Benjamin Lapp, das ist das Lächerlichste, was ich je gehört habe."

Er nickte in kurzen, abgehackten Bewegungen mit dem Kopf. „Es ist wegen Daniel Fischer, nicht wahr?" Seine Stimme wurde sanfter. „Weil Daniel ertrunken ist."

Als er das sagte – so sanft und einfühlsam –, hätte ich am liebsten geweint. Vielleicht hatte er Recht. Vielleicht heiratete ich Johannes wirklich nur, weil Dan Fischer tot war, weil es für mich eine solche Liebe wie zu Dan nie wieder geben würde. Trotzdem war ich betroffen, als Ben dieses Thema so unverblümt ansprach.

Da stand der Bruder, der in der Schule hinter mir saß, mich an den Haaren gezogen, sooft er eine Gelegenheit dazu bekommen hatte, mich so oft die Scheune hatte ausfegen lassen, dass ich es nicht mehr zählen konnte ..., und sich an dem Abend, an dem Papa mich dabei ertappte, wie ich auf dem Heuboden auf Daniels alter Gitarre spielte, gegen mich gestellt hatte.

Aber jetzt waren Bens Augen fragend und aufrichtig besorgt. Und er sprach seine Bedenken um mein künftiges Glück auch noch laut aus.

Ich hob die Hand und berührte sein gerötetes Gesicht. „Du brauchst dir keine Sorgen zu machen", flüsterte ich. „Dazu gibt es nicht den geringsten Grund."

„Bist du sicher, Katie ...?" Seine Stimme hallte in der Stille wider.

Ich wich seinem Blick aus, wandte mich ab und griff in die Truhe. „Johannes ist ein guter Mann", erklärte ich mit Bestimmtheit. „Er ist bestimmt ein sehr guter Ehemann."

Ich fühlte, dass Benjamin mich eindringlich anschaute. Einen langen, unbehaglichen Augenblick schwieg er. Dann erwiderte er: „Ja, er ist bestimmt sehr gut."

Das Thema wurde fallen gelassen. Mein Bruder und auch alle anderen müssten einfach ihre Gedanken über mich und den vierzigjährigen Mann, den ich bald heiraten würde, für sich behalten. Ich war mir sehr wohl bewusst, dass Johannes Beiler mit dieser Heirat ein einziges Ziel verfolgte: Er brauchte eine Mutter für seine Kinder. Und ich, die mit großzügiger Mutterliebe gesegnet war, war wohl genau die richtige Frau, um diese Liebe weiterzugeben.

Achtung vor einem Mann war immerhin etwas Ehrbares. Mit der Zeit würde vielleicht sogar noch mehr in unserer Beziehung entstehen – in der Beziehung zwischen Johannes und mir, womöglich sogar ... Liebe.

Ich konnte nur hoffen, dass mein Dan zu seiner ewigen Ruhe eingegangen war und dass ich eines Tages für würdig befunden würde, ihm dorthin zu folgen.